DUMONT

Albert Glück ist ein seltsamer Kauz. Er ist knapp über fünfzig, ein wenig trocken, penibel, und er arbeitet im *Amt für Verwaltungsangelegenheiten*. Formulare, Stempel, Dienstvorschriften sind seine Welt, in der er sich gut eingerichtet hat. Ganz wörtlich, denn Albert arbeitet nicht nur in dem Amt, er wohnt auch dort. Von allen unbemerkt, hat er im Keller einen kleinen Raum bezogen und verbringt zufrieden seine Tage im immer gleichen Rhythmus. Doch eines Tages wird Alberts sorgsam eingehaltene Ordnung durcheinandergebracht. Ein Antrag landet auf seinem Schreibtisch, den es eigentlich gar nicht geben dürfte, denn er beantragt – nichts! Albert tut alles, um diesen unseligen Antrag loszuwerden, doch vergeblich: Immer wieder kehrt er auf seinen Schreibtisch zurück. Es bleibt ihm nichts anderes übrig, als sich auf den Weg zum Antragsteller zu machen. So trifft Albert auf Anna Sugus, eine ziemlich wilde Künstlerin, die Alberts Welt ganz schön auf den Kopf stellt …

Andreas Izquierdo, geboren 1968, ist Schriftsteller und Drehbuchautor. Er veröffentlichte u.a. den Roman ›König von Albanien‹ (2007), für den er mit dem Sir-Walter-Scott-Preis ausgezeichnet wurde, sowie den Roman ›Apocalypsia‹ (2010), der den Lovelybooks-Leserpreis in Silber für das beste Buch 2010 erhielt und zum Buch des Jahres bei Vorlesen.de gewählt wurde.

Andreas Izquierdo

Das Glücksbüro

Roman

DUMONT

FSC
www.fsc.org
MIX
Papier aus verantwortungsvollen Quellen
FSC® C083411

Originalausgabe
Februar 2013
DuMont Buchverlag, Köln

Umschlag: Zero, München
Umschlagabbildungen: mauritius images / Ikon Images; FinePic®, München
Gesetzt aus der Dante und der Trade Gothic
Druck und Verarbeitung: CPI – Clausen & Bosse, Leck
Gedruckt auf säurefreiem und chlorfrei gebleichtem Papier
Printed in Germany
ISBN 978-3-8321-6225-2

www.dumont-buchverlag.de

Für Pilar

IM AMT

1.

Neuerdings hatte Albert seine besten Ideen, wenn er nachts ganz alleine, beim Schein einer Kerze, in der riesigen Kantine zu Abend aß und die Schatten der Tische und Stühle aussahen, als würden sie im Geflacker auf spindeldürren Beinen herumtanzen. Dann war es ganz still im Haus, und bei einem Glas Kochwein plante er den nächsten Tag, der immer mit einem Geburtstag anfing, mit Mayonnaise, einem Gläschen Sekt und vielen guten Wünschen.

Er hatte in der gewaltigen Küche einen der Bräter geöffnet, in dem man sonst fünfzig oder sechzig Schnitzel auf einmal brutzeln konnte und in dem jetzt zwei Eier auf ein wenig heißem Öl zuckten. Mit einem viel zu großen Schaber hob er die gelben Glupschaugen aus dem Bräter und legte sie vorsichtig auf zwei Brotscheiben, die bereits mit Schinken und Käse bedeckt waren, als ihn sein kleiner Einfall lächeln ließ. Nichts Besonderes, eine Kobolterie, im Grunde genommen eines Mannes wie Albert völlig unwürdig, aber auch ein kleiner Stein, den man in ein stilles Gewässer warf, konnte große Kreise ziehen.

Und das Amt war ein stilles Gewässer.

So still, dass ein Außenstehender ein Leben lang darin angeln konnte, ohne je etwas zu fangen, obwohl es Tausende von Fischen darin gab. Man blickte auf den See und sah: nichts. Er war tief und voller Geheimnisse, ja sogar Magie, aber es nützte nichts, wenn man nicht den richtigen Köder hatte, um ihm all seine Reichtümer zu entlocken.

An jenem Abend also hatte er diese kleine Idee, aß mit diebischer Freude und großem Appetit den Strammen Max und blickte munter kauend um sich: Eine leere Kantine hatte für gewöhnlich etwas Deprimierendes an sich, so wie ein leerer Swimmingpool. Albert jedoch war ganz und gar kein gewöhnlicher Mensch, auch wenn dies nur wenige vermutet hätten, denn die, die ihn kannten, beschrieben ihn meist als irgendwie … grau. Was weniger an seinem dichten Haar lag, sondern eher an seiner gesamten Erscheinung: Er sah immer ein wenig blass aus, sein Anzug war auch irgendwie grau, obwohl das nicht ganz stimmte, denn eigentlich hatte er gar keine bestimmbare Farbe. Nur die Schuhe waren schwarz und immer blank poliert. Die einzige wirkliche Farbe, die an ihm selbst auszumachen war, war das Dunkelbraun seiner Augen, das so ganz im Widerspruch zu seiner äußeren Erscheinung stand. Darin schimmerten eine Tiefe und eine Warmherzigkeit, mit denen man nicht gerechnet hätte.

Um diese Uhrzeit war nur noch selten jemand im Amt, da es nur selten jemanden gab, der Überstunden machte. Es gab auch keinen Grund für Überstunden, denn im *Amt für Verwaltungsangelegenheiten* waren alle Dienstvorschriften, Verordnungen, Beihilfeangelegenheiten und Apostillen nur während der Dienstzeiten wirksam, sie gingen schlafen, wenn die vielen Beamten das Haus verließen, und erwachten, wenn sie morgens zurückkehrten.

Man konnte sagen, dass das *Amt für Verwaltungsangelegenheiten* so etwas wie die ›Mutter aller Verwaltungen‹ war. Ein gewaltiger, höchst autarker Komplex, der völlig losgelöst von der übrigen Menschheit wie der Mond um die Erde kreiste und ähnlich häufig Besuch bekam. Und trat dann mal ein Fremder ein, so konnte dieser sich schnell verirren, denn die vielen Stockwerke, Flure und Gänge, Treppen und Türen, hinter denen rätselhafte Referate und Zuständigkeiten lauerten, die sich mit noch rätselhafteren Kürzeln tarnten, sahen alle gleich aus, und nicht wenige landeten nach stundenlanger Suche wieder dort, wo sie mal angefangen hatten. Ein Irrgarten, der die Wichtigkeit des Amtes noch einmal unterstrich, denn etwas, das so kompliziert war, musste … na ja, enorm wichtig sein.

Für Albert war es das Paradies.

Das Amt war wie eine Familie, nur ohne störende Verwandtschaft. Eine Burg, wehrhaft besetzt von Tausenden, in der man ganz geschützt ganz alleine sein konnte. Während die Welt draußen immer größer, komplizierter und chaotischer geworden war, war sie hier drinnen immer noch überschaubar, ordentlich und sehr gemütlich. Ein Ort der Geborgenheit, den Albert sehr schätzte, weil er im Umgang mit Menschen zuweilen ziemlich ratlos war. Denn sie neigten dazu, einander das Leben zur Hölle zu machen, dabei war es eigentlich ganz leicht, das zu vermeiden! Der Trick war, sein eigenes Spielfeld nicht zu groß zu machen. Sich mit seinem Raum zu bescheiden. Verglich man es mit Fußball, waren für Albert nicht die Spieler das Wichtigste, nicht der Ball, der Schiedsrichter, die Trikots oder die Zuschauer. Es waren die Linien. Schöne, gerade Linien, die einem anzeigten, ob man noch im Spiel oder schon draußen war, ob man ein Tor geschossen hatte oder nicht. Ohne Linien kein Spiel. Und je kleiner das Spielfeld, desto weniger Mitspieler gab es. Ordnung regierte, nicht Chaos.

Albert beendete sein Mahl, räumte ab, spülte Besteck, Teller und Glas in der Küche sorgfältig ab und verstaute alles wieder in Schränken und Schubladen. Als er die Kerze löschte, war alles wieder an seinem Platz. Als ob er nie da gewesen wäre.

Später passierte er das Foyer, in das von draußen fahles Mondlicht fiel, sah zu dem Nachtportier in der Einfahrt rüber, der, wie üblich, eingeschlafen war, stieg Treppen hinauf und bog im dritten Stock in einen Flur. Von hier aus zweigten im rechten Winkel weitere Flure ab, alle schnurgerade und flankiert von einer Allee identisch grauer Türen, seitlich daneben auf Sichthöhe fein säuberlich die Namen und Referate in geheimnisvoll auf- oder absteigenden römischen *und* arabischen Zahlen.

Zwei Gänge weiter bog er nach rechts in einen der längsten Gänge des Amtes und war am Ziel: *Elisabeth Seel / Mike Schulze, VII.8*. Albert kramte einen gewaltigen Bund aus seiner Hosentasche, suchte nach dem passenden Schlüssel, fand ihn und betrat in aller Ruhe das Büro. Eine kleine Taschenlampe flammte auf, und der Lichtkegel fiel zunächst auf den Schreibtisch von Frau Seel, der sehr ordentlich war, dann auf den Schreibtisch von Herrn Schulze, der wie ein Kriegsgebiet wirkte.

Albert wählte Schulzes Schreibtisch und stellte zufrieden fest, dass der mal wieder seine Schubladen nicht abgeschlossen hatte, der Schlüssel steckte noch. Das übernahm jetzt Albert; er verschloss den Schreibtisch und steckte den Schlüssel ein. Das war schon alles, sein ganzer kleiner Plan.

Aber ohne es zu ahnen, hatte Albert damit gerade sein Spielfeld vergrößert.

2.

Ein neuer Morgen ließ die Drehtür im Foyer rotieren, und es sah aus, als ob die draußen wartende Beamtenschlange von einem Propeller in der Mitte in kleine Beamtenstückchen gehackt wurde, die, sobald die Tür sie drinnen ausgespuckt hatte, hurtig nach allen Seiten ausschwärmten und laut MOGGGÄÄÄN! riefen. Am Ende des Foyers warteten die Aufzüge, die die kleinen, herumstreunenden Schnipsel aufnahmen, bis sie voll waren. Dann schloss sich die Klappe und sie wurden hinaufbefördert. Einige nahmen die Treppen, in der Regel die aus dem ersten Stock oder die, denen der Arzt mehr Bewegung verordnet hatte, aber viele waren es nicht.

Im Büro *Elisabeth Seel/Mike Schulze, VII.8* bereiteten sich die beiden Beamten auf den Tag vor, was in Elisabeths Fall traditionell das Aufbrühen von Kaffee bedeutete, bei Mike hingegen hieß, dass er sich auf seinem Schreibtischstuhl fläzte, die Füße auf dem Tisch und die Arme hinter dem Kopf verschränkt hatte. Dabei starrte er unentwegt auf die Uhr oberhalb der Eingangstür, die in wenigen Sekunden auf 7.30 Uhr springen würde.

Mike zählte: »5, 4, 3, 2, 1 … Action!«

Die Tür öffnete sich.

Albert trat ein, unter dem Arm zwei Hängeordner mit Anträgen und Briefverkehr.

Mike nahm seine Hände hinter dem Kopf hervor und zielte mit den Zeigefingern auf Albert: »*Sie* täuschen mich nicht!«

Einen Moment lang sah Albert ihn ausdruckslos an und fragte sich, ob Mike Schulze einen Verdacht hegte, dann aber entnahm er seinem Gesichtsausdruck, dass einzig und allein das morgendliche Ritual anstand. Daher wandte er sich Elisabeth zu: »Guten Morgen, Elisabeth.«

»Morgen, Albert.«

Mike zielte immer noch auf Albert und rief: »Sie sind *Stempel-Man*!«

»Mike!«, mahnte Elisabeth.

Der schüttelte unbeirrt den Kopf: »Er versucht, uns zu täuschen, Lizzy. Merkst du das nicht? Unter dem unscheinbaren Äußeren lauert eine Kampfmaschine! Ein Akten-Ninja! Ein Mann …«, er ließ sich etwas Zeit für eine dramatische Pause, »… mit dunklen Geheimnissen.«

»Er macht nur Quatsch, Albert«, beschwichtigte Elisabeth.

»Ich weiß.« Alberts Miene blieb unbewegt, denn Mike Schulze demonstrierte jeden Morgen sein ungeheuer komisches Talent, über das nur Elisabeth lachen konnte. Was nicht verwunderlich war, denn die Art und Weise, wie sie Mike ansah, verriet Albert, dass sie gerne über seine Scherze lachte, denn offensichtlich mochte sie ihn sehr.

Albert hingegen lachte nie.

Elisabeth deutete auf seinen Mundwinkel: »Sie haben da übrigens was …«

Albert suchte ein Taschentuch aus seiner Hosentasche heraus und wischte sich damit über den Mund: Mayonnaise. Schon wieder.

Mike nahm die Füße vom Tisch, erhob sich, legte wie Hercule Poirot die Arme auf den Rücken und sagte: »Diesmal bin ich mir sicher. Okay, kann sein, dass ich mit meiner Einschätzung gestern danebenlag, aber du musst zugeben, Elisabeth, da könnte auch ein Formationstänzer in ihm sein. Dieser Gang, dieser Swing …«

Sie grinste, wurde aber gleich wieder ernst, als Albert zu ihr rübersah.

»Aber jetzt bin ich mir sicher: Sie, Albert, sind überführt! Als Superheld!«

Albert nickte: »Ja.«

Mike triumphierte: »Ich wusste es!«

Für einen Moment rührte sich niemand, dann legte Albert die Ordner auf Elisabeths Schreibtisch.

»Danke, Albert, Sie sind ein Schatz.«

Die Bürotür flog auf, Dr. Wehmeyer betrat energisch den Raum und verlor nicht viel Zeit mit Höflichkeiten: »Morgen! Herr Schulze?«

Mike nahm Haltung an: »Ja?«

»Die Kostenübersicht, bitte.«

»Natürlich.«

Betont lässig ging er zu seinem Schreibtisch und griff mit einem triumphierenden Lächeln nach der obersten Schublade … abgeschlossen. Da half auch kein hektisches Rütteln.

»Gibt es ein Problem?«, fragte Dr. Wehmeyer.

»Die Akte ist in meinem Schreibtisch«, antwortete Mike, der immer noch an der Schublade rüttelte.

Albert nickte Dr. Wehmeyer und Elisabeth zu: »Ich geh dann mal wieder.«

Elisabeth erwiderte den Gruß freundlich, während Mike weiterhin am Griff zerrte, ohne jeden Erfolg. Albert betrat in aller Ruhe den Flur und hörte hinter sich die Stimmen der Kollegen, und mit einem Mal war ihm, als würden die beiden singen, als wären sie Teil einer komischen Oper, in der der jugendliche Held von dem herrischen Alten bedrängt wurde.

»Was ist denn jetzt?«, schmetterte Dr. Wehmeyer im schönsten Belcanto.

»Sie ist da drin!«, schallte Mike zurück, jetzt schon mit einem Hauch Verzweiflung in der Stimme.

»Dann schließen Sie halt auf!«

»Der Schlüssel ist weg.«

»Was Besseres ist Ihnen nicht eingefallen?«

»Gestern war er noch da!«

»Was kommt als Nächstes, Herr Schulze? Dass Ihre Katze die Hausaufgaben gefressen hat?«

Die Stimmen wurden leiser und leiser, wirbelten wie Staub davon, während Albert in der anderen Hosentasche mit dem Schubladenschlüssel spielte und an Mayonnaise dachte.

Gott, er liebte Mayonnaise.

3.

Eigentlich hätte ihn der plötzliche Gesang überraschen müssen, aber Albert nahm den Umstand eher erfreut zur Kenntnis und so genoss er die schönen Stimmen, solange er sie hören konnte. Er wusste, dass das *Amt für Verwaltungsangelegenheiten* magisch war und dass so etwas an solch besonderen Orten durchaus vorkommen konnte, aber er stand mit dieser Meinung ziemlich alleine da, daher behielt er sie auch lieber für sich.

Ein anderer besonderer Ort war sein Büro am Ende des Ganges.

Albert Glück, VII.14 stand dort, und wenn man es öffnete, war es, als wäre die Zeit vor gut vierzig Jahren stehen geblieben, denn Albert hatte sich der allgemeinen Modernisierung des Amtes vor knapp zwanzig Jahren verweigert, und man hatte ihm gestattet, seine alten Büromöbel zu behalten.

So war sein Büro das Einzige, das noch den Charme der Sechzigerjahre besaß: mit einem schmalen, aber aus massivem Holz gefertigten Schreibtisch mit einem Schubladenschloss, in das nur ein alter, großer Bartschlüssel passte. Der Aktenschrank war ebenfalls aus Holz und sah eher wie ein Kleiderschrank aus, der Besucherplatz ein Stuhl mit einer Hartschale und gebogenen Metallbeinen. Einzig einem Computer hatte sich Albert nicht verweigern können, und auch das Telefon war modern, denn mit den alten Wählscheiben war eine interne Verbindung nicht möglich.

Es gab noch zwei offene Regale mit Hängeregister, darauf eine kleine Ordnerdrehsäule. Auf dem Schreibtisch drei Ablagekästen: links die Eingänge, in der Mitte die Ausgänge und rechts ein Fach für Wiedervorlage. Alle drei waren leer, weil Albert grundsätzlich alle Arbeit, die ihm aufgetragen wurde, ordnungsgemäß, penibel korrekt und umgehend erledigte. Ansonsten lag nur noch ein Kugelschreiber auf der Schreibtischunterlage, darüber hinaus nichts.

Öffnete man die Aktenschränke, so konnte man die perfekte Anordnung der Aktenordner bewundern, die bis auf den Millimeter in Reih und Glied standen und nach Referaten, innerhalb der Referate nach dem Alphabet, innerhalb des Alphabets nach Nummern geordnet waren. Auffällig war, dass es in Alberts Büro keine Pflanzen, persönlichen Dinge, ja, nicht einmal Farben gab, auch nicht auf den Rücken der Ordner. Alles wirkte sauber, aufgeräumt und irgendwie … grau.

Und doch war er unter allen Mitarbeitern des Amtes der Individuellste, ja, in gewisser Weise sogar der Modernste, obwohl er sich selbst gar nicht dafür hielt, genauso wenig wie die anderen ihn dafür hielten. Aber im absoluten Gleichklang der Büroeinrichtungen, die sich nur in Details wie Pflanzen, Kalender oder Postermotiven der jeweiligen Hobbies der Beamten unterschieden – die auf verstörende Weise alle irgendwie gleich waren, da alle dieselben Arten von Pflanzen, Kalendern und Hobbies hatten –, war sein Büro das Einzige, das anders aussah.

Außerdem konnte man mit einem gewissen Sinn für Ironie sagen, dass sich die Welt zwar weitergedreht und Albert zurückgelassen hatte, er allen anderen dennoch wieder voraus war, denn Retro war wieder in. Er hatte sie überholt, ohne sich überhaupt zu bewegen! Er hatte die Zeit überlistet, die Physik auf den Kopf gestellt, aber niemand hatte es bemerkt.

Auch deswegen war Alberts Büro magisch.

Er betrat es wie jeden Morgen um kurz nach halb acht, setzte sich an seinen Platz, schaltete den Computer an und legte die Hände auf die Schreibtischunterlage. Es klopfte. Albert liebte die Abläufe am Morgen, die Pünktlichkeit und Verlässlichkeit, mit der er die Tage begann. Die Bürohilfe trat ein, eine gut gefüllte Kladde mit allerlei Anträgen im Arm.

»Morgen, Herr Glück.«

»Guten Morgen, Susanne.«

Sie legte ihm die Kladde auf den Tisch.

»Wiedersehen, Herr Glück.«

»Auf Wiedersehen, Susanne.«

Damit schloss sie die Tür des Büros hinter sich und Alberts Tagwerk konnte beginnen. Das war ein guter Morgen, denn er war wie jeder Morgen.

Gleich der erste Antrag war ein alter Bekannter, abgeschickt von einem Herrn Chicone und wie immer voller Formfehler. Die abenteuerliche Rechtschreibung störte Albert nicht, allenfalls war es ein ästhetischer Mangel auf einem ansonsten makellos schönen Formblatt. Es war bereits der vierte Antrag in den letzten Monaten, und immer wenn Herr Chicone endlich einen falschen Eintrag vermied, baute er dafür gleich einen neuen ein.

So war der Antrag leider nicht zu bearbeiten.

Er öffnete die Schublade, zückte einen großen Stempel und ein Kissen und drückte an die exakt dafür vorgeschriebene Stelle ein großes ABGELEHNT auf den Antrag. Dann legte er das Papier in den Ablagekasten für Ausgänge. Und ohne es zu ahnen, hatte Albert mit genau dieser Ablehnung eine Tür aufgestoßen, die ihn bald schon in ein neues Leben führen würde.

4.

Die Stunden flogen nur so vorbei, denn es gab für Albert nichts Schöneres als das konzentrierte Bearbeiten der wunderbaren Anträge, die Stück für Stück von der Kladde in die Ablagekästen wanderten. Nach all den Jahren bewunderte er immer noch die aparte Schönheit des Druckbildes, die Kompliziertheit der Syntax bei einer gleichzeitigen Genauigkeit, die ihresgleichen suchte. Die Namensfelder, für gewöhnlich das Einzige, was die Antragsteller ohne Hilfe verstanden, hatten genau die richtige Größe im Vergleich zur Größe des Blattes. Die winzig kleinen Kästchen zum Ankreuzen waren vorbildlich, die feinen Absätze, die Felder, die nur von der Verwaltung ausgefüllt werden durften, der optisch ansprechende Block der Rechtsbehelfsbelehrung mit den akribisch aufgelisteten Paragrafen und die geniale Idee, Anträge oder Briefe oder Bescheide maschinell gültig zu machen, ohne dass eine persönliche Unterschrift nötig war, machten das Blatt zu einem Kunstwerk.

Und wie immer ärgerte sich Albert maßlos darüber, wenn damit nicht sorgsam umgegangen wurde: Würde jemand die Gutenbergbibel so behandeln? Die amerikanische Unabhängigkeitserklärung oder Columbus' Brief von der Entdeckung der Neuen Welt? Würde die jemand zerknittern oder Eselsohren reinfalten? Was nützten denn Glaube, Freiheit und die Erschließung neuer Welten, wenn sie nicht geregelt wurden? Die Verwaltung war der Motor einer jeden gesellschaftlichen Ordnung und Anträge das Schmieröl, das ihn am Laufen hielt. Ohne Anträge keine Ordnung, ohne Ordnung keine Gerechtigkeit, ohne Gerechtigkeit keine Hoffnung, ohne Hoffnung kein Glaube, ohne Glaube keine Welt. Wenn man diesem Umstand bereits keinen Respekt entgegenbrachte, musste man das auch noch demonstrieren, indem man seine Kaffeetasse drauf abstellte?

Für Albert waren diese Anträge wie Partituren, deren Musik nur die hörten, die ihre Noten lesen konnten. Jeder Antrag hatte eine Melodie, einige waren dramatisch, andere munter oder traurig, wieder andere beinahe so etwas wie romantisch. Man musste sie nur in die Hand nehmen und ansehen und schon hörte man es. Einfach wunderbar, auch wenn man von Musik überhaupt keine Ahnung hatte. Was machte das schon? Die Seele verstand.

Mittlerweile hatte Albert auch einen alten Locher auf den

Schreibtisch gestellt, mit dem er zwei kreisrunde Löchlein in einen Antrag stanzte, als sein Blick auf seine Armbanduhr fiel. Nur noch wenige Sekunden bis zwölf Uhr Mittag.

Erschrocken sprang er auf und murmelte: »Oh! Jetzt aber schnell.«

Ein Schauspiel stand an, das Albert liebte und niemals verpasste: der große Hungerlauf! Er eilte aus seinem Büro, stellte sich an das Ende des Ganges und sah auf seine Uhr: Punkt zwölf Uhr flogen fast alle Bürotüren auf und Männer wie Frauen stürmten hinaus und riefen gestikulierend: MAHLZEIT!

Das Getrappel und Getöse war ohrenbetäubend, die aufgeregten Stimmen, die immer schneller werdenden Schritte, die unauffälligen Überholvorgänge noch vor dem Treppenhaus oder den Aufzügen. Niemand wollte in der Kantine ganz hinten in der Schlange stehen.

Albert war entzückt.

Der große Hungerlauf begeisterte ihn jeden Tag aufs Neue, denn er war auf wundersame Art und Weise immer gleich und letztlich waren es auch immer dieselben, die ihn gewannen. Da er aber der Einzige war, der wusste, dass es ihn überhaupt gab, fühlte er sich privilegiert und verzichtete deswegen gerne auf eine vordere Platzierung an der Essensausgabe. Wie konnte man nur nach so banalen Dingen wie dem Gewinn eines Hungerlaufs streben, wenn sich vor den eigenen Augen das Leben in seiner ganzen Schönheit entfaltete?

Die Kantine war randvoll, die Schlange vor der Essensausgabe ziemlich lang und Albert so ziemlich der Letzte in der Reihe. Er sehnte sich nach den stillen Stunden am Abend, denn große Menschenmengen ängstigten ihn, es war, als würden sich die einzelnen Körper und Stimmen zu einer gewaltigen Lawine vereinigen und ihn unter sich begraben. Der Lärm und die Enge töteten jeden seiner Gedanken ab, außer dem einen, allem zu entkommen und sich in der Stille wieder selbst zu spüren.

Er setzte sich, wie jeden Mittag, an seinen Platz, gleich neben Elisabeth Seel und Mike Schulze. Schon von Weitem konnte er an Mikes Miene erkennen, was das Thema des Tischgesprächs sein würde, und kaum hatte er Platz genommen, polterte Mike auch schon los.

»Mann, wie kann man bloß so einen Aufstand machen? Ist doch nicht so, dass ich den Job nicht gemacht hätte!«

»Hast du deinen Schreibtischschlüssel gefunden?«, fragte Elisabeth.

Mike lehnte sich zurück und winkte ab: »Nein, und das werde ich auch nicht.«

Sie sah ihn erstaunt an: »Wie meinst du das?«

Mike blickte verstohlen um sich, als ob er fürchtete, jemand könne ihr Gespräch belauschen, und raunte dann: »Wir haben einen *Wolf* im Amt.«

Den Überraschungseffekt hatte Mike auf seiner Seite, denn weder Albert noch Elisabeth hatten auch nur einen Schimmer, wovon er eigentlich sprach.

»Was soll das sein?«, fragte Albert.

Mike kniff verschwörerisch ein Auge zu und sagte dann im Brustton der Überzeugung: »Das sind Menschen, die in den Räumen anderer leben, wenn diese zur Arbeit fahren.«

»Kein Wunder, dass er sich in Ihrem Büro aufhält.«

»Albert!«, lachte Elisabeth.

Mike fuhr völlig ungerührt fort: »Sie sind da. Überall. Und

man kann sie nicht erwischen. Es sind ihre Instinkte. Sie wissen immer, wann du zurückkommst.«

»Und was machen sie so den ganzen Tag?«, fragte Albert.

Mike nickte: »Sie nehmen an deinem Leben teil. Sie benutzen die Dinge, die du auch benutzt: Fernseher, Zahnbürste, Fotoalbum. Ganz egal. Sie brauchen dich, um zu leben, weil sie kein anderes Leben haben.«

Albert verzog skeptisch den Mund: »Das würde man doch merken.«

Mike schüttelte den Kopf: »Nein, sie verlassen die Räume, wie sie sie vorgefunden haben. Nur manchmal erlauben sie sich einen kleinen Hinweis: ein Buch, das schief im Regal steht. Eine Socke, die verloren gegangen ist. Ein Schlüssel, der scheinbar verlegt wurde. So Sachen.«

»Und so einer ist hier im Amt?«, fragte Albert vorsichtig.

»Ja.«

»Und hat den Schlüssel Ihrer Schreibtischschublade gestohlen …«

»Sie können sich ruhig darüber lustig machen, aber in diesem Amt lebt ein Wolf. Ganz sicher!«

»Warum sagen Sie das nicht Dr. Wehmeyer?«, fragte Albert unschuldig.

Mike grinste: »Teuflischer Plan, Dr. No, aber ich durchschaue ihn! In diesem Amt lebt ein Wolf, und ich werde es auch beweisen!«

Mike schaufelte beherzt das Mittagessen in sich hinein, Albert entschuldigte sich: Ihm war der Appetit vergangen.

5.

Albert wunderte sich über sich selbst, denn in letzter Zeit verstieß er immer öfter gegen seine eigenen Regeln. Wobei er durchaus Spaß am Schabernack hatte, aber es widersprach seiner Überzeugung, sein Spielfeld klein zu halten, keine weiteren Spieler zuzulassen, die die schöne Ordnung völlig ruinierten. Albert wusste, dass Mike Schulze die Geschichte vom Wolf allen, die es hören wollten oder auch nicht hören wollten, erzählen würde, und so unwahrscheinlich es auch war, dass jemand darauf einging, musste Albert auf der Hut sein.

Zwar würde Schulze niemand diesen Quatsch glauben, weil niemand in diesem Amt, außer Albert, genügend Fantasie hatte, sich einen menschlichen Wolf vorzustellen. Aber was, wenn Mike von einer Fantasiegestalt in eine andere, reale umschwenken würde: einen Einbrecher etwa. Oder einen Dieb. Eine polizeiliche Untersuchung wäre da nicht auszuschließen. Möglicherweise auch eine Art Revision, in der es nicht um dienstliche Vorgänge ging. Das Durchleuchten aller Mitarbeiter etwa. War das vorstellbar? Wegen eines Schreibtischschlüssels? Dann würde es von fremden Personen auf seinem winzig kleinen Spielfeld nur so wimmeln! Kollisionen wären gar nicht zu vermeiden. Scheußliche Vorstellung.

Und noch eine Seltsamkeit hatte ihn heute Morgen eingeholt: ein Brief seiner Bank. Seine monatlichen Überweisungen an Georg wurden eingestellt, da das Konto des Empfängers aufgelöst worden war. Er hatte es auf den Bankauszügen bemerkt und hielt es für einen Irrtum, doch jetzt stellte die Bank klar, dass alles seine Richtigkeit hatte.

Georg.

Es gab kaum einen Tag, an dem er nicht an ihn gedacht hatte. Sein alter Freund Georg. Warum hatte er das Konto aufgelöst? Er brauchte doch sicher Geld. Alberts Geld. Vielleicht würde er sich ja bald melden und ihm eine neue Verbindung mitteilen. Es wäre schön, nach so langer Zeit wieder mal von ihm zu hören.

Den Rest des Tages arbeitete Albert sorgsam, aber nicht mehr mit der gleichen tiefen Zufriedenheit des Vormittags, denn das Tischgespräch mit Mike Schulze und Elisabeth Seel ging ihm nach, wenn es auch mehr und mehr verblasste.

Kurz vor vier Uhr hatte er sein Gleichgewicht wiedergefunden, der Arbeitstag war vorbei. Punkt vier Uhr verließ er sein Büro, schloss es sorgsam ab und nahm die Treppe hinab ins Foyer. Vor der Drehtür hatte sich eine Schlange gebildet, und auch diesmal sah es so aus, als ob sie von einem Propeller in der Mitte in kleine Beamtenschnipsel gehackt wurde, die, sobald die Tür sie ausgespuckt hatte, hurtig ausschwärmten und laut FEIERABEND! riefen.

Albert hingegen ging von allen unbeobachtet die Treppen hinab in den Keller.

Eine massive, feuerfeste Stahltür öffnete die Welt zum Archiv des Amtes, das sich gewaltig nach rechts, links und in die Tiefe erstreckte, unzählige deckenhohe Regale hatte, schmale Gänge und eine kalte Beleuchtung. Einiges war schon auf EDV umgestellt worden, aber vieles war noch in alten Ordnern archiviert oder stapelte sich in Mappen und roch nach altem Papier.

Albert verschwand eilig im Gewirr der Gänge, erreichte nach einer Weile die rückwärtige Wand, bog nach rechts ab und stand plötzlich vor einer weiteren feuerfesten Tür, auf der

TECHNIK stand. Dort kramte er seinen großen Schlüsselbund hervor, fischte den richtigen Schlüssel heraus und betrat sein Zimmer.

Viel stand nicht darin: Ein Klappbett, das er morgens stets hochstellte. Ein paar ausrangierte Spinde, in denen seine Kleidung untergebracht war, ein paar Regale voll mit Büchern, akribisch nach Behörden, Referaten und dem Alphabet sortiert. Ausnahmslos Dienstvorschriften, nicht nur dieser Behörde, sondern aller Behörden. Es gab ein kleines Waschbecken mit einem Spiegel und einem Handtuchhalter. Zwei Stühle und einen Tisch, darauf ein kleiner Fernseher.

Alles wirkte sehr ordentlich und irgendwie … grau.

Albert hatte es plötzlich sehr eilig: Er band sich die Krawatte ab und hängte sie zusammen mit seinem Jackett in einen der Spinde. Dann nahm er sich aus einem anderen Spind eine Packung Schogetten, legte die einzelnen Schokostückchen schön ordentlich nebeneinander auf den Tisch und schaltete den Fernseher ein.

Der Vorspann lief schon!

Legenden der Leidenschaften. Albert sah nicht viel fern, die Nachrichten, ein paar Dokumentationen, vor allem über Flora und Fauna. Aber er sah jeden Tag *Legenden der Leidenschaften.* Die erste Schogette verschwand in seinem Mund und breitete sich süß und schmelzig aus: Er war endlich zu Hause angekommen. Fasziniert verfolgte er die täglichen Abenteuer des armen Hausmädchens Flora, das in einem sehr reichen Haushalt Dienst tat und dort, inmitten von Intrigen, Amouren und Ränkespielen, so seltsam deplatziert wirkte. Der Geist, den jeder sah und niemand wahrnahm. Sie war … etwas Besonderes. Ja, das war sie.

Wie immer verging die Zeit viel zu schnell und es endete wie jeden Tag mit einem sehr spannenden Cliffhanger. Albert konnte es kaum abwarten, wie es morgen wohl weiterging. Hoffentlich geschah Flora nicht Böses!

Erst jetzt zog er seine Schuhe aus, stieg in gemütliche Pantoffeln und zog sich eine kuschelige Hausjacke über. In einer Ecke stand ein halbvoller Wäschekorb, auf dem Tisch lag noch die Zeitung vom vorherigen Tag. Er verließ sein Zimmer, lauschte an der Tür noch einmal in das Archiv hinein, aber alles war ruhig.

Ein paar Meter weiter gab es eine zweite feuerfeste Tür, die nur mit einem kleinen Hochspannungsschildchen versehen war. Er schloss sie auf, betrat einen Technikraum und füllte eine Waschmaschine, die dort stand. Während sie lief, saß er auf einem Hocker vor dem Bullauge und las die Zeitung.

6.

Es war schon dunkel, als der Hunger ihn mit einem handbeschriebenen Zettel in den Fingern in die Kantine trieb. Er hatte den köstlichen Duft schon in der Nase, noch bevor er in den Schränken und Schubladen zusammensuchte, was er brauchte: einen Schmortopf, Zwiebeln, Butter, Speck, Mehl, Cognac, Muskat, Rotwein, Pfeffer, Salz, Champignons. Es war alles da, nur das Entscheidende nicht, so sehr er auch danach suchte: Hühnchen.

Seine Suche nach dem Geflügel bekam nach einigen Minuten etwas Verzweifeltes, da er sich auf sein Abendessen so gefreut hatte. Irgendwann gab er auf. Dieser Bummelant von einem Küchenchef! Er suchte dessen Zimmer auf, schaltete den Computer an, trug das Passwort ein und ging noch einmal die Bestellungen der letzten Tage durch. Da! Hühnchen! Es stand groß und deutlich in der Liste, aber es war ganz offensichtlich nicht gekommen oder wieder einmal vergessen worden.

Albert tippte erneut Hühnchen in die Bestellliste ein. Musste er hier denn alles alleine machen? War es zu viel verlangt, wenn man seinen Beruf, den man irgendwann einmal aus einem bestimmten Grund ergriffen hatte, so korrekt wie möglich ausübte? Schließlich wurde der Mann doch bezahlt! Konnte da sein Arbeitgeber nicht verlangen, dass er sich einbrachte? Albert seufzte: Alles Fluchen half nicht. Er würde heute kein *Coq au Vin* mehr bekommen.

Später saß er wieder alleine in der Kantine. Bei Kerzenschein kaute er missmutig auf einem Strammen Max herum. Für einen Moment fragte er sich, ob er dem Küchenchef einen Streich spielen sollte, aber er ließ davon ab: Solange Mike die Mär vom Wolf durchs Amt trug, wollte er kein Aufsehen provozieren. Dennoch musste er sich überlegen, wie er dem Arbeitsethos in der Küche auf die Sprünge helfen konnte, denn auch das tägliche Essen ließ mittlerweile zu wünschen übrig. Eine Kantine war kein Gourmettempel, aber er hatte das Gefühl, dass die Schaffenskraft des Küchenchefs nachließ. Vielleicht hatte er persönliche Probleme, war deprimiert oder einsam? Vielleicht brauchte er nur neue Motivation, um wieder an alte Leistungen anzuknüpfen? Albert nahm sich vor, die Situation genau zu beobachten, um dann möglicherweise ganz sacht an ein paar Stellschrauben zu drehen. Schließlich nützte es allen, wenn das Essen gut war. Gutes Essen hob die Arbeitsmoral und steigerte die Produktivität. Selbst in einem Amt.

Er hinterließ die Küche genauso sauber, wie er sie vorgefunden hatte, und vertrat sich noch ein wenig die Beine. Im Labyrinth der Treppen und Gänge kannte sich Albert aus wie niemand sonst, und Bewegung war bei einer vorwiegend sitzenden Tätigkeit von großer Bedeutung. Albert gab sehr acht auf seine Gesundheit. Ausgewogene Ernährung, tägliches Treppensteigen und lange Spaziergänge durch die Weiten der Verwaltung trugen dazu bei, dass es niemanden gab, der gestärkt vom täglichen Sport so konzentriert und effizient arbeitete wie Albert.

Im obersten Stock, am Ende eines langen Flurs an der Westseite des Gebäudes, stand Albert fast jede Nacht und blickte durch die Fensterscheiben hinab auf die Stadt, die dort funkelnd und friedlich zu seinen Füßen lag. Wie ruhig es hier war. Kein Laut drang von draußen hinauf zu ihm. Von hier wirkte alles so beschaulich, so idyllisch, aber er wusste, dass dem nicht so war: Dort draußen tobte ein Krieg!

Jeder war der Feind des anderen. Die Zeitungen und Nachrichten waren voll davon: Mord, Vergewaltigung, Körperverletzung, Betrug, Diebstahl, Egoismus, Habgier, Niedertracht und Verrat. Das ganze Kaleidoskop menschlicher Verfehlungen. Einfach grauenhaft. Wohin man auch sah: nur Ungerechtigkeit und Gemeinheiten. Der Himmel war für alle da, doch darunter hatten sich die Menschen in ihren Wohnungen und Häusern verschanzt und führten einen grausamen Krieg gegen jeden, der sich ihnen in den Weg stellte. Sie grüßten sich, lächelten einander zu, aber sie meinten es nicht so. Wie konnte man wissen, wann ein Lächeln echt war und wann nicht? Wann jemand aufrichtig war und wann nicht? Wie konnte man überhaupt so leben?

Glücklich war der, für den sich niemand interessierte. Der den Wünschen und dem Willen der anderen nicht im Weg stand. Denn nur so wurde man ignoriert und hatte eine Chance auf ein normales Leben. Albert war froh, dass er sein Amt hatte. Dass er nachts hier stehen konnte, um die Stille zu genießen. Die Lichter der Stadt und die romantische Vorstellung, dass alles, aber auch wirklich alles, in Ordnung war.

Später am Abend, Albert hatte sich bereits den Pyjama angezogen, stand er in seinem Zimmer und bügelte noch einmal seinen Anzug und sein Hemd für den morgigen Tag auf, polierte seine Schuhe auf Hochglanz, denn er legte größten Wert auf makellose Kleidung. Anschließend legte er sich ins Bett und nahm sich seine Abendlektüre vor: *Apostille – Vorschriften zur Beantragung einer Endbeglaubigung zum Zwecke der Legalisation.*

Die Augen fielen ihm zu. Er war müde, rechtschaffen müde, und ja, man konnte sagen: glücklich. Wie jeden Abend löschte er um Punkt 22.00 Uhr das Licht. Morgen war ein neuer Tag, ein weiterer, der mit einem Geburtstag anfing, einem Gläschen Sekt und Mayonnaise.

7.

Punkt fünf Uhr morgens schepperte der Wecker los – ohrenbetäubend laut, aber Albert war das Geräusch gewohnt und weigerte sich standhaft, das völlig veraltete Modell gegen ein moderneres zu tauschen. Es übererfüllte seine Funktion, konnte Tote wecken, was Albert zu schätzen wusste.

Wie jeden Morgen zog er den Pyjama aus, stellte sich nackt

vor das Becken und begann, sich mit einem Waschlappen und Seife sorgfältig zu waschen. Alle paar Tage auch die Haare, wobei er dann gleich den Schnitt kontrollierte: Er hatte es zu einer bemerkenswerten Könnerschaft darin gebracht, sie selbst zu frisieren, sodass die meisten in seiner Umgebung glaubten, Albert leistete sich dann und wann einen teuren Coiffeur. Anschließend rasierte er sich, putzte die Zähne, zog sich an und war fast fertig für den Tag. Nur eines fehlte noch: sein Vitamindrink. Dazu löste er aus verschiedenen Röhrchen Brausetabletten in einem großen Glas Wasser auf: Vitamin C, Multivitamin, Calcium und Magnesium und kippte alles in einem Zug herunter. Das schmeckte nicht besonders, aber Albert war überzeugt, dass seine gute Gesundheit auch Ergebnis seiner Vorsorge war.

Kurz bevor er sein Zimmer verließ, riss er noch ein Blatt von seinem Kalender: 14. Februar. Dann kontrollierte er auf einem Klemmbrett einen Stapel Papier, auf den rund dreitausend Namen und Zuständigkeiten gedruckt waren, bis er schließlich auf einen stieß, der genau richtig war: *Gerlinde Klostermann, 14.02.1956, Abt. III.343*.

Er lächelte und rieb sich die Hände: »Perfekt!«

Keine zehn Minuten später klopfte er an die Tür 343, *Gerlinde Klostermann/Herbert Mutzel*, und trat ein, nachdem er drinnen ein beschwingtes *Herein!*, Stimmen und Gekicher gehört hatte.

»Guten Morgen, Frau Klostermann, Albert Glück. Ich habe hier noch eine Frage zum CAF-Netzwerk. Das ist doch Ihre Abteilung?«

Frau Klostermann, eine rundliche Frau mit roten Wangen und altmodischer Dauerwellenfrisur, goss gerade ihrem Kollegen Mutzel ein Gläschen Sekt ein. Drei weitere Kollegen standen um ihren Schreibtisch und hielten ebenfalls Sektgläser in der Hand.

»Herr Glück! Sie kommen genau richtig!«, rief sie erfreut.

Albert schien irritiert: »Ich verstehe nicht?«

»Na, heute ist mein Geburtstag und wer besucht mich? Herr *Glück*!«

Albert gab ihr die Hand: »Ah, verstehe. Das ist doch mal ein schöner Zufall. Herzlichen Glückwunsch!«

Auch die anderen waren ganz aufgekratzt ob des Zufalls, dass Herr Glück zu Frau Klostermanns Geburtstag vorbeikam, und amüsierten sich eine ganze Weile mit kleinen Wortspielchen, die Albert alle in- und auswendig kannte. Es waren überall gleichen und sie waren der Preis dafür, dass er die Menschen im Amt glücklich machte. Der eigentliche Grund seines Kommens, ohnehin nur vorgeschoben, war längst vergessen. Albert bekam ein Gläschen Sekt und prostete den Kollegen zu.

»Bedienen Sie sich doch!«, rief Frau Klostermann plötzlich.

Albert wandte sich um und sah auf ein kleines Buffet mit Brötchenhälften und süßem Backwerk. Es war, wie meistens, von der Küche hergerichtet worden, natürlich auf Bestellung des Jubilars.

Er gab sich scheu: »Wirklich? Ich weiß nicht …«

Frau Klostermann ließ keinen Widerspruch zu: »Na, nicht so schüchtern, Herr Glück. Greifen Sie zu!«

Albert wählte ein belegtes Brötchen mit Fleischwurst und biss herzhaft hinein: »Hm, Mayonnaise! Gute Idee, Frau Klostermann!«

Frau Klostermann lächelte glücklich.

8.

Punkt 07.30 Uhr betrat Albert das Büro von Elisabeth Seel und Mike Schulze, wie immer mit zwei Ordnern Anträgen und Briefverkehr unter dem Arm. Und wie immer wappnete sich Albert innerlich gegen Mikes morgendliche Humorattacke.

Doch diesmal blieb sie aus.

Mikes Chaosschreibtisch war verwaist, nur Elisabeth stand am Kaffeeautomaten und schaltete die Maschine gerade ein. Er konnte sehen, dass sie geweint hatte, dass sie nur mühsam Haltung bewahrte und ständig die Nase hochzog.

»Wo ist denn Herr Schulze?«, fragte Albert.

»Nicht da«, antwortete Elisabeth knapp.

»Krank?«

Elisabeth zuckte mit den Schultern: »Vielleicht auch nur spät dran.«

Albert stand ein wenig unschlüssig im Raum, hielt die Ordner und wusste nicht so recht, was er damit machen sollte, da Elisabeth ihn sonst jeden Morgen bat, die Mappen auf ihren Schreibtisch zu legen oder ihr in die Hand zu drücken.

»Er ist oft spät dran«, stellte Albert ein wenig hilflos fest, um die Stille zu unterbrechen.

Elisabeth brach in Tränen aus.

War Albert das Schweigen unangenehm gewesen, so wand er sich jetzt vor Unbehagen, denn weder wusste er, was er von diesem emotionalen Ausbruch halten, noch, wie er damit umgehen sollte. Wieso musste er hier stehen und Elisabeth beim Heulen zusehen? Wieso konnte das nicht jemand tun, der erfahrener im Umgang mit solchen Situationen war? Wieso war Mike Schulze, dieser Idiot, nicht hier und kümmerte sich?

»Er hat Schluss gemacht«, schluchzte Elisabeth.

»Was meinen Sie?«, fragte Albert verwirrt zurück.

Elisabeth sah ihn trotzig an: »Mit mir! Einfach so.«

Albert ahnte, was vorgefallen sein musste, und war zum ersten Mal der Meinung, dass es durchaus eine Steigerung zu Mikes morgendlichen Einfällen gab, denn jetzt badete er nicht nur seine Witzeleien aus, sondern auch noch seine privaten Dramen. Was kam wohl als Nächstes?

Elisabeth fiel ihm verzweifelt in die Arme und schluchzte herzzerreißend an seiner Schulter: »Er hat so viele schöne Sachen gesagt … Ich dachte, ich wäre was Besonderes für ihn … und jetzt ist alles vorbei.«

Albert stand stocksteif da und versuchte, auf transzendente Art und Weise seinen Körper zu verlassen. Das war zu viel Nähe, viel zu viel Nähe!

Elisabeth hatte sich wie ein Äffchen an ihn geklammert, während er einfach nur dastand und wünschte, er könnte nur seine Akten abgeben und schnell in sein Büro verschwinden. *Er* hatte doch nicht Schluss gemacht! Wieso musste *er* hier stehen und sich nassweinen lassen?

»Ich weiß ja, dass er ein Kindskopf ist«, schluchzte Elisabeth und vergrub ihren Kopf wieder in Alberts Schulter, »aber man spürt doch, wenn man zusammengehört, oder? Tief im Herzen, meine ich.«

Sie sah zu ihm auf. Hilfe suchend. Trost fordernd. Mit rotgeränderten Augen, geweiteten Pupillen und langen Tränenspuren auf den Wangen. Einer Sterbenden gleich, die ein letztes schönes Wort hören wollte.

»Ähmmm … ja«, antwortete Albert.

Wieder brach sie in lautes Schluchzen aus.

»Ach, Albert! Sie sind so ein guter Mensch. Was soll ich denn jetzt tun?«

Er wusste es nicht.

Vielleicht hätte er ihr seine Theorie vom Spielfeld und den obligatorischen Linien erläutern können, aber es schien ihm, dass sie nicht in der Verfassung war, ihm zu folgen. Dennoch war es offensichtlich, dass ihr Spielfeld die völlig falsche Person betreten hatte, dass sie seinem falschen Charme auf den Leim gegangen war und jetzt dafür den Preis zahlte.

»Am besten, Sie vergessen die ganze Sache«, antwortete er schließlich. Es schien ihm das Sinnvollste zu sein.

Sie sah zu ihm auf und erwiderte: »Waren Sie jemals verliebt, Albert?«

Er schwieg.

Nicht nur, weil die Frage reichlich persönlich war, sondern auch, weil er niemals verliebt gewesen war und daher nicht die geringste Ahnung hatte, was das an seinem Ratschlag geändert hätte. War *Verliebtsein* der Freifahrtschein für alles? Durfte es einfach alle Regeln, Ordnungen und Vernunft auf den Kopf stellen, sodass man später für nichts zur Rechenschaft gezogen werden konnte? Durfte man einfach über jede Grenze gehen, nur weil man ja *verliebt* war? Genau wie man Mitleid, Trost und Solidarität erwarten durfte, wenn es schiefging?

Albert hatte das strenge Gefühl, dass *Verliebtsein* sehr viel mehr Menschen als nur zwei in Beschlag nahm. Vorher, nachher oder mittendrin. Und offenbar wurde nicht lange gefragt, ob da jemand mitmachen wollte oder nicht. Beim *Verliebtsein*.

»Sehen Sie!«, rief Elisabeth unter Tränen, weil sie Alberts Schweigen missdeutete. »Darum kann ich ihn auch nicht einfach vergessen.«

Albert seufzte und machte sich los: Als Gedankenleserin taugte Elisabeth jedenfalls nicht. Er verabschiedete sich steif und kehrte der Schluchzenden den Rücken, froh, schnell in sein Büro fliehen zu können. Dem einzig sicheren Ort vor Leidenschaften und Komplikationen. Er hatte sich gerade hingesetzt, als die Bürogehilfin bereits klopfte, eintrat und wie üblich eine gut gefüllte Kladde bei sich trug.

»Morgen, Herr Glück.«

»Guten Morgen, Susanne.«

Sie legte ihm die Unterlagen auf den Tisch und machte sich wieder auf den Weg nach draußen.

»Wiedersehen, Herr Glück.«

»Auf Wiedersehen, Susanne.«

Eine Weile brauchte er, bis er sich wieder eingefunden hatte in die Welt der Anträge, Verordnungen und Regelungen. Aber bald schon vergaß er Elisabeths Tränen und kümmerte sich wieder nur um sich selbst und um seine Arbeit.

Der Tag war wieder so, wie er sein musste.

Selbst der große Hungerlauf war der, der er immer war. Und Albert war sehr glücklich damit. Nur in der Kantine mochte er sich nicht neben die immer noch weinende Elisabeth setzen. Er drehte rechtzeitig ab und suchte sich einen Platz weit hinter ihr, der ihm aber nicht gefiel, weil es nicht seiner war. Selbst das Essen schmeckte hier anders! So ließ er alles stehen und begnügte sich mit einem Apfel.

Elisabeth und Mike hatten Unordnung in sein Leben gebracht, hatten sich eingemischt, und jetzt musste er sehen, dass er seinen alten Rhythmus wiederfand, denn durch das ausgefallene Essen blieb noch viel Zeit bis zum Ende der Mittagspause.

Albert vertrat sich ein wenig die Beine, stieg in den dritten Stock hinauf, vorbei an den großen Fenstern mit Blick auf die Stadt. Das Wetter war nicht das beste, die Bäume waren kahl und die Straßen matschig. Kein schöner Tag, um draußen zu sein.

Auf halbem Weg sah er Mike Schulze, den Arm lässig an eine Fensternische gelehnt, als ob er die junge Frau dahinter einsperren wollte. Sie kicherte über etwas, das Mike gesagt haben musste, und machte nicht den Eindruck, als würde sie sich an Mikes Annäherung stören.

Mike lachte ebenfalls, sah zu ihm herüber und grüßte munter: »Albert!«

Albert grüßte sehr förmlich zurück. »Herr Schulze.«

Dann ging er ohne jedes Mienenspiel an den beiden vorbei.

9.

Albert verstand nichts von Liebesdingen, aber er verstand durchaus etwas von Höflichkeit. Und er fand, dass Mike sich Elisabeth gegenüber sehr unhöflich verhalten hatte, auch wenn er als Ort für sein Poussieren mit einer anderen einen Flügel des Amtes gewählt hatte, den normalerweise niemand der Abteilung VII benutzte. Dennoch konnte man diskreter vorgehen. Was, wenn sich Elisabeth ebenfalls die Beine vertreten hätte? In ihrem Kummer kein Essen runtergebracht hätte?

Und was war mit ihm selbst? Völlig unschuldig mit hineingezogen in diese Affäre, konnte er da einfach mitansehen, wie Elisabeth litt, weil Mike keine Kinderstube genossen hatte?

Das alles war ein einziges Ärgernis.

Sie tänzelten beide frech über sein Spielfeld und hatten nicht mal den Anstand zu fragen, ob sie das durften. Was natürlich nicht der Fall war! In Albert begann es zu arbeiten, denn es bedurfte einer Antwort. Auch wenn die beiden offensichtlich Mächten ausgesetzt waren, die stärker waren als sie selbst.

Sogar seine Flora aus *Legenden der Leidenschaften* konnte am Nachmittag nicht widerstehen. Am Ende der aufregenden Folge verfiel sie offenbar dem Charme des gut aussehenden, aber wenig seriösen Sohnes des reichen Gutsbesitzers, Franco. Albert hatte die Szene geradezu atemlos verfolgt und darüber sogar vergessen, seine Schogette zu lutschen, sodass sich die Schokolade inzwischen wie warmer Kakao in seinem Mund breitgemacht hatte.

Umso erstaunlicher war, dass Flora, die sich so wunderbar im Hintergrund gehalten hatte, im Arm des jungen Liebhabers lag. Sie wehrte sich, wenn auch nicht mit letzter Kraft. Albert glaubte, dass sie spielend hätte entkommen können, aber seltsamerweise wollte sie gar nicht entkommen. Oder doch? Sehr verwirrend, denn auch das, was sie sagte, stand im glatten Widerspruch zu dem, was sie tat. Nur der junge schöne Mann tat das, was er sagte, aber es gefiel Albert überhaupt nicht. Er hatte genauso wenig Kinderstube wie Mike.

Franco: »Sag, dass du mich nicht liebst!«

Flora: »Ich liebe dich nicht, du Schurke!«

Franco: »Dann sag: Nein! Wenn du kannst.«

Er nähert sich zum Kuss.

Flora (schwach): »Nein, nein …«

Er küsste sie leidenschaftlich, sie stieß ihn zurück, dann umarmte sie ihn und gab sich seiner Hitze hin. Abblende.

Albert war empört: Sie hatte eindeutig *Nein* gesagt! Es hatte

Franco wenig geschert. Und zur Belohnung gibt sie sich ihm auch noch hin? Unfassbar! In seine Empörung mischte sich Unwohlsein, denn Albert ängstigten Menschen, die etwas anderes taten als das, was sie vorher angekündigt hatten. Sie mussten doch beide wissen, dass dies ungeahnte Komplikationen und Konflikte nach sich ziehen würde! Wer wollte denn so etwas sehen? Albert jedenfalls nicht.

Nach der Empörung und dem Unwohlsein kam die Sorge: Flora wäre diesen Mächten doch niemals gewachsen! Sie würde zerquetscht werden von denen, die stärker, gemeiner, niederträchtiger waren als sie. Sie musste unbedingt fliehen. So schnell sie konnte. In ein anderes Haus. Ein sicheres Haus. Wo sie wieder die sein konnte, die sie war: ein Geist, der die anderen bei ihrem tagtäglichen Lebenskampf beobachtete.

Die Gedanken beschäftigten ihn, während er seine Wäsche machte, in der Zeitung las, bügelte, in der Kantine bei Kerzenschein zu Abend aß und auch noch, als er sich den Pyjama anzog. Wechselten zwischen *Legenden der Leidenschaften* und dem *Amt für Verwaltungsangelegenheiten* hin und her. Zwischen Elisabeth und Flora, Mike und Franco. Ordnung und Chaos.

Beim Zähneputzen hatte er eine Idee. Vielleicht gab es Mächte, gegen die man sich nicht wappnen konnte, aber es gab auch Anstand, den zu wahren jeder verpflichtet war. Mike hatte genauso dagegen verstoßen wie Franco. Albert war sich sicher, dass Franco dafür sicher noch die Rechnung präsentiert bekäme, bei Mike wollte er das übernehmen.

Es wurde mal wieder Zeit für eine kleine Lektion, auch wenn dies sein Spielfeld möglicherweise wieder ein Stückchen größer machen würde. Aber Mike und Elisabeth hatten sich ja schon in sein Leben gedrängt, da war es vielleicht gar nicht schlecht, ein bisschen zusätzlichen Platz zu schaffen. So oder so versprach der morgige Tag ein interessanter zu werden.

Er wurde mehr als das. Viel mehr.

Genau genommen wurde es der Tag, der Alberts Leben für immer veränderte.

DER ANTRAG

10.

Es war nicht nur die erzieherische Maßnahme gegen Mike, sondern vor allem *der Antrag*, der Albert aus seinem Bau scheuchen sollte. Ein unerhörter, nie da gewesener Antrag, einer, der den besten Beamten – und der war nun mal ohne jeden Zweifel Albert – vor ein unlösbares Rätsel stellte und ihm alles abverlangen sollte, sogar mehr, als er eigentlich zu leisten imstande war. Und das erschütterte nicht nur Albert, sondern auch das *Amt für Verwaltungsangelegenheiten* in seinen Grundfesten. Das Beben war so gewaltig, dass es alles mit sich zu reißen drohte. Ja, man kann sagen, dass für einen Moment das ganze System auf der Kippe stand.

Dabei hatte der Tag angefangen wie immer: um fünf Uhr morgens mit einem Mordsradau des antiken Weckers. Mit Körper- und Haarpflege, mit einem makellosen Anzug und blank polierten Schuhen. Sogar mit dem obligatorischen Vitamindrink, der Albert regelmäßig erschauern ließ.

Albert riss ein Blatt vom Kalender: 15. Februar. Dann nahm er sein Klemmbrett und durchforschte die Namen, bis er auf den richtigen stieß: *Georg Scheuerlein, 15.02.1959, Abt. II.108*. Auch hier wurde Albert nicht enttäuscht: erfreute Rufe und Wortspiele, ein Gläschen Sekt und belegte Brötchen mit Mayonnaise. Alles war wie immer.

Auch dass Mike wieder in seinem Büro lauerte, während

Elisabeth die Kaffeemaschine bediente. Die Füße auf dem Tisch, die Hände hinter dem Kopf verschränkt, starrte er auf die Uhr und zählte: »5, 4, 3, 2, 1 … Action!«

Albert trat ein, unter dem Arm die Akten, die er für gewöhnlich Elisabeth übergab.

Mike zielte mit dem Finger auf ihn: »Wenn das mal nicht Clark Kent ist!«

»Guten Morgen«, grüßte Albert pflichtschuldig.

Elisabeth kehrte ihm den Rücken zu, aber an ihrer Haltung sah er, dass es ihr immer noch nicht gut ging. Und als sie antwortete, hörte sich ihre Stimme belegt an: »Morgen, Albert.«

Mike fuhr fort, kniff ein Auge zu und raunte Albert zu: »Ich weiß, dass du ein Geheimnis hast, Superman! Aber keine Angst: Ich kann schweigen.«

»Das wäre schön«, antwortete Albert knapp.

»Oho! Schlechte Laune?«

Albert kam gar nicht dazu zu antworten, denn die Tür flog auf: Dr. Wehmeyer hielt sich diesmal nicht lange mit Höflichkeiten auf: »Herr Schulze! Was ist mit den ESF-Dateien? Die BMAS sitzt mir deswegen im Nacken.«

Mike kippte mit seinem Schreibtischstuhl nach vorn und tippte sein Kennwort in den Computer. »Eine Sekunde, Dr. Wehmeyer.«

Doch es tat sich nichts. Der Bildschirm wurde nicht freigegeben. Mike hatte keinen Zugriff auf seine Festplatte. Er tippte sein Passwort erneut ein. Nichts. Aus dem Augenwinkel konnte er sehen, wie Dr. Wehmeyer ungeduldig wurde.

»Moment!«, rief er vorauseilend.

Aber er kam nicht ins Programm, so sehr er auch auf der Tastatur herumhackte.

»Was ist denn jetzt?«, drängelte Dr. Wehmeyer.

»Ich versteh das nicht. Er nimmt mein Passwort nicht an!«

Albert nickte den Dreien zum Gruß zu und sagte: »Ich geh dann mal wieder …«

Er ließ absichtlich die Bürotür offen stehen, sodass er die Stimmen in seinem Rücken hören konnte.

»Vielleicht hast du's klein geschrieben?«, half Elisabeth mit kläglicher Stimme.

Mikes fauchte: »Ich weiß, wie man mein Passwort schreibt, danke fürs Mitmachen!«

Dr. Wehmeyer schien diesbezüglich nicht überzeugt: »Und? Haben Sie es klein geschrieben?«

Mike tippte wie wild, das Geräusch war auch noch auf dem Flur gut zu hören: »Nein verdammt … oh … ähm, doch …«

Dr. Wehmeyer antwortete hörbar genervt: »Gott, Schulze, es ist Ihr *Passwort*! Das benutzen Sie jeden Tag – hoffe ich zumindest.«

»Aber … ich versteh das nicht …«, jammerte Mike.

»Schon gut, vergessen Sie's! Sie sind ja drin. Man freut sich ja schon über Kleinigkeiten.«

Die Stimmen verloren sich.

Ein kleines, feines Lächeln umspielte Alberts Mund.

Doch das würde sich bald ändern.

11.

Noch bevor er seine Bürotür aufgeschlossen hatte, wusste er, dass etwas nicht stimmte. Dabei konnte Albert nicht einmal sagen, was es war: ein Geruch? Eine veränderte Schwingung?

Eine Vorahnung? Vorsichtig machte er einen Schritt in das Zimmer, blickte flink mal in die eine, mal in die andere Ecke. Alles sah so aus, wie er es verlassen hatte, aber er spürte überdeutlich, dass etwas anders war. Aber was?

Dann sah er es, fast in dem Moment, als er sich schon wieder entspannen wollte, denn es lag dort, wo er es eigentlich sofort hätte sehen müssen. Aber ein alarmierter Geist sucht alles Mögliche zuerst ab, nur nicht das Offensichtliche. Und das Alleroffensichtlichste in seinem kleinen Büro war sein Schreibtisch. Dort, mitten auf der Schreibunterlage, lag er.

Der Antrag.

Dass er nicht von hier war, konnte Albert auf den ersten Blick sehen. Was ihn jedoch noch viel mehr beunruhigte: Wie kam er durch die verschlossene Bürotür hier hinein? Vorsichtig schlich er sich heran, nahm ihn mit spitzen Fingern an einer Ecke des Blattes auf und hielt ihn in die Höhe: Was zum Teufel war das? E 45. Es gab kein E 45! Und doch: Er sah echt aus.

Es klopfte an der Tür – Albert ließ vor Schreck den Antrag los.

Er segelte sacht zurück auf den Schreibtisch.

»Morgen, Herr Glück«, grüßte Susanne, die Bürohilfe, und brachte wie jeden Morgen Alberts Tagwerk in dessen Büro.

Albert starrte sie verdattert an: »Guten Morgen, Susanne.«

Sie legte ihm wie immer seine Kladde auf den Schreibtisch, gleich neben den Antrag, ohne dass sie ihm auch nur eine Sekunde Beachtung geschenkt hätte, und wandte sich wieder um zur Tür, argwöhnisch beobachtet von Albert.

»Wiedersehen, Herr Glück.«

Albert erwachte aus seiner Starre und rief schon fast: »Susanne?«

Sie blieb überrascht stehen und sah ihn neugierig an: »Ja?«

»Waren Sie heute Morgen schon einmal hier?«

Sie stutzte, schüttelte dann den Kopf: »Nein, warum?«

Albert schien die Antwort gar nicht gehört zu haben, verfiel in ein nachdenkliches Schweigen, gerade so, als ob Susanne gar nicht mehr vor ihm stünde. Was hatte das zu bedeuten? Wieso konnte jemand einfach so in sein Büro kommen, um ihm einen Antrag auf den Tisch zu legen? Wieso kam das nicht mit der offiziellen Post?

»Herr Glück?«, fragte Susanne, die immer noch vor ihm stand und nicht wusste, ob Albert jetzt noch einen Wunsch hatte oder nicht.

»Hm? Oh, schon gut, ich danke Ihnen.«

»Wiedersehen, Herr Glück.«

»Auf Wiedersehen, Susanne.«

Sie verließ sein Büro, so wie sie es jeden Morgen tat, aber diesmal schlich Albert ihr leise nach und sah sie und ihren Wagen leise davonfahren. Sonst war niemand auf dem Flur. Alles leer. So, wie es ja auch sein sollte.

Leise schloss er seine Bürotür und setzte sich auf seinen Stuhl.

Starrte auf den Antrag.

E 45.

Was sollte das? Er brauchte einige Sekunden, um sich zu sammeln, dann sah er sich den Antrag genauer an. Hielt ihn ins Licht. Prüfte das Papier. Die Schrifttype. Das Druckbild. Den Geruch. Aber je länger er ihn in den Fingern hielt, desto sicherer war er: Dieser Antrag war echt. Keine Fälschung. Kein Scherz, sondern ein verwaltungstechnischer Vorgang, der zu bearbeiten war. Und doch: Was bedeutete E 45? Es gab keinen

Vordruck E 45. Er sprang auf und stürmte zu seinem Aktenschrank, blätterte in sämtlichen Ordnern nach, in denen es von Formularen nur so wimmelte.

Ein Friedhof der bearbeiteten Anträge.

Und überall zur Kennung die Art des Antrages als Inschrift: A 12, A 401, B 20, B 21, E 12, E 42, E 44, D 23, D 221, F 01 und F 04. Aber kein E 45. Das war doch nicht möglich! Konnte es wirklich sein, dass Albert einen Antrag *nicht* kannte? Hatte er in seiner Schaffenskraft so nachgelassen, dass ihm etwas entgangen war, was mit seiner Arbeit zu tun hatte? Alberts Magen zog sich zusammen. Das konnte nicht sein. Das durfte nicht sein! Er war der Mann, der alles kannte. Wieso kannte er E 45 nicht?

Da hatte er einen Einfall: Vielleicht war dieser Antrag neu! So neu, dass er innerhalb der Behörden noch nicht angekündigt worden war. Vielleicht eine Art Prototyp, den man zu Testzwecken herumschickte. Natürlich zu den besten Beamten, um ihre Meinung einzuholen. Ja, das konnte es sein.

Albert spürte gleich, wie er sich entspannte und das Übelkeitsgefühl schwand. Er musste in seinen Mails nachsehen. Vielleicht war der Antrag so neu, dass er elektronisch angekündigt worden war. Eine solche Eile setzte voraus, dass es sich bei dem neuen Antrag um etwas ungeheuer Wichtiges handeln musste.

Doch in seinen Mails gab es nichts. Es hatte auch keinen Anruf gegeben oder eine Andeutung, dass da etwas Neues kommen könnte. Deprimiert setzte er sich auf seinen Stuhl und studierte den Antrag: Anna Sugus hatte ihn gestellt. Auch ganz korrekt ihre Adresse eingegeben. Aber was hatte sie beantragt? So sehr er auch suchte: Da war nichts.

E 45 musste ein Antrag sein, der aus sich selbst heraus einen

Antrag stellte. Aber wozu? Er wusste es nicht, und das machte Albert richtiggehend fertig. Denn nie hätte er geglaubt, dass es im Amt etwas geben könnte, was er nicht wusste.

Und dieser Name!

Was für ein bezaubernder, eindringlicher, ungewöhnlicher, ordentlicher Name! Anna Sugus. Das war kein Zufall. Das war eine Prüfung. Er musste sich nur genug anstrengen, besser sein als je zuvor. Dann würde er das Rätsel lösen.

Ganz sicher.

12.

Gegen Mittag stieß Albert unentwegt mit dem Kopf auf seine Schreibtischunterlage, nachdem er zuvor stundenlang auf den Antrag gestarrt hatte, ohne eine Lösung für diese Aufgabe zu finden. In seinem Gehirn glomm jede Synapse, einige waren sicher auch schon durchgeschmort. Es gab keine Lösung. Aber es musste eine geben. Musste! Musste! Musste!

Plötzlich erhob sich draußen Tumult.

Die Türen waren fast gleichzeitig aufgesprungen, vielfüßiges Getrappel und ein wildes, dutzendkehliges MAHLZEIT! war zu hören. Der große Hungerlauf! Albert blickte von seiner Schreibtischunterlage hoch: Den hatte er jetzt auch noch verpasst! Das konnte doch nicht wahr sein. Dieser Tag war die Hölle!

Schwerfällig raffte er sich auf und schlich nachdenklich in die Kantine, stotterte als Letzter in der Schlange zur Essenausgabe, bemerkte nicht einmal, was ihm auf den Teller geladen wurde, und suchte seinen Platz.

Der war besetzt, natürlich.

Ein paar Meter weiter saß Dr. Bernd Wehmeyer alleine an einem Tisch, so steuerte Albert auf ihn zu und fragte, ob er sich dazusetzen durfte. Er durfte.

»Mahlzeit, Herr Glück«, grüßte Wehmeyer.

»Mahlzeit, Herr Wehmeyer«, antwortete Albert matt.

Albert bemerkte, dass Wehmeyer gute Laune hatte, was ihm ein sehr jungenhaftes Aussehen verlieh. Für einen Referatsleiter war er ohnehin erstaunlich freundlich, wie jemand, der an das Gute im Menschen glaubte, ohne es nach außen zu propagieren. Albert mochte ihn, fand allerdings, dass Wehmeyer dann und wann mehr Autorität ausstrahlen könnte. Mehr Ernsthaftigkeit.

»Wie geht es Ihnen?«, fragte Wehmeyer.

»Gut, danke. Und selbst?«

»Bestens.«

Er pickte ein Stück Schnitzel auf und biss herzhaft hinein. Ein zufriedener Bub, der heute sein Lieblingsessen bekam. Albert hingegen schubste eine Erbse mit der Gabel über den Teller, und als es nicht mehr weiterging, nahm er sich die nächste vor.

»Stimmt was nicht?«, fragte Wehmeyer.

Albert zögerte, dann sagte er: »Finden Sie nicht auch, dass das Essen hier in letzter Zeit schlechter geworden ist?«

Wehmeyer wirkte einen Moment lang irritiert: »Hm, heute nicht.«

»Aber sonst?«

Wehmeyer dachte einen Moment nach und antwortete: »Na ja, ein bisschen besser könnte es schon sein.«

Albert sah ihn an: »Ist irgendetwas mit dem Küchenchef?«

Wehmeyer hörte auf zu kauen, sah sich kurz um, dann nickte er unauffällig: »Ich hab gehört, seine Frau hätte ihn verlassen. Schon vor Monaten. Er nimmt sich das wohl sehr zu Herzen.«

Albert nickte abwesend.

»Was ist denn los, Her Glück? Sie sprechen doch sonst nie über Klatsch im Haus.«

Albert antwortete zögerlich: »Da gibt es etwas sehr Seltsames …«

Wehmeyer nickte: »Ich weiß, Herr Glück. Ein Wolf.«

»Bitte?«

»Wir haben einen Wolf in der Behörde.«

Albert wurde bleich. Starrte Wehmeyer an und wusste nicht, was er sagen sollte. Erst als Wehmeyer grinste, fühlte er wieder einen Puls: »Herr Schulze behauptet, wir hätten einen Wolf in der Behörde.«

»Oh.« Albert stieß es förmlich aus, so erleichtert war er. Er hätte nicht gedacht, dass Mike so dumm sein würde, ausgerechnet Wehmeyer von seinem Verdacht zu erzählen.

»Der schließt seinen Schreibtisch ab oder verstellt sein Passwort.«

»Tatsächlich?«

Wehmeyer lachte: »Bin gespannt, was als Nächstes kommt … nicht zu fassen.«

Albert atmete tief durch – von Mike würde keine Gefahr mehr drohen. Ohnehin hatte er einen schwachen Stand bei Wehmeyer, jetzt aber würde alles, was er noch vorbringen würde, bestenfalls ins Lächerliche gezogen: Mike Schulze und der böse Wolf – das klang doch eigentlich ganz hübsch. Irgendwie nach einer Abmahnung.

Wehmeyer beugte sich zu ihm herüber und sprach plötzlich ganz leise: »Darf ich Ihnen ein Geheimnis verraten?«

»Ja.«

»Direktor Sommerfeldt geht bald in Pension …«

»Das ist kein Geheimnis«, antwortete Albert knochentrocken.

Wehmeyer verdrehte die Augen: »Jetzt lassen Sie mich doch mal ausreden!«

»Verzeihung.«

Wehmeyer sah sich wieder nach links und rechts um und flüsterte: »Er hat mich als seinen Nachfolger im Auge.«

»Gratuliere.«

»Dadurch würde mein Platz frei …«

»Vermutlich.«

Wehmeyer richtete sich auf und klang genervt: »Herrgott, Herr Glück! Ich möchte, dass Sie mich beerben. Sie sind der Einzige, der hier seine Arbeit korrekt erledigt.«

Albert blickte ihn überrascht an. Er freute sich sehr darüber, dass seine Arbeit geschätzt wurde, doch in all den Jahren im Amt hatte er sich nie um eine Beförderung bemüht und auch nicht danach gestrebt. Die damit verbundenen Veränderungen schreckten ihn. Was, wenn Konferenzen mit anderen Referatsleitern anstanden? Wenn er versetzt würde? Dienstreisen geplant wären? Die Welt da draußen würde eindringen und ihn so exponieren, dass ein normales Leben nicht mehr möglich wäre. Er würde sehenden Auges in seinen Untergang laufen. Daher antwortete er ruhig: »Das ist sehr freundlich von Ihnen, Herr Wehmeyer. Aber ich möchte nicht.«

»Wie bitte?«

Es war Wehmeyer anzusehen, dass er mit dieser Reaktion am allerwenigstens gerechnet hatte.

»Mein Job gefällt mir«, antwortete Albert. »Ich bin sehr glücklich damit.«

Wehmeyer war völlig konsterniert, dann seufzte er: »Sie wissen schon, dass Sie ein komischer Kauz sind.«

»Ja, vermutlich.«

Eine Weile aßen sie schweigend.

Ob Wehmeyer sich noch über Albert wunderte, war ihm nicht anzusehen. Aber er hielt plötzlich inne, als er Albert immer noch beim Erbsenschubsen beobachtete.

»Was wollten Sie mich eigentlich fragen?«

Albert seufzte und pickte eine einzelne Erbse auf und schob sie in den Mund: »Ach, nichts, ich kümmere mich schon drum.«

13.

Das überraschende Angebot zur Beförderung hatte Alberts Ehrgeiz angestachelt. Nicht nur vor Wehmeyer wollte er sich keine Blöße geben, sondern auch vor keinem anderen. Vor allem nicht vor Mike Schulze. Nicht auszudenken, sollte der durch irgendeine Indiskretion von dem Vorgang Wind bekommen. Wochenlang würde er ihn damit quälen, dass es tatsächlich etwas gab, das Albert nicht kannte. Das würde wahrscheinlich so weit gehen, dass Mike alles dransetzen würde, *vor* Albert herauszufinden, was E 45 ist. Und wer weiß: Unter irgendwelchen für Albert höchst unglücklichen Umständen gelang ihm das vielleicht. Scheußliche Vorstellung.

So eilte er zurück in sein Büro, gerade so, als ob es auf Minuten oder gar Sekunden ankommen würde. Nach der ersten

Verkrampfung hatte er jetzt eine Reihe von Ideen, wie er dem Geheimnis um E 45 auf den Grund gehen konnte. Sein Optimismus war zurückgekehrt: Er würde den Ursprung von E 45 finden, und wenn er jedes Amt in der Republik danach durchforsten müsste.

Kaum saß er an seinem Schreibtisch, griff er auch schon nach seinem Telefonhörer und wählte die erste Nummer.

»Ja, hallo? Glück vom *Amt für Verwaltungsangelegenheiten*. Ich hab da mal eine Frage zu einem Formular … E 45 … ja, ich warte … nein? Im ganzen Innenministerium nicht? Danke.«

Er wählte eine weitere Nummer. Jetzt war es nur noch eine Frage der Zeit, wann er den ersten und gleichzeitig gewinnbringenden Treffer setzen würde.

Kurz vor vier Uhr.

Albert stieß unentwegt mit der Stirn auf die Schreibtischunterlage. Es gab keine Hoffnung. Keine Lösung. Nur Verzweiflung. E 45 existierte nicht. In keinem Amt. Nirgendwo. Seine Arbeit war zwar geschafft, aber freuen konnte er sich nicht darüber, weil er einen Antrag nicht bearbeitet hatte: E 45.

Um zu ermessen, wie tief die Wunde war, musste man wissen, dass noch nie ein Antrag von Albert *nicht* bearbeitet worden war. Zum ersten Mal in seiner Karriere machte sich in ihm ein Gefühl der Unzulänglichkeit breit, das er nicht einmal Mike Schulze wünschte. Sein Leben war: A 12, A 401, B 20, B 21, E 12, E 42, E 44, D 23, D 221, F 01 und F 04. Das war sein Spielfeld, darin befand sich alles, was er je gedacht hatte, was er je bearbeitet hatte, alles, was er der Welt einst zurücklassen würde. Nichts ging verloren, alles wurde beantwortet. Tausende von Ordnern, Hunderte von Aktenmetern. Protokolliert. Zugeordnet. Archiviert. A 12, A 401, B 20, B 21, E 12, E 42, E 44, D 23, D 221, F 01 und F 04.

Das war doch er!

Und jetzt lag da etwas auf seinem Tisch und verweigerte sich. Wollte sich nicht zuordnen lassen. Konnte nicht archiviert werden. Innerhalb einer vollendeten Ordnung der Genauigkeit und des Pflichtbewusstseins, am Ende einer akribisch dokumentierten Lebensleistung würde hinter dem letzten Ordner ein einzelnes Blatt Papier liegen – mit Eselsohren und Kaffeeflecken drauf! Albert ahnte, dass er noch auf dem Sterbebett an diesen Antrag würde denken müssen. Er würde immer noch da sein und ihn über den Tod hinaus verspotten: Sieh nur! Hier bin ich! Du hast mich nicht bearbeitet. Hast mich einfach zurückgelassen. Du, Albert Glück, wirst nie erfahren, was ich von dir wollte.

Sein letzter Gedanke würde nicht dem gelten, was er getan hatte, sondern dem, was er *nicht* getan hatte. Und ganz gleich, ob das irgendeine Menschenseele da draußen interessierte, ob irgendjemand verstand, warum Albert dieser Antrag so enorm wichtig war, wollte er keine Unordnung hinterlassen. Die Welt war unordentlich genug – er würde nicht dazu beitragen, dass es noch schlimmer wurde.

Albert spürte, dass er einer Hysterie nahe war – Berufliches konnte ihm sehr nahe gehen. Wenn es auch selten diese Momente gegeben hatte. Umso härter traf es ihn jetzt. So griff er erneut nach dem Telefon: »Herr Wehmeyer? Haben Sie einen Moment Zeit für mich?«

14.

Ein übertriebener Blick auf die Armbanduhr sollte demonstrieren, dass Wehmeyer so kurz vor Feierabend nicht mehr so recht gewillt war, sich in irgendeiner Weise mit dem Amt zu beschäftigen. Albert ließ sich davon nicht beeindrucken, saß vor seinem Schreibtisch und beobachtete Wehmeyers Gesicht, dessen Blick lustlos über den Antrag huschte.

»Nein, noch nie gesehen«, sagte er und versuchte, den Antrag wieder loszuwerden.

Albert jedoch machte keine Anstalten, ihn anzunehmen, und antwortete: »Ich auch nicht.«

»Vielleicht von einer anderen Behörde?«

»Nein.«

Wehmeyer hielt den Antrag immer noch über den Schreibtisch, zog ihn dann aber wieder zu sich heran: »Sieht echt aus.«

»Er ist echt«, antwortete Albert.

»Sicher?«

»Natürlich bin ich sicher«, antwortete Albert beinahe schon beleidigt.

Wehmeyer nickte: Albert Glück machte niemals verbindliche Aussagen, wenn er sich nicht sicher war.

»Was mache ich denn jetzt?«

»Legen Sie es auf Wiedervorlage.«

Wehmeyer reichte den Antrag erneut über den Schreibtisch, aber Albert nahm ihn einfach nicht an.

»Wiedervorlage für was?«

»Für den Fall, dass sich die Antragstellerin bei Ihnen meldet. Was beantragt sie überhaupt?«

»Ist nicht vermerkt«, antwortete Albert knapp.

Wehmeyer stutzte, sah wieder auf den Antrag: »Irgendwas muss sie doch beantragen?«

»Nein.«

»Haben Sie die Antragstellerin … Anna Sugus … mal angerufen? Anna Sugus. Seltsamer Name.«

»Palindrome«, sagte Albert.

»Wie bitte?«

»Palindrome. Man kann sie vorwärts wie rückwärts lesen.«

Wehmeyer hielt den Antrag vor sich und las: »A-n-n-A S-u-g-u-S. Tatsächlich.«

»Sehr ordentlich, der Name, meine ich.«

Wehmeyer runzelte die Stirn.

»Wann hatten Sie eigentlich das letzte Mal Urlaub, Herr Glück?«

Die kleine Spitze war Albert nicht verborgen geblieben, so schwieg er und überkreuzte die Arme vor der Brust. Wehmeyer seufzte, geradezu als ob das Schicksal der Erde auf seinen schmalen Schultern lastete, dann beugte er sich über seinen Schreibtisch und drückte Albert den Antrag in die Hand.

»Rufen Sie sie an.«

»Sie hat kein Telefon.«

Wieder so ein Seufzer, ein versteckter Blick auf die Uhr: 16.00. Ab jetzt begann die erste Überminute.

»Und Sie sind sicher, dass sich niemand einen Scherz erlaubt?«, fragte er.

Albert nickte: »Ja.«

Sie saßen sich gegenüber und schwiegen. So lange, dass für beide bereits die zweite Überminute anbrach.

Albert fragte: »Was machen wir jetzt?«

Wehmeyer zuckte mit den Schultern: »Wenn Sie das nicht

wissen, Herr Glück, weiß ich das auch nicht. Niemand weiß über Verwaltungsabläufe so viel wie Sie.«

»Aber etwas müssen wir machen«, beharrte Albert, »es *ist* ein Antrag.«

Wehmeyer faltete die Hände wie zum Gebet und legte dabei die Zeigefinger auf die Lippen: »Verstehe. Das ist ein Problem.«

Zufrieden nahm Albert zur Kenntnis, dass Wehmeyer den Fall endlich in seiner ganzen Dimension begriff: Er hatte die Augen geschlossen und dachte nach. So heftig, dass die Augäpfel unter den Lidern zuckten, als ob er in einen heftigen REM-Schlaf gefallen wäre.

Jetzt konnte er beweisen, aus welchem Holz er geschnitzt war, denn dieser Antrag *war* ein Problem. Hier brauchte es den ganzen Beamten, den Mann mit einer Idee. Einen, der noch ein As im Ärmel hatte, der zeigte, dass die Verwaltung flexibel genug war, auch Unvorhergesehenes zu verwalten. Kurz: Es brauchte einen Superhelden.

»Heften Sie es ab, bis das Rätsel gelöst ist«, sagte Wehmeyer schließlich. Er stand auf und begleitete Albert bis an die Tür: »Manche Dinge brauchen schlicht Zeit. Meine Güte, ist es wirklich schon 16.05 Uhr?«

Sie gaben sich die Hände: »Bis morgen. Schönen Feierabend, Herr Glück.«

Albert nickte: »Ja, bis morgen dann. Schönen Feierabend.«

15.

Natürlich wurde es kein schöner Feierabend. Im Gegenteil: Der komplette Tag war ruiniert. Als Krönung verpasste Albert sogar *Legenden der Leidenschaften*, weil ihm E 45 keine Ruhe ließ. Stattdessen saß er in seinem Büro und klebte ein neues Ordnerschild auf eine leere Akte. Mit schwarzem Filzstift schrieb er drauf: *Diverse*.

Wie leicht der Ordner war! So knochig. Hohl, wenn man daran klopfte. Die schöne runde Aussparung auf dem Rücken zeigte nichts als den Hebelmechanismus für das Heftgut. Es war, als sähe man auf ein Skelett. Eine große hungrige Klappe, die darauf wartete, dass sie irgendjemand endlich fütterte. Irgendwie … deprimierend.

Bei allen anderen Ordnern war die Arbeit durch dieses Guckloch abzulesen. Blatt für Blatt sauber geordnet, in Reih und Glied, bearbeitet und dokumentiert. Der bloße Anblick hob die Stimmung, machte Lust, den Ordner aufzuklappen und das zu betrachten, was man schon geschafft hatte. Und hier? Nichts. Dann nahm er E 45, lochte und heftete den Antrag ein. Ein dünnes Blatt, ein hohler Ordner. Das war alles. So gut wie nichts.

Das war sogar ziemlich deprimierend.

Er stand auf, öffnete den Aktenschrank und sah auf viele schöne Ordner: A 12, A 401, B 20, B 21, E 12, E 42, E 44, D 23, D 221, F 01 und F 04. Prall gefüllt, saftig, zum Anbeißen schön. Daneben stellte er diesen Hungerordner *Diverse*.

Das sah ja grauenvoll aus!

Schnell zog er den Ordner wieder heraus, entnahm ihm den Antrag und legte ihn in das Ablagefach *Wiedervorlage*. Das war zwar auch nicht schön, aber bei Weitem nicht so katastrophal wie *Diverse*.

Später erledigte er seine Wäscheroutine – und dachte an den Antrag. Er vertrat sich die Beine mit einem langen Spaziergang durch das labyrinthische Amt – und dachte an den Antrag.

Am Abend saß er dann bei Kerzenschein in der Kantine und aß ohne jede Lust sein *Coq au Vin*, das er ganz besonders sorgsam und konzentriert zubereitet hatte, um nicht an den Antrag zu denken. Das Huhn war großartig, aber es schmeckte ihm nicht, weil der Antrag neben ihm auf dem Tisch lag. Nicht besonders schlau, wie Albert insgeheim zugeben musste. Aber den Antrag im Fach *Wiedervorlage* liegenzulassen, auf dass er ihn am Morgen als Erstes gleich wiedersehen würde, schien ihm auch nicht besonders schlau zu sein.

Schließlich war Albert so durcheinander, dass er auch noch seine allabendliche Einschlafzeit um 22.00 Uhr vergaß. Vielmehr hatte er sich, um nicht an E 45 denken zu müssen, so auf seine von ihm so geschätzten Dienstvorschriften konzentriert, dass ihn beim nächsten Blick auf seinen Wecker großer Ärger erfasste: 22.43 Uhr.

Was war denn heute nur los?!

Was für ein missratener, chaotischer, unruhiger, blöder Tag war das denn? Und müde war er auch nicht. Nicht wie sonst, wo er einfach nur das Licht löschen musste, um im nächsten Moment auch schon eingeschlafen zu sein. Nichts als Aufregung. Nichts als Missmut, Verdruss und schlechte Laune. Was war denn nur passiert, dass er so aus der Fassung geraten war?

Wütend schlug er gegen den Lichtschalter, ließ sich auf das Kopfkissen fallen und starrte in die Dunkelheit. Doch schon im nächsten Moment schoss er nach oben, saß kerzengrade in seinem Bett, machte Licht und hatte eine Erleuchtung.

Schulze!

Er schnappte sich den Antrag und prüfte ihn noch mal: Er war perfekt. Ein echter Antrag. Das konnte nur heißen, dass er von jemandem kam, der sich im Verwaltungswesen auskannte … Gut, das passte nicht unbedingt auf Schulze, aber er war lange genug dabei und auch leutselig genug, dass er einen Drucker mit der Herstellung eines einzelnen Antrages hätte beauftragen können. Um ihn, Albert, an der Nase herumzuführen. Um heimlich dabei zuzusehen, wie Albert nach und nach durchdrehte.

Schulze! Das war die Lösung. Ein hinterhältiger, verschlagener Scherz auf seine Kosten. Das passte.

Albert sprang auf, eilte im Pyjama aus seinem Zimmer, huschte die Treppen und Gänge hinauf in sein Büro. Unter seinem Schreibtisch stand ein Reißwolf. Zufrieden sah Albert, wie die Maschine den Antrag langsam hineinzog und ihn knirschend in viele schlanke Streifen schnitt. Ja, friss ihn, dachte Albert, reiß ihn in Stücke und schluck ihn runter. E 45! Von wegen.

Er löschte das Licht, schloss die Bürotür hinter sich und reckte sich ausgiebig. Gott, wie müde er auf einmal war. Es war, als würde große Anspannung von ihm abfallen. Er hatte ein kniffliges Problem gelöst. Er war *Stempel-Man*! Ein Superheld.

Was für ein schöner Tag.

16.

Am nächsten Morgen betrat Albert beschwingt und mit dem Geschmack von Mayonnaise im Mund sein Büro: herrlich! Alles war wie immer. Aufstehen um fünf Uhr. Geburtstag in *Abt. III, Zimmer 221, Hilde Oetting/Bianca Linder*, Schulze mal wieder zu spät, und auf seinem Schreibtisch lag der Antrag.

Alberts Magen krampfte augenblicklich.

Wie war das möglich?! Er hatte ihn vernichtet. Getötet. Der Reißwolf hatte ihn verschlungen. Es war unmöglich, dass er noch lebte! Aus dem Bauch des Reißwolfs gab es kein Zurück mehr! Leichenblass setzte sich Albert auf seinen Stuhl und hob den Antrag mit zitternden Händen an: Er war zurückgekommen. Ohne Zweifel. E 45. Und klagte ihn aus dem Aktengrab heraus an, denn sie wussten beide, dass er ein gültiges Dokument ausgelöscht hatte, ohne sich bei seinen Vorgesetzten dafür das Einverständnis zu holen.

Warum hatte er das getan? Noch nie hatte Albert derart gegen die Regeln verstoßen. Es war, als suchte er in letzter Zeit förmlich den Ärger, den er sehr lange Zeit aus gutem Grund vermieden hatte. Und mochten die kleinen Erziehungsversuche Mikes ja noch als grober Unfug durchgehen, war das hier ein ernster Vorgang. Was war denn nur aus Alberts Credo geworden, nämlich dass die Verwaltung der Motor einer jeden gesellschaftlichen Ordnung war und Anträge das Schmieröl, das ihn am Laufen hielt? Ohne Anträge keine Ordnung, ohne Ordnung keine Gerechtigkeit, ohne Gerechtigkeit keine Hoffnung, ohne Hoffnung kein Glaube, ohne Glaube keine Welt?

Und Albert hatte einen Antrag umgebracht. Einfach so.

Plötzlich ergriff ihn eine große Wut: Schulze! Er war die

Wurzel allen Übels, hatte ihn provoziert und aus dem Gleichgewicht gebracht. Wegen Schulze hatte Albert seine Prinzipien verraten. Und er war schon wieder in Alberts Büro eingedrungen. Unbefugt. Wie ein Dieb in der Nacht. Das war unerhört!

Albert marschierte zurück in das Büro von Elisabeth und Mike, riss förmlich die Tür auf, so sauer war er, und fand dort nur eine erschrockene Elisabeth vor.

»Wo ist Herr Schulze?«, fragte er harsch.

Elisabeth sah ihn mit großen Augen an: »Hat gerade angerufen. Er hat sich krank gemeldet.«

Albert wütete: »Natürlich! Krank! Was denn sonst?«

»Was ist denn los, Albert?«, fragte Elisabeth sanft.

Im Brustton heiliger Empörung brach es förmlich aus ihm heraus: »Herr Schulze ist in mein Büro eingebrochen!«

»Was?!«, rief Elisabeth ebenso überrascht wie geschockt.

»So ist es!«, beharrte Albert wütend, »wenn diese Behörde einen Wolf hat, dann ihn!«

Elisabeth starrte ihn ungläubig an: »Sind Sie sicher?«

Albert tobte: »Dieser impertinente, faule, inkompetente Kerl missachtet die Privatsphäre seiner Kollegen!«

Elisabeth verzog den Mund: »Privatsphäre? Hier?«

Erst jetzt hielt Albert inne und zwang sich zur Ruhe. In seiner Wut war er über das Ziel hinausgeschossen und hatte versehentlich etwas preisgegeben, was er gar nicht preisgeben durfte. Gott, dieser Schulze trieb ihn zu Unvorsichtigkeiten, die er nie für möglich gehalten hätte!

»Ähm, Sie wissen, was ich meine …«

»Ehrlich gesagt: nein.«

Die beiden sahen sich einen Moment lang an. Albert fragte sich, ob Elisabeth in irgendeiner Form Verdacht geschöpft hatte, aber in ihrem Gesicht konnte er keinen Ausdruck des Misstrauens feststellen. Er musste das Thema schnell wieder auf Schulze bringen.

»Herr Schulze hat sich gestern Nacht in mein Büro geschlichen und einen gefälschten Antrag auf meinem Schreibtisch platziert.«

Albert hatte es im Ton so sachlich wie möglich gehalten.

Elisabeth jedoch schüttelte den Kopf: »Das kann nicht sein, Albert. Er war gestern bei mir. Er ist wirklich krank.«

»Ich meine: nachts!«, korrigierte Albert.

»Ja«, gab Elisabeth unumwunden zu, »das habe ich schon verstanden.«

Für einen Moment war Albert so irritiert, dass er Elisabeth unverhohlen anstarrte. Nicht einmal Elisabeths Erröten nahm er wahr, die seinem Blick nicht länger standhalten konnte und sich von ihm abwandte.

»Na ja … «, gab sie kleinlaut zu, »das muss wohl Liebe sein.«

»*Das* soll Liebe sein?«

Sie drehte sich trotzig zu ihm, straffte die Schultern und hob das Kinn: »Jedenfalls war Mike nicht im Amt. Das kann ich bezeugen.«

Albert nickte und verließ das Büro.

17.

Insgeheim hatte Wehmeyer schon befürchtet, dass Albert die Sache mit dem Antrag keine Ruhe lassen würde, aber dass er schon am nächsten Morgen wieder in seinem Büro saß, war dann doch überraschend.

»Herr Glück, als ich sagte, Dinge brauchen ihre Zeit, da dachte ich eigentlich an Wochen und Monate. Nicht an Stunden.«

Albert nickte und antwortete etwas hilflos: »Ich weiß, aber dieser Antrag hier …«

»Ja?«

»Ich werde ihn nicht los.«

Das war durchaus wörtlich gemeint, aber Albert hielt es für klüger, nicht zu erwähnen, dass er von den Toten auferstanden war. Dass er versucht hatte, ein Dokument zu zerstören, es aber ganz offensichtlich unsterblich war.

»Dann bearbeiten Sie ihn!«, forderte Wehmeyer.

»Wie denn?«

»Das weiß ich nicht.«

Es hatte genervt geklungen. Und ratlos. Der Antrag lag zwischen ihnen auf dem Schreibtisch und machte keine Anstalten, sich in Luft aufzulösen.

Schließlich fragte Wehmeyer: »Warum heften Sie ihn nicht einfach ab?«

»Das kann ich nicht.«

»Geben Sie her: *Ich* hefte ihn ab.«

Er griff nach dem Antrag, doch Albert legte die Hand darauf. »Vielleicht hätte ich da eine Lösung …«

»Hervorragend. Lösen Sie!«

Wehmeyers Gesicht hatte sich aufgehellt. Fast wäre er aufgesprungen, aber er machte nur einen kleinen Hopser auf seinem Schreibtischstuhl und wandte sich wieder seinem Computer zu. Gut gelaunt begann er zu tippen, sah aber in den Augenwinkeln, dass Albert keine Anstalten machte, sein Büro wieder zu verlassen. Und so sehr er es auch zu ignorieren versuchte, so wenig gelang es ihm: Albert saß da und starrte ihn an.

»Ja?«, fragte er und wandte sich Albert wieder zu.

»Wir könnten einen Außendienstmitarbeiter beauftragen herauszufinden, was Frau Sugus will.«

Wehmeyer seufzte und ließ sich in seinen Schreibtischstuhl zurückfallen: »Wie lange arbeiten Sie jetzt hier, Herr Glück?«

»Sehr lange.«

»Dann müssten Sie doch eigentlich wissen, dass wir seit zehn Jahren aus Kostengründen keine Außendienstmitarbeiter mehr haben.«

Albert nickte: »Das weiß ich. Ich dachte, wir könnten vielleicht um Amtshilfe bitten. Bei einer Behörde, die noch Außendienstmitarbeiter hat.«

Das war der Moment, von dem an das Gespräch einen für Albert fatalen Verlauf nahm, denn Wehmeyers Gesichtsausdruck ließ nichts anderes vermuten, als dass er glaubte, Albert hätte den Verstand verloren. Er sagte: »Ich habe eine bessere Idee.«

Albert klopfte sich zufrieden mit den Handflächen auf die Oberschenkel: »Wunderbar.«

»*Sie* werden Frau Sugus aufsuchen.«

Albert riss die Augen auf: So musste sich ein Herzstillstand anfühlen. In seinen Ohren rauschte es, während sich das Büro zu drehen begann. Schmerzen hatte er keine, nur das wohlige Gefühl, auf etwas zuzufliegen, was Wärme und Geborgenheit versprach. Und ewiges Glück.

Ein paar Sekunden brauchte er, um zu realisieren, dass er außerdem aufgehört hatte zu atmen, woraufhin er reflexartig nach Luft schnappte und gleichzeitig kiekste: »Ich?«

»Ja, Sie.«

Plötzlich war das Gefühl der Wärme, der Geborgenheit und des ewigen Glücks schlagartig verschwunden. Stattdessen spürte er so etwas wie die dumpfe Stille nach einer gewaltigen Detonation. Rasch hob er abwehrend die Hände: »Das geht nicht!«

»Natürlich geht das!«, beharrte Wehmeyer. »Sie fragen Frau Sugus, was sie beantragt. Und dann sind wir alle ein bisschen schlauer.«

Albert suchte nach Argumenten, nur dass ihm keine einfielen. Keine, die sinnvoll gewesen wären. So sagte er schwach: »Wirklich, Herr Wehmeyer, ich bin dafür nicht der richtige Mann …«

»Sie machen das! Ist quasi eine Dienstanweisung.«

»Eine Dienstanweisung?«, rief Albert entsetzt.

»Ja, dann kommen Sie mal ein bisschen an die frische Luft. Sie sehen ohnehin aus, als wären Sie seit Jahren nicht mehr in der Sonne gewesen.«

Er stand auf und gab Albert demonstrativ die Hand, um das Gespräch schnell zu beenden, bevor Albert ihm mit weiteren Ausreden kommen konnte.

»Wiedersehen, Herr Glück. Und: viel Glück!«

Überrascht über das eigene Wortspiel kicherte Wehmeyer vergnügt und setzte sich dann wieder an seinen Computer. Einen Moment lang stand Albert völlig erstarrt da. Raus? Vor die Türe? In eine Welt, die sich weitergedreht hatte? Die er nicht kannte? Die voller Feinde war? Albert hatte das Amt seit mehr als dreißig Jahren nicht mehr verlassen. Aber jetzt musste er.

Und eines stand außer Zweifel: Das war sein sicheres Ende.

DAS GLÜCKSBÜRO

18.

Viele Jahre hatte er den sich drehenden Propeller gesehen und ihn nie als bedrohlich empfunden. Im Gegenteil: Er zerhackte eine homogene Masse in arbeitsfertige Stückchen und sorgte so dafür, dass alle Büros besetzt werden konnten. Und obwohl die Stückchen einen Moment irritiert herumtaumelten, abgetrennt vom großen Körper, und ihr MOGGGÄÄÄN! ein wenig wie MAMA!MAMA! klang, sah es gar nicht schmerzhaft aus. Es war eher wie ein Kurzabriss der Evolution, in der eine neue Spezies aus dem Meer stieg, heranwuchs und schon am Aufzug alles erlernt hatte, was sie für das Leben brauchte. Und wenn sie gegen 16.00 Uhr zurückkam und FEIERABEND! rief, da fügte er wieder zusammen, was am Morgen getrennt worden war, und schickte sie ins Meer zurück. Der Propeller war eine gute Sache. Der Propeller war das Leben.

Doch jetzt, wo er sich nicht drehte, wo er reglos zwischen ihm und der Welt da draußen lag, überkam Albert große Furcht. Würde der Zauber auch bei ihm funktionieren? Oder würde die Drehtür merken, dass etwas nicht stimmte? Würde sie bemerken, dass er kein Teil der Schlange war? Dass es für ihn da draußen gar kein Leben gab, in das er entlassen werden konnte?

Ratlos und blass stand er im Foyer und blickte auf die Drehtür.

Um ihn herum hatten Handwerker damit begonnen, das Foyer mit Planen und Malerdecken auszulegen. Direktor Sommerfeldt, sonst für ein strenges, um nicht zu sagen spartanisches Regiment bekannt, hatte dem Eingangsbereich eine Frischkur verordnet: Er wollte seinem Nachfolger ein geordnetes Haus übergeben – mit einem neuen Anstrich. Die Männer arbeiteten rasch und konzentriert und so achtete niemand auf Albert oder ahnte auch nur, welcher Druck auf ihm lastete. Wehmeyer hatte ihm eine Dienstanweisung gegeben, und Albert wäre nie auf die Idee gekommen, das nicht zu respektieren. Es gab kein Entkommen. Da war sie, die magische Tür.

Was würde sie aus ihm machen?

Zögernd, mit winzigen, vorsichtigen Schritten, ging er auf sie zu, während er das Gefühl hatte, dass sie gleichzeitig von ihm abrückte, als ob sich der Raum zu einem Tunnel verzerren würde, dessen Ende er niemals erreichen könnte. Dann plötzlich konnte er einen leichten Lufthauch im Gesicht spüren – das kam von draußen! So nahe war er dem Propeller in den letzten dreißig Jahren nicht mehr gekommen.

Von hier aus konnte er sehen, dass die Flügeltüren leicht zitterten – die Tür war lebendig und wartete. Auf dem Boden die Spuren jahrelanger Rotation. Und irgendwie ging ein Sog von ihr aus. Albert kam dem Ausgang immer näher, obwohl er seinem Gehirn den deutlichen Befehl gegeben hatte, nicht weiterzugehen.

Dann betrat er eine der vier Kabinen.

Alberts Herz klopfte bis zum Hals. Hier drin war es dunkler als im Foyer und auch die Luft war eine andere: Hier vermischte sich alles. Wie in einer Herzkammer. Vorsichtig legte er die Hände auf eine horizontal angebrachte Holzstange, hielt sich fest. Jetzt müsste er ein wenig schieben, damit der Zauber funktionieren konnte, aber er traute sich nicht. So stand er ganz still, schloss die Augen und hielt sich an der Stange fest.

Schlagartig riss es ihn nach vorn, die Tür rotierte ihn mit großem Schwung nach draußen, und ehe er sich versah, befand er sich im Freien. Instinktiv drehte er sich von der Außenwelt ab, als ob er einen Angriff erwartete, und sah jemanden durch das Foyer zum Aufzug eilen. Offenbar hatte der ihn zuvor nach draußen katapultiert. Ein Tausch, quasi: einer rein, einer raus.

Langsam drehte er sich um und richtete sich auf. Es war ein schöner, klarer Wintertag. Die Sonne wärmte sein Gesicht, während vor seinem Mund der Atem kondensierte. Wie lange hatte er das nicht mehr erlebt? Wölkchenatem. Der Himmel schien viel blauer als üblich zu sein, jedenfalls hatte er ihn hinter den sicheren Scheiben seines Amtes niemals so schön erlebt. Überhaupt schienen alle Farben um Nuancen verändert zu sein, irgendwie waren sie klarer. Die Sonne hingegen blendete, so stark, dass seine Augen schmerzten und er sie mit den Händen abschirmen musste.

Hinter tausend Scheiben hatte es für Albert keine Welt gegeben. Und so hatte er einfach vergessen, wie es war, draußen zu sein. Doch jetzt waren aus zwei Dimensionen drei geworden. Die Luft, die ihn umgab, fühlte sich schwer und weich an, sie roch herrlich frisch und hatte sogar einen Geschmack, wobei er nicht sagen konnte welchen. Es war kalt, aber er fror nicht, und es war warm, aber er schwitzte nicht. Der Boden unter seinen Füßen war uneben und knirschte leicht, ganz ungewohnt, wenn man so lange Zeit über Linoleum oder polierten Stein gegangen war. Ein sanfter Wind ging, kitzelte seine Nase, und irgendwo zwitscherte ein Vogel.

Albert sog das alles in sich auf.

Die Empfindung, die er verspürte, machte ihn stumm und demütig. Er hätte ohnehin niemandem beschreiben können, was in ihm vorging. Wer hätte es auch verstanden?

Er machte seine ersten Schritte, setzte jeden Fuß ganz bewusst auf, um den Boden zu spüren und die Spuren zu sehen, die er vielleicht hinterließ. Columbus musste es so ergangen sein. Oder jedem anderen, der seinen Fuß auf unbekanntes Terrain gesetzt hatte. Dann beschleunigte er, wurde mutiger, beschwingter und eilte der Ausfahrt entgegen.

Am Ende des Weges stand das kleine Häuschen, in dem nachts ein Wachmann saß und sich langweilte. Oder schlief. Gleich dahinter mündete der Pfad auf den Bürgersteig der Bahnstraße, dessen Anrainer das Amt war. Es gab sogar einen kleinen Schlagbaum, der die Grenze markierte und der nur nachts heruntergelassen wurde.

Der Schlagbaum.

Ab hier entfaltete sich das, was er von den Fenstern aus kaum noch sehen konnte. Und so aus der Nähe betrachtet, erschien ihm alles riesig und bedrohlich. Und das war erst der Anfang. Was würde jenseits der ersten Fassaden warten? Was käme nach der ersten Kreuzung? Das kannte er doch alles nicht mehr! Schon mit dem ersten Schritt vom Dienstgelände herunter schwand sein ganzer Mut dahin. Seine Schritte wurden unsicher, seine Schulter zog sich wie von ganz alleine hoch, und seine Finger nestelten nervös an seinen Sakkoknöpfen herum.

Autos rasten vorbei. Albert war überrascht über die Lautstärke und den offensichtlichen Suizidtrieb der Fahrer. Die fuhren ja mindestens 50 Kilometer die Stunde! Für jemanden, der die letzten Jahrzehnte immer nur zu Fuß gegangen war, war dies nahe an der Schallgeschwindigkeit. Lkws waren die Hölle! Eine Lärmentwicklung, die das menschliche Ohr zerstören konnte, der Boden zitterte unter ihrer Last und die Abgase verpesteten die Luft.

Alles war rasend schnell.

Albert hatte die Welt viel langsamer in Erinnerung. Die Menschen auf den Bürgersteigen hasteten vorbei, niemand grüßte, niemand sagte ein Wort. Es gab eine Bäckerei *ohne* Verkäuferin! Kunden luden sich ihre Lebensmittel selbst auf ein Tablett und zahlten an der Kasse. Sogar das Brot mussten sie selbst schneiden! Viele andere aßen während des Gehens. Niemand schien mehr Zeit zu haben, sich hinzusetzen und Messer und Gabel zu benutzen. Nicht mal Kaffee trank man im Sitzen.

Gar nicht weit entfernt vom Amt gab es sogar ein Fachgeschäft für Erotikartikel mit sehr, sehr eindeutigen Angeboten im Schaufenster. Da konnte man ja primäre und sekundäre Geschlechtsteile sehen! Und das direkt an einer belebten Einkaufsstraße, wo Mütter mit ihren Kindern entlanggingen. Albert war so beschämt, dass er so tat, als hätte er das gar nicht bemerkt.

Genauso wie die vielen Spielhallen, die überall lockten. Albert wusste aus dem Fernsehen, dass dort überwiegend zwielichtiges Gesindel hockte, aber dass so ein Betrieb mitten in der Stadt möglich war? Wieso duldete die Allgemeinheit so etwas? Was war denn aus den guten alten Sperrbezirken geworden?

Er erreichte eine der Hauptkreuzungen, auf der der Verkehr in kurzen, gewaltigen Eruptionen an den Ampeln ausbrach oder wie eine Ziehharmonika zusammengeschoben wurde, je nachdem, welche Farbe die Ampel zeigte. Die Luft war hier grau vor Staub und schmeckte auch so. Die pure Motormasse, der Krach, der sich wie schmutzige Bugwellen von Hochseetankern durch die Häuserschluchten wälzte, lähmten jede Empfindung und jeden Gedanken an etwas Schönes. Wer hier lebte, hatte kaum eine Chance auf ein Leben in Farbe.

Immerhin: Albert hatte sich gut vorbereitet, denn eingeschüchtert, wie er im Moment war, hatte er das dringende Bedürfnis, nach Hause zu laufen. So aber wusste er, dass die Haltestelle für den Bus, der zu Anna Sugus fuhr, ganz in der Nähe war und er die Linie vier nehmen musste.

Was für eigenartige Bushaltestellen! Ganz aus Glas und Stahl. Dazwischen riesige Werbeplakate und ein Fahrplan, den Albert nicht verstand. Die Häuschen früher waren nicht so komfortabel gewesen, aber auch nicht so kalt in ihrer Ausstrahlung. Niemand wartete außer ihm, was Albert sehr begrüßte, und so versuchte er, durch bewusstes Ein- und Ausatmen zu entspannen.

Die Vier kam schneller als gedacht, was durchaus wörtlich zu nehmen war, denn der riesige Kastenbus raste heran, bremste hart und kam zwei Meter hinter Albert erst zum Stehen. Auch das hatte es früher nicht gegeben: Busse hielten immer dort, wo die Menschen auf sie warteten.

Er stieg ein.

Da stand er nun und sah den Fahrer an. Der schloss die Tür hinter ihm, legte einen Gang ein, ohne Albert auch nur eines Blickes zu würdigen, und war im Begriff, sich wieder in den Verkehr einzuschlängeln, als Albert deutlich sagte: »Einmal Wertbergstraße 24, bitte.«

Verdutzt trat der Fahrer auf die Bremse und starrte ihn an: »Wie bitte?«

»Einmal Wertbergstraße 24, bitte«, wiederholte Albert und kramte sein Portemonnaie hervor.

»Fahrkarten gibt's da!«, blaffte der Fahrer unfreundlich und nickte nach draußen. Dort stand ein kastenförmiger Automat, den Albert zwar bemerkt, aber dessen Funktion er nicht begriffen hatte. So stieg er aus, in der Annahme, schnell noch eine Karte ziehen zu können, bevor es weiterging, doch kaum hatte er den Bus verlassen, hörte er schon, wie sich die Türen hinter ihm schlossen und der Fahrer Vollgas gab.

Albert sah ihm empört nach.

Auch nach eingehendem Studium durchblickte er den Fahrkartenautomaten nicht, sodass er einfach die teuerste Einzelfahrkarte zog. Die nächste Buslinie vier hielt und kam wieder erst zwei Meter hinter ihm zum Stehen. Albert präsentierte dem Fahrer seine Fahrkarte, doch der nickte nur in Richtung eines weiteren Geräts zum Entwerten. War das die neue Welt? Alles musste man selbst machen: Brot schneiden, Fahrkarten entwerten? Schamlose Erotikauslagen? Schöne, neue Welt war das!

Auch dieser Fahrer wartete nicht, bis Albert einen Sitzplatz gefunden hatte, sondern startete gleich durch, sodass Albert durch den Gang nach hinten schwankte, vorbei an einem Kartenautomaten, wie er auch an der Haltestelle stand. Hier konnte man auch Karten kaufen? Und wieso …? Frustriert brach Albert den Gedanken ab.

Es hatte so schön begonnen, aber jetzt war er am tiefsten Punkt der Hölle angekommen. Dachte er. Da hatte er die hinter ihm sitzenden Jugendlichen noch nicht bemerkt, die Musik auf ihren Handys hörten. Alle drei spielten verschiedene, bassbetonte, quäkige, sinnentleerte, luftverschmutzende, keiner Melodie folgende Musik.

Alles, was Albert jetzt noch tun konnte, war, sich die Hände auf die Ohren zu pressen, sich vorzubeugen, als ob er Magenschmerzen hätte, und auf seine Schuhe zu starren.

19.

Albert stand vor Anna Sugus' Haus und wusste nicht so recht, was er tun sollte. Sein Auftrag war eindeutig, aber irgendwie hatte er kein gutes Gefühl, als er in den verwilderten Vorgarten blickte, die windschiefe Fassade sah, das verwitterte Dach, die alte Haustür und die mit hübschen weißen Gardinen verhangenen Fenster. Das Ganze sah irgendwie verwunschen aus, und er war sehr weit weg von zu Hause.

Im Bus hatte er sich schon gefragt, ob diese Fahrt wohl jemals enden würde. Wenigstens waren irgendwann die Handyjungs verschwunden, sodass zum Schluss nur noch Albert und der Busfahrer übers Land gefahren waren.

Jetzt befand er sich irgendwo im Nirgendwo. Am Ende eines Dorfes, dessen letztes Haus das der Antragstellerin war. Ein sehr, sehr unordentliches Haus. Auch das trug nicht unbedingt zu Alberts Wohlbefinden bei.

Vorsichtig schob er das rostige Gartentor auf und schlich beinahe schon auf Zehenspitzen zur Haustür. Einen Moment verweilte er vor dem Eingang, lauschte, ob aus dem Inneren vielleicht etwas Verdächtiges zu hören war, dann nahm er sich zusammen und klopfte. Eine ganze Weile passierte gar nichts.

Dann jedoch, gerade wollte Albert ein zweites Mal klopfen, flog die Tür auf, und Anna Sugus stand vor ihm.

Er sah sie nur an, und irgendetwas in seinem Inneren begann zu summen, wie eine Saite, die angeschlagen worden war. Ein eigenartiges Gefühl. Als ob Geschirr in einem Schrank tanzen würde, um sich einen neuen Platz zu suchen. Ja, man hätte sagen können, die Tassen suchten den Platz der Nebentasse, und als sie nicht mehr zitterten, als sie wieder ganz still standen, sah es so aus wie vorher, nur dass alles ganz anders war.

Dabei war Anna nicht besonders hübsch, aber auch nicht besonders hässlich, nicht besonders groß oder klein, nicht besonders dick oder dünn. Ihre Haare waren ein wenig unordentlich, aber auch nicht verwahrlost. Im Großen und Ganzen fiel ihr Aussehen nicht besonders auf, aber genau das machte auf Albert besonders großen Eindruck. Das, und ein farbbespritzter Kittel, den sie trug.

Albert räusperte sich und sagte: »Guten Tag, ich komme vom *Amt für Verwaltungsangelegenheiten*, und ich habe hier einen Antrag.«

Sie sah ihn ein wenig amüsiert an: »Einen Antrag? Was für einen Antrag?«

Albert griff ein wenig zu hektisch in die Innentasche seines Sakkos und entfaltete den Antrag.

»Diesen Antrag hier.«

Er hielt ihn vor sie. Offenbar weckte E 45 kein großes Interesse bei Anna, denn sie blickte nur kurz darauf und fragte: »Und das ist mein Antrag?«

»Ja.«

»Was soll denn das für ein Antrag sein?«

»Nun, Sie werden lachen, aber das weiß ich leider auch nicht so genau …«

Anna lachte nicht.

Das Gespräch lief nicht besonders gut, fand Albert. Überhaupt nicht. Denn dass sie nicht wusste, um welchen Antrag es sich handelte, verwirrte ihn. Stellte sie etwa so viele, dass sie den einen von einem anderen nicht unterscheiden konnte? Und vor allem: Wie sollte er ihr E 45 erklären?

Albert räusperte sich: »Ich hatte gehofft, Sie könnten mir helfen.«

Anna sah ihn neugierig an, was Albert unangenehm war. Hielt sie ihn für einen Perversen? Einen Gewohnheitsverbrecher? Einen Trickbetrüger? Oder nur für jemanden, der nicht mehr alle, na ja, Tassen im Schrank hatte.

»Was beantrage ich denn?«, fragte sie freundlich.

»Das weiß ich nicht«, antwortete Albert.

Es entstand eine lange Pause, in der Albert am liebsten im Erdboden versunken wäre. Das war doch einfach lächerlich. Er hätte sein Büro nie verlassen dürfen! Hätte aufbegehren müssen gegen die Dienstanweisung! Warum hatte er sich nur an Wehmeyer gewandt? Warum hatte er die Sache nicht einfach in Wiedervorlage verschoben, genau wie Wehmeyer es gesagt hatte? Irgendwann hätte sich der Vorgang ganz sicher erledigt.

Albert begann erneut: »Ich weiß, das klingt jetzt ein bisschen seltsam, aber ein Antrag ist ein Antrag und …«

Weiter kam er nicht, denn eine Haustür war eine Haustür und diese hier war ziemlich laut, als sie vor seiner Nase krachend ins Schloss fiel. Hilflos blickte er um sich.

Gott verdammt! Wo war er hier denn nur gelandet?

20.

Als Albert seine Scheibenwelt wieder betrat, fiel eine große Last von ihm. Er hatte es geschafft. War tatsächlich unbeschadet von einem nutzlosen, unsinnigen Ausflug zurückgekommen. Nach so langer Zeit hatte er außerhalb des Dienstgeländes fast nur Dinge gesehen, die er nicht sehen wollte, und Menschen getroffen, die er nicht ertrug. Außer Frau Sugus vielleicht. Die hatte ihn auf eigenartige Weise berührt. Wenn sie auch nicht gerade höflich war, wobei er allerdings zugeben musste, dass sein Auftritt ihr mehr als seltsam vorgekommen sein musste.

Er eilte zurück ins Büro und atmete durch: Wie schön es hier doch war! Und wie ruhig! Alles an seinem Platz, und Susanne hatte ihm die Anträge des heutigen Tages auf den Schreibtisch gelegt. Sogleich begann er mit seiner Arbeit und war bald schon ganz versunken darin, sodass er den blöden Antrag vergaß, der immer noch in seinem Sakko steckte.

Es war alles wieder so, wie es sein musste.

Und der Hungerlauf war so schön wie seit Jahren nicht mehr! Mit ein paar überraschenden Überholmanövern und Zieleinläufen. Nur das Essen selbst war furchtbar. Albert ahnte es bereits, als ihm eine der Angestellten das Püree auf den Teller klatschte. Und auch das Hacksteak, ansonsten äußerst beliebter Bestandteil des Wochenspeiseplans, war eine Katastrophe.

Elisabeth saß an ihrem Platz, aber Albert mied sie, da er ein kompliziertes Gespräch über Liebe fürchtete. Stattdessen hatte er einen freien Platz fernab von ihr gewählt und blickte missmutig hinter die Theke, wo fast nur Damen standen und Essen ausgaben. Dann und wann kam jemand mit Nachschub aus der Küche, tauschte leere gegen volle Schüsseln und verschwand wieder nach hinten. In den Momenten konnte Albert durch eine geöffnete Tür den Chefkoch sehen, der mit hängenden Schultern von Topf zu Topf schlich.

Das ging so nicht weiter! In letzter Zeit musste er ständig die Ergebnisse gescheiterter Gefühle ausbaden. Und konnte man dem Gejammer sonst noch ausweichen, war das beim Essen leider nicht möglich. Als der Chefkoch seinen Kopf durch eine der Türen steckte, um die Schüsseln zu kontrollieren, beschloss Albert, dem Mann zu helfen. Weniger aus einem Gefühl des Mitleids heraus, sondern eher aus ganz egoistischen Gründen: Er wollte einfach vernünftiges Essen haben. Dazu musste er den Koch nur dazu bringen, an seine eigentliche Leistungsfähigkeit anzuknüpfen. Und das würde auch gelingen, denn Albert hatte eine Idee.

21.

Am nächsten Morgen hatte Albert ausgesprochen gute Laune. Es hatte in *Abt. IX, Z. 447, Irma Trölf/Clemens Arndt* eine bemerkenswerte Abweichung von der Geburtstagsschnittchenroutine gegeben, weil Frau Trölf ihren Fünfzigsten feierte und dies mit ein wenig Protz unterstreichen wollte. Sie hatte das Buffet selbst zubereitet, ganz exquisit, und mit ganz ungewohnten Geschmackskombinationen aufgetrumpft wie Pflaume-Meerrettich-Schinken oder Kürbis-Risotto-Wachtelbrüstchen, was die Schnittchen zu Kanapees befördert und Albert seine geliebte Mayonnaise gekostet hatte, denn die war eher plump. Trotzdem war es was Besonderes gewesen.

Anschließend hatte sogar Mike den Mund gehalten, ebenso wie Elisabeth, die ihn mit vorwurfsvollen Blicken wie eine Mumie eingewickelt hatte. Immerhin war Schulze zur Arbeit erschienen, das war ja schon mal was.

Er schloss sein Büro auf und steckte erst einmal den Kopf zur Tür hinein: Sein Schreibtisch war leer. Erleichtert atmete er auf – der Spuk war vorbei! Er hatte den Antrag gestern in den Reißwolf gesteckt, der Vorgang war für Albert erschöpfend bearbeitet worden. Vielleicht hatte der Antrag nur gewollt, dass er ihm auf den Grund ging, und war daher nicht gestorben, aber jetzt hatte alles ein Happy End. So etwas gab's ja auch in Gespenstergeschichten. Etwas, was zu Lebzeiten nicht aufgearbeitet worden war, trieb nach dem Tod ruhelos durch die Zimmer. Vielleicht so eine Art Fluch, der erst endete, wenn man die Bestimmung des Antrages herausgefunden hatte. Albert lächelte glücklich: Er hatte ihm seinen ewigen Frieden geschenkt.

Das war ein tolles Gefühl.

Er nahm Platz, schaltete den Computer ein und legte die Hände auf die Schreibtischunterlage. Und schon klopfte es. Wie jeden Morgen trat Susanne ein, eine gut gefüllte Kladde mit allerlei Anträgen im Arm. Herrlich!

»Morgen, Herr Glück.«

»Guten Morgen, Susanne.«

Sie legte ihm die Kladde auf den Tisch. »Na, Sie haben aber gute Laune heute!«

»Ja, das stimmt.«

Sie nickte ihm zum Gruß zu: »Wiedersehen, Herr Glück.«

»Auf Wiedersehen, Susanne.«

Sie schloss die Tür des Büros hinter sich.

Albert schlug die Kladde auf und gleich obenauf lag: der Antrag.

22.

Albert hämmerte gegen Annas Haustür.

Wen interessierte hier schon die frische Luft oder die dreckige? Die Autos, die gehetzten Menschen, die Fachgeschäfte für Erotikartikel, die unfreundlichen Busfahrer? Die Weite und die Bedrohung der Außenwelt? Die freundliche Stille der Innenwelt? Wen zum Teufel interessierte denn das?

Albert hatte ein ganzes Kaleidoskop der Empfindungen hinter sich, angefangen beim Schock, dann Wut, dann Sorge und jetzt Angst. Dieser Antrag hatte es auf ihn abgesehen: E 45 war behördlich nicht aufzuhalten. Ein Rätsel. Und Anna Sugus war der Schlüssel dazu. Wenn sie ihm nicht half, würde es noch ein böses Ende nehmen.

Anna öffnete die Tür.

»Frau Sugus«, rief Albert aufgeregt, »der Antrag …«

Bamm! Die Tür knallte wieder vor seiner Nase zu, doch diesmal ließ Albert sich nicht einfach abwimmeln. Er hämmerte erneut gegen die Tür. »Frau Sugus, bitte! Sie müssen mir helfen! Der Antrag … er verfolgt mich!«

Einen Moment kehrte Stille ein, dann öffnete Anna vorsichtig die Tür: »Er verfolgt sie?«

»Ja.«

Sie stieß die Tür auf und bat ihn mit einer Geste einzutreten. Albert atmete dankbar durch: Jetzt würde sich hoffentlich klären, was es mit diesem Wiedergänger auf sich hatte und was er von ihm wollte. Und wenn das erst mal klar war, könnte er ihn erlösen. Und sich selbst auch.

Sie betraten das Wohnzimmer.

Albert war erschüttert: Wie sah es denn hier aus? Der Raum enthielt keinerlei praktische Einrichtungsgegenstände wie Tisch oder Stuhl oder Schrank oder sonst etwas in dieser Art. Stattdessen standen überall Staffeleien, Bilder, Farbtöpfe und Pinsel herum. In gewaltiger Menge, denn Anna Sugus war ganz offensichtlich überaus produktiv. Was bei der Art von Bildern auch nicht schwer zu sein schien, denn alle waren irgendwie … bunt. Wild. Unkontrolliert. Es gab keine Formen, keine Muster, keine Regelmäßigkeiten. Nichts verriet eine Linie oder einen Gedanken, alles sah aus, als hätte man mehrere Farbeimer über einer Leinwand explodieren lassen. Ja, man hätte sagen können: Die Bilder waren unordentlich. Die Malerin hingegen war es nicht, jedenfalls nicht äußerlich. Man hätte sie über und über vollgekleckst erwartet, aber nur ein paar verschmierte Farben auf ihrem Kittel verrieten, dass sie die Urheberin der Bilder sein musste.

Sie hatte ihn genau beobachtet, amüsiert über seinen Gesichtsausdruck, bevor sie ihn fragte: »Verstehen Sie was von Kunst?«

Albert sah sich im ganzen Raum um, betrachtete die wilden Bilder, die alle irgendwie ähnlich aussahen.

»Ist das Kunst?«, fragte er neugierig.

»Natürlich ist das Kunst!«

»Dann verstehe ich nichts von Kunst.«

Sie war angetan von seiner Offenheit, die ganz sachlich war, keinerlei Ironie verriet, sondern allenfalls ein wenig Verwirrung. Die wenigen Menschen, die sie bisher besucht hatten,

hatten sich in Lob geflüchtet, ihr versichert, dass ihre Kunst wirklich *interessant* war, aber ihre Gesichter hatten sie verraten, denn sie hassten, was sie sahen. Oder mochten es zumindest nicht. Oder hielten es – und das war die schlimmste Form der Heuchelei – für das Geschmiere einer Stümperin. Der Mann vom Amt war anders.

Er urteilte nicht.

Sie tippte ihn leicht an die Schulter, führte ihn zu einer großen mit Wasser und Pinseln gefüllten Dose und zu einem Bild, das offenbar noch nicht vollendet war, auch wenn Albert das nur vermutete, denn es sah aus wie die anderen.

»Jeder versteht etwas von Kunst«, sagte Anna, fischte einen Pinsel aus der Dose und drückte ihn Albert in die Hand.

»Was soll ich damit?«, fragte er.

»Vollenden Sie es!«

Albert erschrak: »Ich?«

Albert sah auf den Pinsel, dann zu Anna, die es ganz offensichtlich ernst meinte. Und ganz gleich wie wuchernd, unkontrolliert und wüst die Gemälde daherkamen, so hatte Albert zu großen Respekt davor, auch nur einen einzigen Punkt darauf zu setzen. Wer wusste denn schon, ob nicht gerade dieser winzige Klecks das Werk vollkommen ruinieren würde? Ob nicht alle, die hereinkamen und sich das Bild ansahen, an diesem winzigen Klecks hängenbleiben und rufen würden: *Wer hat denn das da gemacht?*

Ein einziger Punkt, und alles wäre zerstört, dachte er beunruhigt. Das war eine Verantwortung, die er nicht bereit war zu tragen, das konnte sie nicht von ihm verlangen.

»Nur Mut!«, lockte Anna »Ich glaube, Sie sind genau der Richtige dafür.«

»Frau Sugus …«, begann Albert.

Im Nebenraum klingelte ein Telefon.

Albert starrte Anna an: »Sie haben ein *Telefon*?«

Sie stutzte ein wenig und antwortete: »Natürlich habe ich ein Telefon.« Sie nickte zu ihrem Bild: »Also, los, machen Sie! Zeigen Sie, was Sie können.« Damit verschwand sie in einem der hinteren Räume und ließ Albert mit dem Pinsel zurück.

Eine Weile starrte Albert auf das Bild.

Plötzlich – aus einem unerklärlichen Impuls heraus – tauchte er den Pinsel in Farbe und begann zu malen. Zunächst sehr zögerlich, fast schon zittrig, dann aber mit jedem Strich sicherer. Er malte und malte und dachte nicht mehr an den winzigen Punkt, der das Bild hätte ruinieren können, und so wurde es mehr als ein Punkt, viel mehr als das.

Er vergaß die Angst und wurde ganz friedlich. Dachte auch nicht mehr darüber nach, ob er es richtig machte oder nicht, sondern versank in seine Arbeit. So tief, dass er gar nicht bemerkte, dass Anna wieder ins Zimmer zurückgekehrt war und hinter ihm stand. Sie schwieg und sah ihm zu.

Was sie eigentlich bewogen hatte, ihn zum Malen aufzufordern, konnte sie nicht mit Bestimmtheit sagen. Vielleicht waren es seine warmherzigen dunklen Augen, die in so krassem Widerspruch zu seiner sonstigen Erscheinung standen, denn eigentlich sah er irgendwie … grau aus. Aber jetzt, wo er dastand und pinselte, dachte sie für einen Moment, sie würde einem Kind zusehen, so seltsam entrückt waren seine Züge, und doch von so großer Ernsthaftigkeit, dass es schon wieder komisch war.

Anna war sich sicher, dass er in diesem Moment vergessen hatte, wo er war und was er gerade tat. Und das gefiel ihr ausnehmend gut. Daher blieb sie ganz ruhig stehen und ließ ihn arbeiten.

Als er dann den Pinsel beiseitelegte und sich das Werk ansah, trat sie neben ihn und tat es ihm nach. Sie blickten beide auf ihr Bild oder besser gesagt: auf ihr gemeinsames Bild.

»Guter Gott! Was haben Sie nur gemacht?«, fragte Anna.

Albert erschrak ein wenig, aber ihre Stimme hatte nicht entsetzt oder aggressiv geklungen. Nur neugierig.

»Einen Rahmen.«

Sie blickten beide auf das Bild und den schnurgeraden Rahmen, mit dem er das Bild in ein Spielfeld gesetzt hatte, denn er fand, nicht nur Menschen, sondern auch Bilder brauchten eines.

»Jedes Bild braucht einen Rahmen«, ergänzte Albert, »sonst ist es nicht ordentlich.«

Anna runzelte die Stirn: »Hm, so habe ich das noch nie gesehen …« Sie wandte sich ihm zu und strahlte: »Das ist genial!«

Das wiederum fand Albert maßlos übertrieben, denn Rahmen waren nicht genial, sondern allenfalls eckig. Trotzdem fand er, dass das Bild besser aussah als vorher. Vielleicht hätte er eine schönere Farbe wählen können als Grau, aber da er nicht wusste welche, hatte er Grau genommen.

Grau passte zu allem.

Er drückte ihr den Pinsel in die Hand und fragte: »Was ist denn jetzt mit dem Antrag?«

»Der, der sie verfolgt?«

Albert nickte: »Ja.«

Sie tat, als würde sie einen Moment darüber nachdenken, dann kniff sie verschwörerisch die Augen zusammen und flüsterte: »Sie müssen es wie einen Unfall aussehen lassen …«

Seinem Gesichtsausdruck konnte sie entnehmen, dass er in Ironie offensichtlich ungeübt war oder mittlerweile so verzweifelt, dass ihn Scherze über den Antrag nicht mehr erreichen konnten. Er wirkte so hilflos, dass sie ihn am liebsten in den Arm genommen und getröstet hätte.

So sagte sie dann: »Machen Sie sich nichts draus. Ich habe nichts beantragt. Aber trotzdem hat der Antrag was Gutes bewirkt …«

»Tatsächlich?«

»Ja, er hat Sie zu einem Künstler gemacht.«

Albert sah sie völlig überrascht an, und seine Stimme klang fast schon empört: »Ich bin doch kein Künstler!«

Anna beharrte auf ihrer Meinung: »Natürlich sind Sie das! Sie haben mein Werk vollendet!«

Einen Augenblick lang studierte er ihr Gesicht, weil er sich nicht sicher war, ob sie ihn nicht wieder auf den Arm nahm. Aber Anna sah ganz ernsthaft aus, sie meinte, was sie sagte.

»Und deswegen bin ich jetzt ein Künstler?«

»Ja.«

Albert war das Lob unangenehm. Die Erhebung in den Künstlerstand erschien ihm völlig ungerechtfertigt, denn nichts an ihm war ein Künstler. Gleichzeitig fühlte er sich auch ein bisschen geschmeichelt, denn nie hatte jemand auch nur vermutet, dass er einer sein könnte. Am wenigsten er selbst.

»Ich kann nicht malen. Ehrlich.«

»Das müssen Sie auch nicht«, antwortete Anna und trat ganz nah an ihn heran. Sie sah ihn an, gleichzeitig spürte Albert ihren Atem und nahm ihren Geruch wahr, der ihm sehr gefiel. Wie irritierend. Eine solche Nähe war ihm direkt unheimlich. Wie konnte man sich davor schon schützen?

Sie legte die Hand auf seine Brust und klopfte ganz leicht gegen sein Herz.

»Es ist hier drin. Verstehen Sie?«

Albert war so verwirrt, dass er gleichzeitig nickte und sagte: »Nein.«

Anna hingegen lächelte über den kleinen Scherz und war sich sicher, dass sie mit ihrer Einschätzung vollkommen richtig lag. Mochte Albert auch noch so grau und eindimensional wirken – seine Augen waren es nicht.

»Ich weiß, dass Sie einer sind. Ich kann das spüren.«

23.

Welche Farbe hat ein Herzschlag?

Wie schmeckt ein Wort?

Nach was duftet Glück?

Albert hätte es für den Moment eines Wimpernschlages beantworten können, dann jedoch war es weg, und er verbrachte den Rest des Tages damit, sich daran zu erinnern. Er sah alle möglichen Farben, aber nicht die, die er suchte. Er belauschte seine eigene Stimme, aber da war nichts als Luft, Wasser, Atem. Und was er roch, war vertraut, aber nichts, was ihn berührte.

Albert war sich sicher, ein Künstler hätte die Fragen beantworten, ein Dichter die Empfindungen in Worte fassen können und ein Maler hätte ein Grau geschaffen, das die Farbenlehre gar nicht vorsah. Für den Bruchteil einer Sekunde hatte er in eine andere Welt gesehen, dann jedoch war der Vorhang gefallen, und er hatte wieder im Zuschauerraum Platz genommen. Das Theater war von ausnehmender Schönheit und Größe und so kunstvoll illuminiert, so penibel gepflegt, dass man jeden Moment einen Ansturm von Zuschauern erwartete. Sie würden kommen und ihre Plätze suchen, Stimmen würden nach und nach leiser werden, Spannung die Luft knistern lassen. Dann, plötzlich, würde das Licht erlöschen und der Vorhang sich heben. Applaus würde in Wellen gegen die Bühne branden, dann würden alle still sein und auf das erste Wort warten.

Albert gefiel das Bild, aber je länger er drüber nachdachte, desto sicherer war er, dass es keine weiteren Zuschauer außer ihm geben würde. Es war, als hätte er das Festspielhaus zwischen zwei Stücken betreten. Das eine war vorbei, das andere hatte noch gar nicht angefangen. Die große Bühne war somit hübsch anzuschauen, aber zu nichts nütze.

Selbstredend fand er nur schwer in seinen gewohnten Arbeitsalltag zurück, denn er grübelte über Annas Bemerkung nach und fragte sich, ob in ihm ein Künstler steckte und was einen Künstler zu einem Künstler überhaupt machte. Er konnte weder malen noch schreiben noch bildhauern noch musizieren noch sonst etwas, was ihn des Künstlerseins hätte verdächtig machen können. Und war Talent nicht Grundvoraussetzung für eine künstlerische Tätigkeit? Oder war künstlerische Begabung ein Antrag, der sich aus sich selbst heraus begründete? Eine Art E 45, der eines Tages auf deinem Schreibtisch lag und der dich ebenso verwirrte wie beunruhigte. Brauchte es eine bestimmte Fähigkeit, um Künstler zu sein? Oder war es nur eine Frage des Blickwinkels? Reichte es aus, das, was jeder sehen konnte, anders zu beurteilen?

Viele Fragen drängten sich nacheinander in Alberts Büro,

klopften, traten ein und setzten sich vor seinen Schreibtisch. Es tat ihm maßlos leid, ja man konnte sagen, es frustierte ihn, dass er keine Antworten für sie hatte, keine Ordner, die er als Heimat hätte anbieten können. So standen sie schließlich auf und verschwanden wieder. Wenn auch nicht spurlos, denn er spürte, dass sie nicht weit weg waren und jederzeit wiederkommen konnten.

Um 16.00 Uhr steckte er E 45 wieder einmal in den Reißwolf, dann eilte er ins Archiv, sah *Legenden der Leidenschaften*, gab sich der Wäscheroutine und der Tageszeitung hin, spazierte vor dem Abendessen noch durch das Amt und machte sich schließlich in der Kantinenküche Schnitzel mit Bratkartoffeln und Salat.

Dort saß er bei einem Kochwein und Kerzenschein und schnitt das Schnitzel in zwölf gleich große Stückchen, die er ganz ordentlich nebeneinanderschob. Und als er das Fleisch so ansah und die Bratkartoffeln und den Salat als Beilage in einem Schälchen, da saß ihm plötzlich der Schelm im Nacken und er verwuschelte Fleisch und Kartoffeln miteinander und kippte anschließend breit grinsend den Salat über alles. Es kitzelte ihn förmlich im Magen, so lustig war das.

Aber wie das aussah! Er erschrak und trennte alles mühselig voneinander und sortierte es auf verschiedene Stellen seines Tellers. Was war denn nur los mit ihm in letzter Zeit? Ständig fiel ihm neuer Quatsch ein.

Was hätte Georg dazu gesagt?

Er wäre sicher nicht begeistert von Alberts kleinen Ausflügen, denn ihr gemeinsames Arrangement erforderte Diskretion. Wo mochte er gerade sein? Er hatte ihm immer noch keine neue Bankverbindung mitgeteilt. Er brauchte doch Geld oder nicht? Albert war sich sicher, dass er bald ein Zeichen von Georg erhalten würde.

Später, als er schon den Schlafanzug angezogen hatte und in seinem Bett saß und Verordnungen las, geschah was Eigenartiges. Er hatte sich gerade seine Lieblingsverordnung als Gute-Nacht-Geschichte vorgenommen und ganz gegen seine Gewohnheit leise hörbar mitgelesen.

Er las: »Finanzielle Betreuung der Beschäftigten in Bundesbehörden und bei Zuwendungsempfängern in Beihilfeangelegenheiten.«

Und plötzlich bewegten sich die Buchstaben!

Er las *Finanzielle Betreuung* und sah eine Bewegung. Er hielt kurz inne, wiederholte *Finanzielle* und konnte sehen, wie das N hochsprang. Nur ganz kurz. Er starrte es eine Weile an, aber es verhielt sich ganz ruhig. Gerade als er den Blick abwandte, zuckte es mit seinem Füßchen und Albert rief: »HA!«

Aber schon verharrte es wieder, wenn Albert auch spüren konnte, dass es nur darauf lauerte, dass er wieder woanders hinsah.

Das tat er dann auch, was das Ä offenbar ermutigte, mit dem Ü die Pünktchen zu tauschen. Albert war ganz fasziniert, denn Ä und Ü waren wieder die, die sie waren, und doch besaßen sie etwas vom anderen, womit sie genau genommen nicht mehr die waren, die sie zuvor gewesen waren.

Albert starrte auf den Text, aber alles war wieder ruhig.

Vorsichtig begann er leise zu lesen: »Beihilfen werden in Krankheits-, Pflege- und Geburtsfällen gewährt. Sie sind eine Beteiligung an den Krankheitskosten durch den öffentlichen Arbeitgeber und ergänzen in diesen Fällen die Eigenvorsorge der Beamten und Tarifbeschäftigten, die aus den laufenden Gehältern zu bestreiten ist.«

Jetzt erwachten sie alle.

Viele tauschten ihre Plätze mit gleichen Buchstaben und wurden so Teil eines neuen Wortes, einer neuen Bedeutung. Was für den Leser nicht zu unterscheiden war, für die Buchstaben hingegen ein ganz neues Dasein bedeutete. Sie lebten jetzt in einem anderen Wort weiter – und das schien ihnen zu gefallen.

Albert freute sich für sie und las weiter, um noch mehr Buchstaben aus ihrem Wort zu befreien. Alle sollten sie sich ändern, die Welt aus anderer Perspektive sehen. Sie sollten für jeden, der sie las, aussehen wie immer und ihren Spaß daran haben, dass niemand bemerkte, dass sie eigentlich ganz woanders hingehörten.

Weiter unten im Text las Albert: » … Antragsverordnung nach Bundesbeihilfeverordnung – BbhV …«

Und wieder veränderte sich etwas, denn aus den ersten beiden Worten setzte sich ein neues zusammen: A-n-n-a. Dieser Name schob sich über den ganzen Text und überall, wo er auftauchte, wichen die anderen vor ihm zurück, als ob eine große Kraft von ihm ausgehen würde und seine Umgebung wie eine magnetische Kraft verzerrte.

Anna.

Das Palindrom sorgte für große Unordnung.

Aber es sah sehr schön aus.

Albert klappte seine Verordnung zu und sprang aus dem Bett. Auf dem Tisch stand in einem Glas Wasser eine einzelne Margerite, die er aus Annas Wildgarten gepflückt hatte. Warum er das getan hatte, konnte er nicht sagen, aber was er damit tun würde, wusste er jetzt: Leise wie ein Schatten huschte er aus dem Zimmer, verließ das Archiv und steuerte die Kantine an.

Im hinteren Teil der Küche waren die Umkleideräume für die Köche und Küchenhilfen. Spind an Spind reihte sich hier. Er nahm die Margerite und steckte sie in den Lüftungsschlitz des Chefkochspindes.

So sah sie aus, als wäre sie aus dem Inneren herausgewachsen.

24.

Albert erwachte in totaler Dunkelheit. Alles war ganz still in seiner kleinen Kammer, sodass er sich noch einmal gemütlich zur Seite drehte, denn es konnte sich nur noch um Sekunden handeln, bis sein Wecker die Wände würde erzittern lassen. Er hörte sein leises, regelmäßiges Tick-Tick, sah zwei kleine Striche in der Nacht schweben, zu denen er sich gedanklich einen Kreis dachte. Der große Zeiger stand oben, der kleine links unten – sehr gut. Noch ein paar Sekunden. Er hatte fantastisch geschlafen, fühlte sich so frisch und ausgeruht wie lange nicht mehr.

Dann stutzte er: Wieso links unten? Musste das nicht rechts unten sein? Er machte Licht und saß mit einem Ruck kerzengrade in seinem Bett: Es war sieben Uhr morgens!

Sieben Uhr!

Das konnte doch nicht sein. In knapp fünfunddreißig Jahren hatte Albert nicht ein einziges Mal verschlafen. Er kontrollierte den Wecker, aber dessen Mechanik war ordnungsgemäß abgelaufen – er war nicht kaputt. Wie hatte er das überhören können? Dieses Ding hätte Tutanchamun aus seinem Sarkophag gejagt. Und er hatte nichts gehört.

Er sprang aus dem Bett, hastete zur Tür und riskierte einen vorsichtigen Blick in das Archiv. Das Licht war bereits eingeschaltet worden, offenbar trieb sich jemand darin herum. Natürlich war da jemand, schließlich hatte der Dienst ja um sieben Uhr begonnen! Er hörte Schritte, das Geräusch von Papier, ein leises Hüsteln. Fast zu spät bemerkte er, dass da jemand auf ihn zukam, er schloss die Tür gerade noch rechtzeitig und löschte das Licht. Im Dunkeln lauschte er, hörte Schritte, sah unter dem Türspalt kurz einen Schatten verharren, dann wurde es wieder ruhig.

Das war eine Katastrophe. Nicht auszudenken, wenn jemand hinter sein kleines Geheimnis kommen würde. Jahrzehnte hatte alles funktioniert, und jetzt war möglicherweise alles vorbei, nur weil er so gut geschlafen hatte.

Auf Zehenspitzen erledigte er ganz besonders leise die Morgenroutine, wagte nicht, die Deckenbeleuchtung zu benutzen, sondern nur das Licht einer kleinen Leselampe. Alles fiel kürzer und hektischer aus als sonst. Und ihm war ganz schlecht vor Sorge, dass ihn jemand bemerken könnte.

Instinktiv sah er auf den Geburtstagskalender, hängte seine Listen jedoch wieder an den Haken. Er hatte weder Zeit noch die Nerven, heute Geburtstag zu feiern. Die Situation war zu ernst. Nicht einmal seinen Vitamindrink nahm er zu sich – er musste hier raus. Schnell!

Draußen war alles leise, als er die Türe hinter sich verriegelte. Noch ein paar Schritte und schon wäre er wieder Teil seines Amtes. Dann hätte er es geschafft, doch wie aus dem

Nichts stand plötzlich ein Mann vor ihm. Albert wurde ganz blass vor Schock. Was hatte er gesehen?

»Na, Herr Kollege? Auch schon so früh auf Aktensuche?«

Albert nickte nur.

Der Mann verschwand wieder im Labyrinth des Archivs. Über den Rücken rief er noch: »Eines Tages werden wir hierfür eine eigene Postleitzahl beantragen müssen.«

Dann war er weg – Albert stieß erleichtert Luft aus.

Alles war durcheinandergeraten. Seine Arbeitsabläufe, seine Routinen, sein Bedürfnis nach Sicherheit. Sein ganzes Leben erschien ihm gerade als ein einziges Chaos – das musste sofort aufhören! Dafür war er nicht geschaffen!

Das war nicht er!

Albert eilte nach oben, stürmte förmlich in das Büro von Elisabeth und Mike, der sich heute offenbar vorgenommen hatte, Dienst zu tun oder wenigstens anwesend zu sein, denn er wartete bereits in gewohnt entspannter Haltung auf Albert und grinste breit.

»Sieben Uhr fünfunddreißig! Sie sind zu spät dran … «

Was immer er noch sagen wollte, es blieb ungesagt, denn Albert preschte zu Elisabeths Schreibtisch vor, warf seine Aktenmappen auf den Tisch, kehrte auf dem Absatz um und jagte im Höchsttempo wieder raus. Er bekam nicht einmal mehr mit, wie Elisabeth und Mike sich ansahen, völlig verblüfft über den Kurzauftritt ihres Kollegen.

Selbst Susanne wartete bereits vor seinem Büro, doch sie sagte nichts, sondern wünschte ihm wie immer einen guten Morgen. Albert nickte kurz, nahm ihr die Ordner ab und schloss das Büro auf. Rasch schlüpfte er hinein, schloss gehetzt die Tür und lehnte sich dann erst einen Augenblick an, bevor er die ersten tiefen, ruhigen Atemzüge nahm, spürte, wie er langsam wieder zu sich fand.

Was für ein Horrormorgen.

Und er war noch nicht vorbei, denn auf seinem Schreibtisch lag: der Antrag.

25.

Nichts war erledigt.

Kein einziger Antrag bearbeitet, kein Stempel aufgedrückt, keine Unterschrift gezeichnet, kein Blatt geheftet worden. Nichts. Einfach nichts. In seinem gesamten Arbeitsleben war das noch nicht passiert. Selbst die Vorstellung, dass der Tag kommen könnte, an dem irgendetwas nicht erledigt worden sein könnte, wäre bis gestern noch absurd gewesen. Aber der Tag war da. Um 16.00 Uhr würde es so weit sein: Seine Arbeit wäre nicht geschafft. Weil er seit Stunden auf den Antrag starrte, der da vor ihm lag. E 45. Von Anna Sugus. Antragsgrund: keiner.

Das konnte doch alles nicht wahr sein!

Wäre es möglich, dass Frau Sugus ein perfides Spiel mit ihm trieb? Warum sollte sie das tun? Und warum gerade er? Das ergab doch keinen Sinn! Mal davon abgesehen, dass er auch nicht glauben wollte, dass Anna sich einen Scherz mit ihm erlaubte. Anderseits: Sie war Künstlerin. War es möglich, dass er Teil einer *Performance* geworden war? Teil eines Kunstwerkes, ohne dass er davon wusste? Könnte sie wirklich so gemein zu ihm sein?

Albert mochte Anna Sugus, die Frau mit dem schönen Namen. Sie war zwar das Gegenteil von ihm, aber auf eigenartige Weise fühlte er sich ihr verwandt. Und was für Bilder sie malte. Waren das überhaupt Bilder? Da war ungeheuer viel Kraft, aber überhaupt keine Koordination. Keine … Ordnung. Genau, es gab keine Ordnung.

Langsam erwachte er aus seiner Starre, kramte in seiner Hosentasche und zückte einen Zettel, den Anna ihm gegeben hatte: Anna Sugus, stand da, und ihre Telefonnummer. Sie hatte eine sehr schöne Schrift, fand Albert, sehr künstlerisch. Bögen und Schwünge gingen wohlproportioniert ineinander über. Die Anfangsbuchstaben vielleicht ein wenig zu exaltiert, aber noch annehmbar. Wieso malte sie nicht so, wie sie schrieb? Ob er das mal erwähnen sollte? Von Künstler zu, nun ja, Künstler?

Er wählte ihre Nummer, hörte lange ein Freizeichen, aber niemand hob ab. Ein Anrufbeantworter sprang auch nicht an. Albert seufzte: Es nutzte alles nichts – er musste wieder zu ihr.

Es war erstaunlich, wie schnell man sich an den Weg nach draußen gewöhnen konnte. Dazu gehörte auch, dass die Drehtür ein wenig von ihrer Magie verloren hatte, was Albert sehr bedauerte, denn er liebte Magie. Aber er hatte sie in kürzester Zeit dreimal durchschritten, da verlor der Akt als solcher einfach an Zauber.

Selbst die Busfahrt nahm er verhältnismäßig gelassen hin, da er stets alleine saß, sich alle Haltestellen gemerkt hatte und durchaus Freude am Wiedererkennen einzelner Bezugspunkte hatte. Wenn ihm auch die aktuelle Mode bei Jugendlichen, ihre Hörgewohnheiten, die Unfreundlichkeit der Fahrer und die Atemlosigkeit der Straßen sehr missfielen. Die Welt hatte sich verändert, aber nicht zu ihren Gunsten, fand Albert.

Er klopfte an Annas Haustür, aber nichts tat sich.

Für einen Moment war er versucht, um das Haus herumzugehen, um vielleicht durch die Atelierfenster im rückwärtigen Teil nach ihr zu sehen, aber dichtes Gestrüpp und gute Kinderstube hielten ihn davon ab. Ratlos stand er eine Weile dort, dann kehrte er um und betrat wieder die Wertbergstraße.

An deren Ende sah er sie.

Sie querte gerade die Fahrbahn und bog dann rasch nach rechts in eine weitere Straße. Albert hatte heftig gewunken, aber sie hatte ihn nicht gesehen, woraufhin er ihr nacheilte, in der Hoffnung, dass sie ihn zwischen den Häusern und Kreuzungen nicht abhängte.

Bald schon hatte er wieder Sichtkontakt, unterließ es aber, nach ihr zu rufen, weil er das irgendwie albern fand. Sie betrat einen Supermarkt, und Albert eilte ihr nach, noch bevor er darüber nachdenken konnte, warum er diese Häuser auch schon vor seiner freiwilligen Immigration ins Amt gemieden hatte.

Kaum war er eingetreten, war es, als schnürte ihm ein eiserner Gurt die Brust zusammen. Labyrinthische Gänge bauten sich vor ihm auf: Schluchten, Produktberge, Verpackungen, Menschen mit Einkaufswagen. Die Kassen piepten unentwegt. Und von oben regnete leise Musik herab.

Das hier war ein Dschungel.

Albert schlich sich an den Regalen entlang, hielt hektisch Ausschau nach Anna, die er nirgendwo entdeckte. Schon nach ein paar Metern konnte er nicht mehr sehen, wo der Ausgang war, und zwei Abzweige weiter hatte er jede Orientierung verloren. Offenbar war er im Klopapierhimmel angekommen, denn rechts und links türmte sich weiß und flauschig, zwei-, vier-, sechs- und achtlagig das Poweiß in unzähligen Rollen. Alles war hell, wolkig, hygienisch. Selbst das Licht, sodass Albert schnell nach anderen, dunkleren Gängen Ausschau hielt. Die Waschmittel waren kaum besser, Hautpflege auch nicht. Erst der Kaffee brachte Linderung, es war, als hätte jemand die Farben leiser gestellt.

Schließlich entdeckte er Anna.

Am Ende eines langen Regals mit Tausenden von Suppendosen kramte sie eine heraus, legte eine flexible Plastikschablone darauf und zückte einen schwarzen Stift mit dünner Spitze. Sie schien etwas zu übermalen, so genau konnte Albert das nicht sehen, aber er war so irritiert, dass er vergaß, ihren Namen zu rufen. Sie ging weiter, Albert folgte ihr zu einem weiteren Regal: Nudeln. Unfassbar viele Nudeln. Geradezu infantil in ihren Formen – es aßen doch auch Erwachsene Nudeln! Wieder nahm sie ein Paket heraus, legte die Schablone darauf und kritzelte mit dem Stift darauf herum.

Albert war bereits ein gutes Stück näher gekommen, sodass er jetzt erkennen konnte, was sie gerade tat: Sie veränderte den Barcode.

Schon schob sie ihren Einkaufswagen weiter, Albert im Schlepptau, den sie noch gar nicht bemerkt hatte. Beim nächsten Stopp hatte Albert zu ihr aufgeschlossen und linste neugierig über ihre Schulter: Gummibärchen.

Wieder veränderte sie den Barcode mit der Schablone.

Dann flog die Packung zu den anderen Lebensmitteln, die sie bereits bemalt hatte. Sie drehte sich zu ihm um, lächelte, weil er so verwirrt aussah, und legte ihren Zeigefinger auf die Lippen: Er sollte ihr schweigend folgen. Was er auch tat. Sie legte noch das ein oder andere Produkt in den Warenkorb, achtete aber darauf, dass es immer verpackt war und somit einen Barcode hatte, den sie nach Belieben veränderte. Dann schob sie den Gitterwagen zielsicher zu einer der Kassen und legte alle Lebensmittel auf das Band.

Während die Waren dem Kassenscanner immer näher kamen, hielt Albert den Atem an: Das war doch illegal! Da würde sicher ein Alarm losbrechen, und alle würden sie ansehen. Eine Menschentraube würde sich bilden und mit dem Finger auf sie zeigen. Wortfetzen würden ihnen wie Schrapnells um die Ohren fliegen, dann würde plötzlich die Polizei kommen und Anna festnehmen. Und ihn auch, weil er ein Komplize war.

Unwillkürlich setzte Albert einen Schritt zurück.

Was, wenn man ihn einsperrte? Wenn man feststellte, dass er im Amt wohnte? Wenn er nie wieder in sein Büro zurückkehren durfte? Albert spürte, wie ihm kalt wurde. Wie sich all sein Blut in der Bauchgegend zu sammeln schien und alles, was vom Torso abstand, kalt wurde.

»Frau Sugus …«

Seine Stimme hörte sich komisch an, als ob sie ihm gar nicht gehören würde.

Anne drehte sich nur um und machte: »Psssst!«

Dann packte die Kassiererin schon die erste Dose ihres Einkaufs und zog sie über den Scanner. Albert konnte gerade noch sehen, dass es Ananas waren, die mit einem *Piep!* ins Auffangbecken rollten. Es hatte *Piep!* gemacht. Albert konnte es nicht glauben – kein Alarm. Keine Menschentraube. Keine Polizei. Nur *Piep!*

Im Display des Computers flammte auf: LINSENSUPPE 2,99.

Albert klapperte mit den Augenlidern: Linsensuppe? Wieso Linsensuppe? Das waren eindeutig Ananas, das konnte doch jeder sehen! Erst recht die Kassiererin, aber die schien es gar nicht zu bemerken.

In rascher Abfolge rutschten andere Verpackungen über den Scanner. Linsensuppe, die jetzt Erbsen waren. Chips wurden zu Jogurt und Pizza war plötzlich Milch.

Piep! Piep! Piep!

Anna war beglückt – Albert stand vor Entsetzen der Mund offen. Das war ja Anarchie! Das reinste Chaos. Und es schien niemanden zu kümmern! Dabei wäre es zumindest die Aufgabe der Kassiererin gewesen, diesen Missstand aufzuklären. Sie war ihrem Arbeitgeber doch verpflichtet! Aber die sah gar nicht hin, packte sich nur die Waren, schob sie über den Scanner und wartete auf das Piepgeräusch. Das war schon alles.

Ein *Piep!* segnete alles ab.

Als ob nichts weiter wäre, ließ sich Anna den Kassenzettel geben und zahlte. Damit war der Einkauf erledigt, sie packte alles wieder in den Einkaufswagen und schob ihn von den Kassen weg zum Ausgang.

Albert erwachte aus seiner Starre und hielt sie am Ellbogen fest: »Aber das geht doch nicht!«

Wieder musste sie lächeln, weil sein Protest so aufrichtig war, so ehrlich.

Sie fragte unschuldig: »Warum denn nicht?«

»Weil … weil … das ist doch Betrug!«

Anna runzelte die Stirn: »Wieso? Der Computer hat alles ganz genau vorgerechnet.«

»A-aber …«

»Kein *Aber*«, gab Anna seelenruhig zurück, »manchmal zahle ich mehr als die Waren wert sind. Das wäre ein komischer Betrug, finden Sie nicht?«

Albert war völlig perplex, verstand die ganze krude Logik nicht, die bei genauerer Betrachtung gar keine Logik war.

»Und was soll das Ganze dann?«

»Das ist Kunst!«

»*Das* ist Kunst?«

»Aber natürlich!«, nickte Anna. »Sie essen Linsensuppe, die in Wirklichkeit aber Ananas sind. Oder Gummibärchen, die wie Chips aussehen. Sie essen, was der Computer Ihnen sagt, aber es ist in Wirklichkeit was ganz anderes.«

Empörung regte sich in Albert und schoss wie die Fontäne eines Geysirs aus seinem Mund: »Sie bringen ja alles durcheinander!«

Anna schien das nichts auszumachen. Im Gegenteil. Sie klatschte erfreut in die Hände: »Ja, toll, nicht?«

Da standen sie nun im Eingang des Supermarktes, ein großer, grauer Anzug mit hängenden Armen und ratlosem Gesicht und ein buntes Blümchen mit etwas wirrem Haar und fuchteligen Händen, die den Mond, die Sonne und die Welt dazwischen beschrieben.

Albert war verwirrt, wieder einmal, und er starrte auf Anna wie auf einen kleinen Schmetterling, der sich auf seinen Ellbogen gesetzt hatte. Und es war, als könnte er plötzlich etwas in dessen schönen Farben sehen, ein Muster, das sich nicht ergründen ließ, das sich versteckte, so wie sich der Schmetterling in der Puppe versteckte. Da waren Schwünge zu erkennen und das Leuchten der Pigmente. Er sah die Kraft, die Schatten, die Töne und nahm sogar ein sanftes Atmen wahr.

Doch was war es?

Er hätte zurücktreten müssen, wie von einem Bild, vor dem man zu nahe stand, doch dafür hätte er seine Position aufgeben und eine andere einnehmen müssen. War das Kunst? Und wenn es so war, wer gab einem die Garantie, dass man wieder zu dem zurückfand, was man war? Wo war der Stern, der einen leitete, wenn es Nacht wurde? Es gab Milliarden, doch welcher war der Richtige? Allein die Vorstellung ließ Albert schwindeln, denn er gehörte zu denen, die niemals in den Himmel blickten, wenn sie unterwegs waren. Was nutzte einem die Unendlichkeit des Universums, wenn man dabei über die Katze stolperte, die gerade den eigenen Weg kreuzte?

Er zog den Antrag aus seinem Anzug, der ihm ganz real und ganz schmucklos im Weg stand, der sich nicht beiseiteschieben lassen wollte, der ganz sicher keine Kunst war, sondern nur das, was er war: ein Antrag, der nichts beantragte.

»Können wir noch mal zu Ihrem Antrag kommen?«, fragte er ruhig und wähnte sich gleich wieder auf sicherem Boden.

»Der, der Sie verfolgt?«, fragte Anna, nicht ohne einen Hauch Spott in der Stimme.

Albert nickte: »Ja, ich werde ihn nicht los.«

»Warum lassen Sie ihn nicht einfach verschwinden?«

»Sie haben ja keine Ahnung«, antwortete Albert mit ehrlicher Verzweiflung, »man kann ihn nicht einfach verschwinden lassen.« Und mit einem Seufzer fügte er hinzu: »Er ist unsterblich.«

Jetzt war es Anna, die verblüfft war, für einen Moment geradezu sprachlos, denn sie hatte mit vielem gerechnet, aber nicht damit. Und sie spürte, dass Albert sie nicht auf den Arm nahm. Sie sah ihn neugierig an und bemerkte erneut, was für ausgesprochen schöne Augen Albert hatte, so dunkel und tief.

Da war mehr als ein grauer Anzug.

Viel mehr.

»Und wenn ich etwas beantrage?«, fragte sie und nahm ihm den Antrag aus der Hand.

»Vielleicht findet er dann Frieden«, antwortete Albert. »Und ich auch.«

Sie las ihren Namen, die üblichen Rechtshilfebelehrungen, ein dickes E 45 in der Ecke. Einen Antragsgrund gab es nicht, aber es gab ein wenig Platz im unteren Drittel des Antrages, so sah sie zu ihm auf und fragte: »Haben Sie einen Stift?«

Er gab ihr sogleich einen Kugelschreiber und beobachtete, wie sie etwas auf das Papier schrieb, darüber grinste und ihm den Antrag zurückgab.

»Hier!«

Albert nahm den Antrag und las in der Spalte für den Antragsgrund nur ein einziges Wort: GLÜCK.

Anna strahlte: »Das ist ein schöner Antrag, finden Sie nicht auch?«

Albert starrte immer noch auf das Wort, auf die schöne geschwungene Schrift, und hatte das Gefühl, dass es genau das war, was E 45 gefehlt hatte. Unwillkürlich musste er lächeln, was Anna auffiel, denn es war das erste Mal überhaupt, dass sie ihn lächeln sah.

»Was?«, fragte sie belustigt.

»Ich heiße Glück. Albert Glück.«

Sie quietschte.

Ja, anders konnte man das Geräusch kaum nennen, ein überraschtes, vergnügtes, glückliches Quietschen. Und ehe Albert sich versah, umarmte sie ihn und hielt ihn fest. Irritiert und reichlich steif blickte er fast senkrecht auf sie herab, die sich mit ihrem Gesicht fest an seine Brust schmiegte und die Augen geschlossen hielt.

»Dann lasse ich Sie nie mehr los.«

Und scheinbar hatte sie genau das vor, denn sie hielt ihn fest, während andere vorbeigingen. Albert spürte ihre neugierigen Blicke, war irritiert über den Ausdruck in ihren Gesichtern. Wie von einer schönen Erinnerung angeknipst, wurden sie ganz hell und offen, verlöschten jedoch wieder mit jedem Schritt, bis sie schließlich wieder ganz dunkel waren, noch bevor sie ihre Autos erreicht hatten. Sie flammten auf und vergingen. Albert war ganz fasziniert davon.

Eine ganze Weile standen sie einfach da. Dann ergriff Albert plötzlich die Furcht, dass Anna tatsächlich Ernst machen würde.

»Könnten Sie mich vielleicht doch wieder loslassen?«, fragte er schüchtern.

Anna ließ ihn los.

Er half, ihre Einkäufe nach Hause zu tragen, vergaß dabei, dass er das gar nicht hätte zulassen dürfen. Im Nachhinein fragte er sich, ob er den Vorfall wirklich beim Marktleiter hätte melden müssen. Hätte er Anna Sugus wirklich in Schwierigkeiten bringen können? Früher hätte er nicht eine Sekunde darüber nachdenken müssen.

Früher … Wann war das? Schon vor dem Antrag hatte er begonnen, an seinen Überzeugungen und Gewohnheiten herumzuschrauben, mit dem Ergebnis, dass das stabile Kellerregal, in dem alles lagerte, wackelte, dass man das Geklapper noch im ersten Stock hören konnte. So konnte es nicht weitergehen!

Er würde E 45 bearbeiten, und dann wäre alles wieder wie früher.

Vor Annas Haus stellte er die Plastiktüten ab und fragte entschlossen: »Was ist denn jetzt mit dem Antrag?«

»Wieso? Ich hab doch was beantragt!«

Albert seufzte: »Vielleicht etwas, was ich auch bearbeiten kann?«

»Aber das können Sie doch!«

Sie grinste breit, und er verstand kein Wort.

Aber er würde es bald verstehen.

26.

Er wusste es in der Sekunde, als es am nächsten Morgen leise an seine Bürotür klopfte. Der Antrag hatte seine Bestimmung gefunden. Alles, was gefehlt hatte, war ein Wort. Und ein bisschen Magie.

E 45 hatte Alberts Büro zum Leben erweckt, war wie der Zettel unter der Zunge eines Golems, nicht, um zu zerstören, sondern um zu erschaffen. Es war der erste Schritt einer langen Reise und gleichzeitig der erste zurück, um das Ganze zu erkennen: das Geheimnis des Lebens und das Licht, das von ihm ausging. Die Antwort auf die Frage, welche Farbe ein Herzschlag hatte, wie ein Wort schmeckte und wonach Glück duftete.

Albert sagte *Herein* und von da an ließ es sich nicht mehr aufhalten.

Vor ihm standen ein molliger Italiener, mit schütterem Haar und einem Gesicht, das augenscheinlich gerne lachte. Neben ihm ein spindeldürrer Junge, vermutlich sein Sohn, mit den gleichen lustigen Augen, aber mit deutlich feineren Zügen. Sie hielten sich an den Händen, doch war es eigenartigerweise der Junge, der seinen Vater führte, nicht umgekehrt.

Albert bot ihnen den einzigen Besucherstuhl im Zimmer an, worauf der Vater gerne einging. Er setzte sich, legte die Hände auf seine Oberschenkel und rieb ein wenig verlegen daran.

»Was kann ich für Sie tun?«, fragte Albert freundlich.

Der Vater zeigte auf sich und sagte: »Federico Chicone.«

Albert nickte und zeigte auf sich: »Albert Glück.«

Herr Chicone zeigte auf seinen Sohn: »Marco.«

Albert nickte auch ihm zur Begrüßung zu.

Dann schwiegen sie.

Herr Chicone machte keine Anstalten, irgendetwas zu sagen.

»Was kann ich für Sie tun, Herr Chicone?«, fragte Albert erneut, um die Stille zu überbrücken.

Herr Chicone beugte sich zu seinem Sohn hinüber und flüsterte ihm etwas ins Ohr. Der nickte und sagte: »Wir sind wegen des Antrags hier.«

Wieder Schweigen.

Offenbar ging Herr Chicone davon aus, dass Albert seinen Antrag kennen musste, und tatsächlich kannte Albert seinen Antrag, denn er war der mit Abstand am häufigsten abgelehnte, den er je bearbeitet hatte. Herr Chicone, der ständig neue Formfehler konstruierte und zu Papier brachte, sodass Albert gar nichts anderes übrig blieb, als seinen Antrag immer wieder neu abzulehnen.

»Ich kenne Ihren Antrag, Herr Chicone, sehr gut sogar, nur muss ich Ihnen sagen …«

»Signora schicke!«, rief Herr Chicone schnell.

»Bitte?«

Albert war verwirrt, und Herr Chicone machte keine weiteren Angaben, statt dessen knuffte er seinen Sohn und forderte ihn mit einer Handbewegung auf, das alles einmal zu erklären.

Marco lehnte sich ein wenig vor und sagte: »Anna hat uns geschickt. Sie hat gesagt, Sie könnten uns helfen.«

Der Kleine sprach akzentfrei und sah Albert mit großen braunen Augen an.

»Frau Sugus?«, fragte Albert vorsichtig.

»Ja.«

Albert konnte es nicht fassen: Von allen erdenklichen Antragstellern hatte Anna Sugus Herrn Chicone gefunden. Oder er sie. Oder der Antrag sie alle drei. War das nun Zufall? Fügung? Oder ohne jede Bedeutung, da ein Antrag so gut wie der andere war?

»Anna hat gesagt, bei Ihnen kann man Glück beantragen«, sagte Marco. Und er tat dies mit einer Selbstverständlichkeit, die seinen Vater heftig nicken ließ.

»Oh … das scheint ein Missverständnis zu sein«, antwortete Albert ruhig und deutete wieder mit der Hand auf sich, »ich *heiße* Glück.«

Marco ließ sich davon wenig beeindrucken und winkte souverän ab: »Anna sagt, dass das ein und dasselbe ist.«

»Was?«

Wieder nickte Herr Chicone so heftig, als wäre Marcos Argument etwas, was so unwiderlegbar war wie die Gravitation oder die Existenz der Sonne.

»Herr Chicone …«, begann Albert erneut, stockte aber, als er sah, dass Herr Chicone sich wieder zu seinem Sohn beugte, um ihm etwas ins Ohr zu flüstern. Der hörte aufmerksam zu, dann wandte er sich an Albert: »Mein Vater möchte Ihnen etwas zeigen.«

Herr Chicone nickte wild, wenn Albert auch sicher war, dass er keinen Schimmer davon hatte, was gerade besprochen worden war. Also versuchte er erneut, den Irrtum zu klären.

»Herr Chicone«, begann er langsam und legte zwischen jedem Wort eine Pause ein, »Sie haben da etwas falsch verstanden …«

Marco hob die Hand, und Albert hörte auf zu reden. Der Gesichtsausdruck des Jungen war offen und freundlich, als hätte er noch nie etwas Böses gesehen oder erlebt. Da war ein scheinbar unerschütterliches Vertrauen, das Albert geradezu rührte und für einen Moment sprachlos machte.

Er sagte: »Anna hat gesagt, Sie will Ihnen helfen!«

»Mir?«

»Ja.«

»Und wie will sie mir helfen?«

Marco hatte die Frage ganz offenbar erwartet, lehnte sich über den Schreibtisch und flüsterte: »Dann geht er wieder weg, verstehen Sie?«

Albert schüttelte den Kopf: »Nein.«

»Der Antrag. Ich soll Ihnen sagen: So geht der Antrag wieder weg.«

»Das hat sie gesagt?«

Wieder Nicken. Diesmal von beiden.

»Und was soll ich mir ansehen?«, fragte Albert neugierig.

Herr Chicone sprang von seinem Stuhl auf und klatschte erfreut in die Hände. Offenbar verstand er doch alles, oder es gab eine geheime Kommunikation zwischen Vater und Sohn, die Albert nicht mitbekam, denn auch Marco klatschte fröhlich in die Hände, und beide ließen es in einem unternehmungslustigen Reiben ausklingen.

»Kommen Sie!«, rief Marco und zog ihn bereits am Ärmel. »Wir bringen Sie hin.«

»Wohin?«

Mehr brachte Albert nicht raus. Völlig überrumpelt ließ er sich von Marco aus seinem Büro ziehen und folgte Federico Chicone, während er plötzlich Marcos kleine Hand in der seinen spürte, die sich ihm warm und weich anvertraute.

Sie verließen das Amt durch den Propeller und eilten zum Besucherparkplatz, ohne dass Albert Zeit gehabt hätte, sich für den Ausflug zu wappnen oder auch nur Angst davor zu haben. Das änderte sich jedoch, als er sah, welches Auto Herr Chicone aufschloss: einen flammroten Fiat 500. Möglicherweise das kleinste Auto, das je gebaut worden war und das für Albert aussah wie ein Sarg ohne Ecken.

Herr Chicone klappte den Fahrersitz zurück und machte eine Handbewegung, angesichts deren Eleganz man hätte meinen können, er hätte Albert in den Fond eines Rolls-Royce eingeladen. Albert hingegen spürte nur, wie sich ein eiserner Ring um seine Brust legte und ihn am Atmen hinderte, doch er wagte nicht, die hoffnungsvollen Minen der Chicones zu enttäuschen: Vorsichtig, als bestiege er die Kapsel der Sojus, kletterte er in den Fiat und fand, dass es in einer russischen Rakete unmöglich weniger Platz und Komfort hätte geben können.

Herr Chicone stieß den Fahrersitz zurück und sprang hinters Lenkrad – Albert blieb nichts anderes übrig, als die Knie unters Kinn zu ziehen. Marco stieg auf den Beifahrersitz, was Albert argwöhnisch aufmerken ließ: Wieso durfte der Kleine nach vorne? Knatternd schob sich der Fiat aus der Parklücke und ruckelte bis zur Hauptstraße, bog ächzend ein und schien seine Triumphfahrt mit zwei Fehlzündungen zu feiern.

Albert klammerte sich an seinen Knien fest und betete.

Wohin sie fuhren, nahm er nicht wahr, dazu hätte er seine Augen öffnen müssen, aber nach einer halben Stunde schienen sie befestigte Straßen zu verlassen, sodass der Fiat jetzt wild hin und her schaukelte und Albert wie eine Boje bei schwerem Wellengang auf dem Rücksitz hüpfen ließ. Dann endlich hielten sie an, wobei der Motor sich scheinbar selbst abwürgte.

Albert öffnete die Augen und sah vorsichtig aus dem Fenster: Sie waren auf einem Sportgelände außerhalb der Stadt. Es hatte zu regnen begonnen, sodass alles noch viel trister aussah, als es ohnehin schon war.

Herr Chicone half ihm aus dem Auto und führte ihn mit Marco zu einem Fußballplatz, auf dem sich hier und da schon breite Pfützen auf roter Asche gebildet hatten. Die Tore sahen ohne Netze skelettiert aus, und trotz des Regens war das Spielfeld ungeheuer festgetreten, weshalb das Wasser nicht abfließen konnte. Ansonsten gab es nichts zu sehen. Keine Bäume, keine Sträucher, nichts. Nur ein Gewerbegebiet im Hintergrund, das sich grau und hässlich nassregnen ließ.

Erst jetzt nahm Albert in seinem Rücken Stimmen und Gelächter wahr und drehte sich um: Eine Jugendmannschaft von vielleicht achtjährigen Jungs zog sich auf einem Stückchen Wiese für ihr Training um. Die Sachen packten sie in Tüten und legten sie zu einem Haufen zusammen. Dann liefen sie auf den Platz, bereits klatschnass, und begannen, die paar Bälle zu kicken, die sie mitgebracht hatten. Ihr Betreuer ließ sie sich erst einmal austoben, bevor er mit einer Trillerpfeife zum eigentlichen Training bat.

Marco hatte wieder Alberts Hand gegriffen, so als ob er vielleicht ein Onkel wäre oder ein Freund der Familie. Albert wunderte sich über das Vertrauen und empfand es als schön. Der Junge repräsentierte das Gegenteil dessen, was er an Gemeinheiten täglich in der Zeitung lesen konnte. Schade, dass das Gute so wenig Erwähnung fand im täglichen Überlebenskampf.

Herr Chicone zupfte Albert am Arm: »Gugge! Aaarrrrme Bambini!«

»Warum ziehen sich die Kleinen hier um?«, fragte Albert.

Marco sah zu ihm hoch: »Wir brauchen ein Kabine. Deswegen haben wir den Antrag gestellt.«

»Verstehe.«

»Anna sagt, Sie wüssten, wie man Anträge stellt. Ich meine: richtig stellt.«

Albert räusperte sich ein wenig: »Na ja, schon …«

»Dann stellen Sie für uns den Antrag?«

Da stand er nun, er, der noch nie darüber nachgedacht hatte, dass Anträge von Menschen gestellt wurden. Ein Leben lang hatte er nur die ästhetische Perfektion der Vordrucke bewundert, ohne zu ahnen, dass hinter der Ästhetik ein Leben auf eine Antwort wartete. Und was er mit dem Anklopfen der Chicones im Herzen bereits gewusst hatte, vollzog sich nun auf wundersame Art: Er überschritt eine Grenze und vergrößerte damit nicht nur sein eigenes Spielfeld, er sprengte es förmlich und es war, als flögen alle seine heißgeliebten Linien in tausend Stücken davon.

Er sagte: »Kommen Sie in den nächsten Tagen mal vorbei. Ich glaube, da kann man was machen.«

Herr Chicone brach in Jubel aus und umarmte Albert stürmisch, küsste ihn, was Albert stocksteif über sich ergehen ließ. Marco blickte ihn mit großen Augen an, drückte Alberts Hand sanft und lächelte selig.

Herr Chicone hielt Alberts Wangen in seinen Händen und rief übermütig: »Fahre Signore nach Hause!«

Alberts Blick sprang zu dem kleinen Fiat.

»Ich nehme den Bus.«

27.

Es wurde ein langer, sehr, sehr nasser Heimweg, aber Albert genoss den prasselnden Dauerregen. Über dreißig Jahre war er trockenen Fußes durch das Amt gegangen, hatte jede Form von Schauer durch die Scheiben beobachten können, froh darüber, ein warmes und trockenes Zuhause zu haben. Jetzt hingegen war es kalt, das Wasser lief ihm den Nacken hinab, aber alles war so neu, dass er das Gesicht sogar dann und wann in den Himmel hielt, damit die Tropfen ordentlich auf seine Haut trommeln konnten. War er nicht gestern erst der Meinung gewesen, dass er nicht der Typ war, der den Kopf in die Wolken steckte? War das wirklich erst gestern gewesen? Denn es war herrlich, nicht zu sehen, wohin man ging. So befreiend.

Er landete im Straßengraben.

Fluchend rappelte er sich auf und beschloss, es mit der Freiheit nicht zu übertreiben. Übermut führte allenfalls zu einem ruinierten Anzug. Als Erstes musste er wieder in seinen alten Rhythmus finden, und er wusste auch schon, womit er anfangen würde.

Er kaufte sich einen neuen Wecker.

28.

Punkt 5.00 Uhr morgens schoss Albert kerzengrade in die Höhe, als sein neuer Wecker Alarm schlug. Für einen Moment hatte er das Gefühl, an Herzrhythmusstörungen zu sterben, dann aber wurde ihm klar, dass sein neuer Wecker gerade das Amt in seinen Grundfesten erzittern ließ. Offenbar war das Gerät ein Scherzartikel – er hatte es nicht bemerkt –, aber selten war er so wach gewesen wie an diesem Tag. Das Ding imitierte das Signal eines Hochseedampfers, von Gewalt und Lautstärkepegel her das der Titanic, was wohl auch den Namen erklärte.

Selbst als er es hektisch abstellte, hörte er das mächtige WOOOOOMMM! noch eine Weile in seinem Kopf hallen. Sonst aber schien das Durcheinander der letzten Tage vergessen zu sein, denn er kam spielend in seine Morgenroutine und begann den Tag wie alle anderen der letzten knapp fünfunddreißig Jahre auch: in Ruhe.

Zum Schluss, noch bevor er seinen Geburtstagsplan studierte, stand er vor dem kleinen Spiegel über dem Waschbecken und kämmte sich wie immer einen akkuraten Scheitel. Doch diesmal verharrte er und betrachtete sich: Der Scheitel saß da, wo er immer saß, nämlich rechts, aber zufrieden war er damit nicht. Er zog einen neuen akkuraten Scheitel und war wieder nicht zufrieden. Was war denn heute mit seinem Haar los?

Er kämmte sein Haar nach vorne und setzte – zu seiner eigenen Überraschung – links an. Er sah in den Spiegel und fand, dass es gut aussah.

Punkt 7.30 Uhr betrat er das Büro *Elisabeth Seel/Mike Schulze*, zu seiner Überraschung ohne einen blöden Kommentar

Schulzes, der offensichtlich übellaunig an seinem Platz saß und ihn kaum eines Blickes würdigte.

»Guten Morgen, Elisabeth«, grüßte Albert.

»Guten Morgen, Albert.«

Er legte die Papiere wie immer auf Elisabeths Schreibtisch und bemerkte gar nicht, dass sie ihn aufmerksam ansah. Erst als er sich aufrichtete, spürte er ihren durchdringenden Blick und reagierte irritiert: »Was?!«

Elisabeth zog ein wenig die Nase kraus: »Sie sehen irgendwie … anders aus.«

»Ich?«

Elisabeth nickte: »Ja, finde ich schon. Irgendwie jünger. Was meinst du, Mike?«

Mike stierte aus dem Fenster und antwortete: »Ist mir scheißegal.«

Elisabeth war die unfreundliche Antwort offenbar unangenehm, und sie quittierte sie mit einer Grimasse, die wohl so viel heißen sollte, dass man Mike heute besser in Ruhe ließ. Albert hingegen zuckte ungerührt mit den Schultern: Was immer Mike umtrieb, es war ihm völlig gleichgültig.

Er verließ das Büro mit einem stillen Lächeln, doch diesmal nicht, weil er Mike einen Streich gespielt hatte, sondern weil ihm das kleine Kompliment Elisabeths gefallen hatte: Wer hätte gedacht, was ein veränderter Scheitel doch so alles bewirkte?

Er schloss sein Büro auf und lugte misstrauisch hinein: kein Antrag. Jedenfalls nicht auf seinem Schreibtisch. Zur Sicherheit durchsuchte er den ganzen Raum, aber E 45 hatte sich auch nirgendwo versteckt, sodass er zufrieden auf seinen Schreibtischstuhl sank und gut gelaunt auf die Schreibtischunterlage trommelte. War es wirklich wahr geworden? Hatte er E 45 besiegt? Oder ihm vielmehr ewigen Frieden geschenkt?

Ein tolles Gefühl. Er war *Stempel-Man*. Ein Superheld. Ein Akten-Ninja. Ein Formationstänzer und Geheimagent. Er war alles, was Mike, dieser Idiot, ihm schon unterstellt hatte. Aber vor allem war er eines: der Herr der Anträge.

Es klopfte leise an seiner Tür, Susanne trat ein und legte ihm eine gut gefüllte Kladde frischer Anträge auf den Schreibtisch.

»Morgen, Herr Glück.«

»Guten Morgen, Susanne.«

Albert schlug rasch die erste Seite auf, aber auch hier: kein E 45. Er hatte es tatsächlich geschafft! Susanne stand immer noch vor seinem Schreibtisch. Warum eigentlich?

»Soll ich den Besuch gleich hereinbitten?«, fragte sie.

»Welchen Besuch?«

Susanne nickte mit dem Kopf in Richtung Flur und sagte: »Na, den vor Ihrer Tür.«

Neugierig stand Albert auf und begleitete Susanne zur Bürotür. Draußen standen zwei Männer und eine Frau, brav hintereinander, gleich vor seinem Namensschild.

»Sie wollen zu mir?«, fragte er verwundert.

Der Erste in der Reihe, ein Mann, nickte freundlich: »Frau Sugus schickt uns.«

»Oh.«

Für einen Moment sahen sie sich an, erwartungsfroh auf der einen, ratlos auf der anderen Seite, dann verabschiedete sich Susanne in Alberts Rücken und brach damit den Bann. Albert nickte dem ersten Besucher zu und bat ihn mit einer Geste einzutreten.

Gegen Mittag hatte Albert drei neue Anträge verfasst und

sich danach den der Chicones vorgenommen. Ein kleiner Zwischensprint hatte dann geholfen, wieder in das normale Pensum hineinzufinden, und so war es Albert, als wäre der Vormittag innerhalb eines Wimpernschlages verflogen.

Gerade kramte er den Zettel mit Annas Telefonnummer aus seiner Hosentasche, als es schon wieder klopfte. Albert hatte gerade noch Zeit, das Papierchen wieder einzustecken, denn die Tür öffnete sich, bevor er *Herein!* sagen konnte.

Anna war da.

»Hallo, Herr Glück!«

Für einen Moment fühlte Albert sich ertappt, beglückt und verwirrt in einem, sodass er laut ausrief: »Frau Sugus!« Dann sprang er auf und bot ihr den einzigen Platz in seinem Büro an: »Ich wollte Sie gerade anrufen … Sie haben da ein paar Leute zu mir geschickt … und …«

Er stockte, denn Anna schien ihn gar nicht wahrzunehmen und sah sich neugierig in seinem Büro um. Ob es ihr gefiel oder missfiel, verriet ihr Ausdruck nicht, und Albert stand ein wenig unbeholfen da mit der Rückenlehne des Besucherstuhls in der Hand, den er extra für sie ein wenig zurechtgerückt hatte.

»Ja, so ungefähr hab ich mir das vorgestellt …«

»Ähm … Was meinen Sie?«

Sie hielt noch einen Moment inne, dann sah sie ihn strahlend an: »Aber da kann man was machen!«

Ohne sich weiter zu erklären, stürmte sie hinaus, nur um im nächsten Moment wieder zu erscheinen, diesmal mit einem großen Bild in der Hand, das sie in Papier eingeschlagen hatte. Die Wand gegenüber Alberts Schreibtisch war völlig leer, sodass sie rasch den Umschlag herunterriss und es dort auf den

Boden stellte: Es war Alberts Bild. Eine Mischung aus mehreren Explosionen, mit ungezählten Farben und noch mehr Richtungen, in die sie den Pinsel geführt hatte. Schwer zu sagen, was es war, genau genommen konnte es alles sein. Nur Alberts grauer Rahmen gab dem Getöse der Pigmente etwas Regelmäßiges, ja, er legte in gewisser Weise – da es keinen Anfang und kein Ende zu haben schien – das Malfeld fest.

»Perfekt!«, sagte Anna.

»Na ja«, antwortete Albert skeptisch.

Anna ließ sich davon nicht beirren, sondern stemmte die Hände in die Hüften und sah Albert herausfordernd an: »Also, bitte! Das bringt ein wenig Magie in Ihr Amt!«

»Magie?«

»Ja, Magie. Das ist das Wichtigste überhaupt!«

Das konnte und wollte Albert nicht auf sich sitzen lassen, und Anna konnte beinahe sehen, wie er empört nach Luft schnappte.

»Unser Amt *ist* magisch!«

Anna grinste ironisch: »Ja, klar.«

Albert packte ihre Hand und zog sie hinaus: »Ich werde es Ihnen beweisen!«

Und so wurde Anna Zeugin der größten Zauberei, die das *Amt für Verwaltungsangelegenheiten* zu bieten hatte: die sprechenden Türen.

29.

Die sprechenden Türen traten nicht überall im Amt auf, denn sie folgten den Gesetzen der Physik. Im Kosmos des Amtes konzentrierte sich die Macht im zwölften Stockwerk: Alles Sein, jede Bewegung, alle Signale des Amtes fanden hier ihren Ursprung, genau genommen in *XII.13*, dem Büro von Verwaltungsdirektor Dr. Isidor Sommerfeldt, und in dem seiner räumlich vorgelagerten Chefsekretärin Adele Lüth, in *XII.12*.

Die Büros lagen am Ende eines langen Ganges und die Gravitation, die von hier ausging, war so groß, dass kein einziger eigener Gedanke das Stockwerk mehr verlassen konnte, so wie kein Licht ein schwarzes Loch mehr verließ. Wer hier eingesaugt wurde, verlor jede Farbe, verwandelte sich in marmoriertes Ordnergrau und bekam dazu einen hübschen grün-weißen Rückenaufkleber verpasst, der jedem schon von Weitem zeigte: Das, was draufstand, das war auch drin. Und nichts anderes.

Damit wurde derjenige dann wieder ins Amts-All hinausgeschleudert, um während der Dienstzeit regelmäßig zu kreisen. Bei besonders sensiblen Trabanten blieb das auch nach Dienstschluss so. Für immer.

Jedenfalls rotierten um *XII.13* alle Büros des Amtes. Und je näher sie Dr. Isidor Sommerfeldt kamen, desto häufiger trat das Phänomen der sprechenden Türen auf. In diesem Flur des 12. Geschosses waren sie ein Naturgesetz und konnten, wie der große Hungerlauf, jeden Mittag beobachtet werden, wenn man denn ein Auge für die Besonderheiten dieses Universums hatte.

Albert und Anna standen im Eingang des langen Flurs, fast noch auf dem Treppenabsatz und beugten sich weit vor, um in die Tiefe sehen zu können, die ruhig und, na ja, sehr tief dalag. Der Steinboden glänzte ganz besonders, kein Stäubchen und kein Fussel wagten durch die Luft zu fliegen, weshalb Anna das

Gefühl hatte, dass es hier gar kein Leben gab. Und schon gar keine sprechenden Türen.

Sie zupfte Albert am Ärmel und drängelte: »Was ist denn jetzt?«

Albert sah auf seine Uhr: nur noch wenige Sekunden bis Mittag.

»Gleich, einen Moment noch …«

»Und dann?«

»Psst!«

Albert hatte eine abwehrende Handbewegung gemacht und starrte konzentriert in den Flur. Anna seufzte leise und tat es ihm nach, ohne jede Hoffnung, an diesem Ort etwas Magisches erleben zu können.

Punkt zwölf Uhr flog die Tür von Dr. Isidor Sommerfeldt auf, und er marschierte aus seinem Büro. Und das war durchaus wörtlich zu nehmen, denn die Absätze seiner blank polierten Lederschuhe knallten so hart auf dem Steinboden, dass sich ihr Schall an den kahlen Wänden mehrfach brach und man das Gefühl hatte, ein ganzer Trupp wäre auf dem Weg nach unten.

Albert flüsterte: »Jetzt … passen Sie auf!«

Und tatsächlich: Die Türen begannen zu sprechen!

Anna war so überrascht, dass ihr der Mund aufstand und sie ganz fasziniert in den Flur starrte, in dem Dr. Sommerfeldt ihnen zügig entgegenkam. Jede Tür, die er passierte, flog auf und aus dem Inneren war deutlich zu hören: »MAHLZEIT, HERR DIREKTOR!«

Dann schloss sich die Tür wieder.

Schon flog die nächste auf.

Außer Dr. Sommerfeldt war niemand zu sehen, und der

quittierte die Rufe mit einer zackigen Handbewegung, die einem militärischen Gruß ähnelte, aber er blickte nicht in die Räume und verlangsamte auch nicht den Schritt. Man hörte nur seine Absätze, sah die Türen wie Münder auf- und zuklappen und MAHLZEIT, HERR DIREKTOR! rufen.

Sprechende Türen.

Nicht mehr, aber auch nicht weniger.

Anna war ganz entzückt.

Albert warf einen verstohlenen Blick zu ihr herüber, glücklich, dass er eine Künstlerin so verblüffen konnte.

Dr. Sommerfeldt passierte Anna und Albert, die beide unwillkürlich Haltung annahmen und ebenfalls grüßten. Dr. Sommerfeldt fragte nicht, ob sie auf dem Weg zu ihm waren – er hatte jetzt Mittagspause. Aber er grüßte die beiden ebenfalls mit einer Handbewegung, dann detonierten seine Schritte auf der Treppe und schon nach ein paar Sekunden war er aus ihrem Blickfeld verschwunden und nur noch zu hören.

Anna strahlte Albert an: »So was Verrücktes hab ich ja noch nie gesehen! Das … das ist Magie, Herr Glück. Echte Magie!«

Albert nickte stolz: Das war *sein* Amt!

30.

Anna hatte von so viel Magie Appetit bekommen, was Albert daran erinnerte, dass die unbefriedigende Kantinensituation nicht gelöst war. Noch nicht. Denn Albert hatte da eine Idee, von der er aber nicht wusste, ob sie funktionieren konnte, und so hielt er Ausschau, während er hinter Anna in der langen Essensschlange stand, und verweigerte die Konversation. Stattdessen versuchte er immer wieder, in das Herz der Küche zu spähen – immer dann, wenn eine der Türen aufflog, weil Nachschub in großen Metallschüsseln an die lange Theke gebracht wurde.

Bald schon hatte er die Position des Chefkochs in der Küche ausgemacht und nahm ihn auch dann noch ins Visier, wenn die Türen geschlossen waren und er gar nichts sehen konnte. Öffnete sich die Tür, beobachtete er den Chefkoch genau, wobei er fand, dass der auf einem guten Weg war: Er sah nicht gerade fröhlich aus, aber auch nicht mehr so deprimiert. Genau genommen hatte Albert das Gefühl, dass er etwas suchte. Sein Blick war unruhig, sprang von einem zum anderen, hielt kurz inne, prüfte, huschte weiter. Zwischendurch begutachtete er das Essen, und obwohl er abgelenkt schien, korrigierte er Fehler unnachgiebig. Das hatte sich also schon mal geändert, denn vor Kurzem noch schien es ihm völlig gleichgültig zu sein, in welchem Zustand das Essen die Küche verließ.

Albert lächelte.

Das war ein gutes Zeichen. Der Chefkoch war auf dem Weg der Besserung, erste Lebenszeichen flackerten auf. Es bestand berechtigte Hoffnung, dass er wieder zu alter Form zurückfand. Und das bedeutete vor allem eines: besseres Essen!

Jetzt war es an der Zeit, die Sache ins Rollen zu bringen. Mit etwas Glück würde die Natur den Rest besorgen. So in der Art eines Impulserhaltungsgesetzes, bei dem ein erster Stoß nicht verpuffte, sondern seine Energie an einen anderen weitergab. Wenn es den Kollegen auch gleichgültig war, Albert war der Meinung, dass ein Zuhause niemals fertig war, dass es immer etwas gab, was man tun konnte, um den Komfort zu verbessern. Und tatsächlich ging es in erster Linie um ihn selbst, nicht um die anderen, denn er wollte, dass sein Amt das leistete, was es theoretisch zu leisten imstande war.

Anna war mittlerweile an der Essensausgabe angelangt und bestellte: »Das Fleisch bitte medium, statt Brokkoli hätte ich gerne einen grünen Salat, nur mit Essig und Öl, und in meinem Wasser ein Spritzerchen Zitrone!« Sie hielt ihr Tablett der Küchenkraft auffordernd unter die Nase.

Die Küchenhilfe klatschte ihr das Essen auf den Teller. Und zwar das, was alle bekamen. Und als sie sich über die lieblose Behandlung beschweren wollte, kam er ihr zuvor und schnauzte laut: »NÄCHSTER!«

Auch Albert bekam auf diese Weise sein Essen und rümpfte die Nase: Man konnte wirklich keinen Besuch hierhin zum Essen einladen. Da musste man sich ja schämen! Höchste Zeit, dass sich ein paar Dinge änderten.

Anna war nach wenigen Schritten stehengeblieben und sah in die riesige, vollgestopfte Kantine, in der es so laut wie in einer Bahnhofshalle war. Sie drehte sich zu Albert um und sagte: »Hier mag ich nicht essen.«

»Aber hier essen alle«, protestierte Albert.

Sie lächelte, als hätte sie in diesem Moment einen Einfall gehabt, und rief: »Lassen Sie uns ein Picknick machen!«

Albert runzelte die Stirn: »Ein Picknick?«

»Ja, auf einer Wiese! Mit Blumen und blauem Himmel.«

Sie sahen auf eine wundervolle Wiese hinab, mit duftenden, bunten Blüten und einer sanften Brise, die die Halme wiegte. Der Himmel war perfekt blau, Vögel zwitscherten und ein sanftes Rauschen unterstrich die Stille. Die Wiese fiel in ein Tal hinab und hinter dem Tal erhob sich majestätisch eine zerklüftete Gebirgsgruppe. Strahlender Sonnenschein machte die Luft weich und die Farben umso kräftiger. Man hätte meinen können, alles wäre wie ein frisch bezogenes Bett aufgeschüttelt und glatt gestrichen worden und duftete nach Kräutern und Tannen. In Wirklichkeit war es aber nur eine Sinnestäuschung, weil es tatsächlich nach Ordnern, Staub und altem Papier roch.

Die Berglandschaft schimmerte aus einem Farbfernsehgerät, das auf einem transportablen Rack in einem kleinen Abstellraum stand. Damit die Farben der *Stimmungen und Landschaften*-DVD, die gerade lief, besser zur Geltung kamen, hatte Albert das Deckenlicht gelöscht und nur eine kleine Schreibtischlampe auf dem Boden eingeschaltet. Dort saßen auch er und Anna und hielten ihr Picknick.

Ansonsten gab es nicht viel zu sehen in dem Raum, außer einem Overheadprojektor, einer zusammengeklappten Leinwand, ein paar Regalen mit Papier und Ordnern, ein paar Kabeln und Steckdosenleisten.

Anna wurde ihr Grinsen gar nicht mehr los, denn Albert hatte in stoischer Ruhe alles aufgebaut, was sie sich gewünscht hatte. Und das, obwohl draußen noch Winter und ihr Wunsch überhaupt nicht zu erfüllen gewesen war. Er sprach auch jetzt nicht, sondern kaute auf seinem Essen herum und stierte in die schöne Landschaft auf der Mattscheibe, ganz offenbar zufrieden mit sich und der Welt.

Sie sagte: »Als ich *Picknick* sagte, dachte ich eigentlich an etwas Romantischeres …«

Albert nahm kommentarlos die Fernbedienung und schaltete um: Kaminfeuer.

Rot knisternd, wie an einem schönen kalten Winterabend. Wenn die Wangen von Tagesfrische und köstlichem Rotwein glühten. Wenn man in einem gemütlichen Ohrensessel saß, mit einer warmen Decke um die Beine, und sich vom Tänzeln der kleinen Flammen hypnotisieren ließ. Wenn man mit einem geliebten Menschen alleine war und nichts schöner sein könnte als eben dieser Moment.

Ein Kaminfeuer.

Romantisch.

So stand es auch auf der DVD.

Neben Bergwelt. Ursprünglich.

Und offenbar gab es auch noch Meer. Stürmisch.

Albert schaltete die kleine Schreibtischlampe aus, damit das Kaminfeuer seine ganze Romantik entfalten konnte. Was es auch tat. Anna kicherte leise: Albert war irgendwie verrückt, aber ihr gefiel das.

Sogar sehr.

»Woher …?«, fragte sie Albert.

»Die DVD kann man im Internet kaufen«, antwortete Albert schnell.

»Nein, nicht das. Wie kommen Sie bloß auf solche Ideen?«

Albert zuckte mit den Schultern und antwortete unbedacht: »Ich sitze hier manchmal abends und schau dem Feuer zu.«

»Abends?«, fragte Anna.

Albert schluckte.

Er fühlte sich wohl, so wohl, dass er sich verplappert hatte. Seine Unvorsichtigkeiten hatten in letzter Zeit zugenommen, aber so unvorsichtig wie jetzt war er noch nie gewesen.

»Ach, nicht so wichtig!«, wehrte er ab und fragte schnell, um das Thema zu wechseln: »Finden Sie es nicht schön?«

Sie blickte auf das Kaminfeuer und antwortete: »Doch.«

31.

Fast hätte er ihr hinterhergerufen, als sie wieder ging. Fast. Vielleicht gut, dass er das nicht getan hatte, denn er hätte nicht gewusst, was er ihr eigentlich hätte sagen wollen. Oder hätte sie ihn verstanden? Immerhin war sie eine Künstlerin und Künstler verstanden viel von der Welt – glaubte er zumindest.

Aber er hatte nicht gerufen, sondern ihr nur nachgesehen. Anschließend seine Arbeit gemacht und ihr Bild angestarrt, das so gar keinen Sinn ergab. Schließlich war er aufgesprungen, in den Keller geeilt, mit Hammer und Nagel zurückgekehrt und hatte Annas Bild an die freie Wand gehängt.

Selten hatte etwas so deplatziert gewirkt wie dieses Bild. In Alberts 60er-Jahre-Büro, dessen Hauptfarben alle Schattierungen von Grau beschrieben, wirkte es wie die Tür in eine bunte Farbenwelt, durch die man gehen und für immer dahinter verschwinden konnte. Und je länger er es betrachtete, je mehr Wirbel und Facetten er fand, desto stärker hatte er das Gefühl, dass es lebte. Dass seine Farben an Leuchtkraft gewannen und aus dem Bild heraustraten. Dass sie wie bunte Finger nach dem Büro griffen, die Wände streichelten und den Registerschrank hätschelten.

Albert stand ganz still und staunte.

Alles war erleuchtet!

Das Licht war jetzt überall, ein Spektakel, das sich laut, überbordend und verschwenderisch wie ein Pfauenrad auffächerte. Es zog Schweife hinter sich her und erfüllte die Kammer mit Atem.

Nur ihn erreichte es nicht.

Er war der graue Mann im Zentrum einer Supernova. Und

wenn er sich bewegte, wenn er die Hand hob und in das Licht stach, so konnte er ein paar Schlieren ziehen, aber nichts blieb an seinem Finger zurück. Was, wenn er jetzt loslief und sprang? Dorthin, wo das Licht am stärksten war? Es reizte Albert loszulassen, etwas zu riskieren, seiner Neugier nachzugeben, aber wie aus einer fernen Welt hörte er plötzlich Schritte auf dem Flur.

Die Farben zogen sich wieder zurück. Alles Glühen wurde schwächer, die Leuchtfinger gaben das Büro wieder frei. Alles implodierte, stürzte in sich zusammen und versank in einem gewaltigen Wirbel. Zurück blieb nur das Bild.

Und der Rahmen.

Draußen waren die Schritte an seinem Büro vorbeigegangen.

Der Rausch war verklungen, aber die Tagesroutine wollte sich nicht so recht einstellen. Und zum ersten Mal störte ihn auch *Legenden der Leidenschaften*, und zwar so sehr, dass er zehn Minuten vor Ende abschaltete. Die Abenteuer der jungen Flora wirkten irgendwie langweilig, weil er das Gefühl hatte, dass sie nicht genügend mitmischte. So plätscherte das Ganze vor sich hin, selbst der feurige Franco machte keinen weiteren Annäherungsversuch. Ohne Konflikte fehlte schlicht der Pep.

Kurz vor Schlafenszeit las er in den Apostillen, als sein Blick auf ein paar bunte Marker fiel, die in einem Regal ganz aufgeräumt in einer Schachtel lagen. Ob er auch mal versuchen sollte, ein Bild zu malen? Er sah sich verschämt um, als ob er fürchtete, jemand könnte ihn gerade beobachten, dann nahm er sich einen Bogen weißes Papier und die Textmarker.

Wie fing man an? Womit fing man an? Gab es einen richtigen Anfang und einen falschen? Albert war jetzt noch verunsicherter: keinen Strich gemacht und schon am Ende. Da beschloss er, einfach mal zu beginnen. Ein gerader Strich. In Rosa. Und noch einen in Grün. Einen in Gelb. Und einen in hellblau. Und orange hatte er auch noch.

Er malte.

Sehr gerade. Sehr regelmäßig. Fast schon geometrisch.

Und hatte keine Ahnung, was er da tat. Irgendwann befand er, dass sein Werk jetzt fertig war. Kritisch musterte er die Striche und Farben und hatte keine Ahnung, was sie darstellen sollten. Auf der anderen Seite: Welcher Künstler wusste das schon? Je weniger man erkannte, desto mehr Spielraum blieb für Interpretationen. Je mehr Interpretationen, desto geringer war die Wahrscheinlichkeit, als Stümper abgestempelt zu werden. So gesehen hatte er gerade Kunst geschaffen.

Amüsiert hängte er das Bild an seine Zimmertür, löschte das Licht und fragte sich noch, wieso *Stempeln* eigentlich mit etwas Schlechtem assoziiert wurde.

Dann schlief er ein.

32.

Er erwachte tatendurstig.

Und ohne das Nebelhorn der Titanic, das er wieder gegen seinen alten Wecker ausgetauscht hatte. Er beeilte sich bei der Morgenroutine, denn vor dem obligatorischen Geburtstag in *II.096, Franz Bachmann / Udo Kindler*, hatte er noch etwas zu erledigen.

Also huschte er aus dem Keller, nahm zuvor jedoch noch eine Margerite aus der Vase und schlich sich in die Damenumkleide des Küchenbereichs. So früh am Morgen war noch niemand da, dennoch musste er sich beeilen, denn bald schon würden die Küchenhilfen und Köchinnen mit den Vorbereitungen für den Tag beginnen. Die Damen hatten genau die gleichen Spinde wie die Herren, und Albert verbrachte eine Weile damit, herauszufinden, welcher Spind der richtige war. Glücklicherweise waren die meisten offen, es gab dort nichts zu stehlen außer Dienstkleidung, und davon hatte jeder genug. Erst wenn sich die Küchenbesatzung umgezogen hatte, wurde abgeschlossen.

Albert fand, was er suchte: Sicherheitsschuhe. Dieselben, die alle trugen, doch der linke Schuh dieses Paares hatte einen abgerissenen Schnürsenkel. Den Namen der Küchenhilfe kannte er nicht, aber er wusste, dass es an ihrem Outfit immer etwas gab, was nicht ganz den Vorschriften entsprach. Ein Knopf, der abgerissen war, ein Häubchen, das schief saß, ein Schnürsenkel, der offenstand. So etwas in der Art. Sie wirkte immer ein wenig abwesend, manchmal auch nur überfordert, gab ihr Bestes, aber es war offensichtlich, dass es eigentlich niemals genug war. Man hatte das Gefühl, einer Pechmarie gegenüberzustehen, und in Gedanken nannte Albert sie Fräulein Traurig, wenn er sie zufällig an der Theke sah.

Dabei war sie eigentlich ganz hübsch, wirkte aber mutlos. Und wenn im Hintergrund eine Schüssel zu Boden ging oder ein Glas klirrte, war Fräulein Traurig niemals weit weg. Albert war sich sicher, dass sie schon lange alleine war, es nicht wollte, aber auch nicht wusste, wie sie das ändern konnte. Also steckte er die Margerite an ihren Spind, so wie er es auch schon beim Chefkoch getan hatte, und verließ leise die Umkleide.

Das Geburtstagsfrühstück war ausgesprochen gut, statt

Mayonnaise gab es Remouladensoße, was Albert fast noch besser fand als seine geliebte Mayonnaise. Abwechslung war zuweilen gar nicht schlecht. Er gab wie immer seine Sachen bei Elisabeth ab, ignorierte den schlecht gelaunten Mike und machte sich auf den Weg zu seinem Büro.

Die Schlange auf dem Flur hatte er gesehen.

Mit jedem Schritt an ihr vorbei jedoch dämmerte ihm, dass die Menschen dort nicht zufällig standen – schließlich standen in seinem Amt Leute nicht einfach so herum. Und wenn, dann immer mit einem verzweifelten Ausdruck im Gesicht, weil sie sich verlaufen hatten oder seit Stunden von Pontius zu Pilatus geschickt worden waren, ohne die geringste Aussicht auf Erfolg.

Seine gute Laune wurde getrübt. Da stand wenigstens ein Dutzend Menschen. Bei genauerem Zählen waren es sogar 14. So vielen begegnete er sonst in zwei Jahren. Wenn überhaupt. Und was noch schlimmer war: Der Erste stand exakt vor seiner Tür.

Vorsichtig ging er an den ersten Wartenden vorbei, die weder verwirrt noch verzweifelt aussahen. Er räusperte sich und fragte: »Wollen Sie zu mir?«

Die Dame ganz vorne an der Tür drehte sich zu ihm um: »Frau Sugus schickt uns.«

Albert nickte, kramte nach seinem Büroschlüssel und versuchte, seine Gedanken zu ordnen: Wo sollte denn das enden? Das konnte sie doch nicht machen! Ständig Leute schicken!

Plötzlich hatte er das Gefühl, als ob eine kalte Hand seinen Nacken kratzte, Panik durch seinen Bauch trampelte wie ein Kind durch eine frische Pfütze. Das waren ja so viele! Und ein paar von denen sahen irgendwie gefährlich aus. Ihm wurde schlecht, aber es gab auch keine Möglichkeit, die Menschen wegzuschicken. Oder doch? Aber wenn sie gefährlich waren? Wie würden sie dann reagieren, wenn er sagte, dass er heute nicht zur Verfügung stand. Die waren in der Überzahl und würden sicher alle auf ihn einreden. Der Gedanke war so grauenvoll, dass er gar nicht erst wagte, gegen den Aufmarsch zu protestieren. So oder so würde sein ganzer Tagesablauf durcheinandergeraten. Komplett durcheinander. Und das nur, weil Frau Sugus offenbar durchdrehte und über sein Leben verfügte. Einfach so. Ohne zu fragen!

Das konnte sie doch nicht machen!

Albert machte gute Miene zum bösen Spiel, und je länger er durch die Antragsteller von seiner eigentlichen Arbeit abgehalten wurde, desto größer wurde sein Zorn auf Anna. Gestern war es ja noch ganz nett gewesen, ein paar Leuten zu helfen und gleichzeitig seine eigentliche Arbeit zu verrichten. Aber das hier ging jetzt eindeutig zu weit. Schickte er etwa kunstinteressierte Beamte zu ihr nach Hause, damit sie dort Unterricht nahmen? Was würde Frau Sugus sagen, wenn da plötzlich vierzehn Leute vor ihrer Tür stehen würden, die alle sagten: *Herr Glück schickt uns!* Würde sie das nicht auch als Eingriff in ihre Privatsphäre empfinden oder stand sie da ganz künstlerisch drüber? Albert war sich sicher, dass es Frau Sugus nicht gefallen würde.

Nach den ersten dreien versuchte er sie anzurufen, aber mittlerweile traten die Antragsteller ein, ohne zu warten, dass er *Herein!* rief! Es blieb ihm daher nichts anderes übrig, als den Zettel mit ihrer Nummer wieder zusammenzufalten und weiterzumachen. Nicht mal telefonieren konnte er noch! Von seinem Bearbeitungskorb für Eingänge gar nicht zu sprechen, denn da hatte sich gar nichts getan. Der stand da unberührt, ständig mahnend, dass er seinen Pflichten nicht nachkam.

Der Vormittag verging.

Wenigstens eine gute Nachricht hatte er gebracht. War Alberts Angst wie ein Quietscheentchen auf hoher See durch sein Gemüt getanzt, so hatte sich die Aufregung nach und nach gelegt und war gluckernd abgelaufen, sodass mit dem letzten Besucher nichts als Leere blieb. Er war erschöpft, brachte nicht mal die Kraft auf, wütend zu sein. Der Sturm war vorbei, und so fühlte er sich auch: als ob innerlich die Blätter von den Ästen gefegt worden waren. Zurück blieben nur das Geäst, ein klarer, nasser Tag und eine Unordnung, die behoben werden wollte.

Er war so ausgelaugt, dass er in der Mittagspause völlig vergaß, nach dem Küchenchef und Fräulein Traurig Ausschau zu halten, ja, um der Wahrheit die Ehre zu geben erinnerte er sich nicht einmal daran, in der Essensschlange gestanden zu haben, geschweige denn, was es zu Mittag gegeben hatte. Erst als er wieder auf dem Weg in sein Büro war, fielen ihm die beiden ein, aber er fühlte sich zu schwach, um sich darüber zu ärgern. Dass eine alte Frau auf einer Bank im Flur saß, ganz in der Nähe seines Büros, fiel ihm zwar auf, aber es war ihm egal, weswegen sie da war. Er wollte nur noch seine Ruhe.

Stoisch, fast schon verbissen, arbeitete er ohne weitere Störungen die Anträge ab. Kugelschreiberkreuzchen, Aktenvermerk, Stempel, Ausgangskorb … Und als er draußen das Getrappel von Füßen und hier und da ein *Feierabend!* hörte, hatte Albert das Unmögliche möglich gemacht und alles geschafft. Er legte den letzten Antrag in das Ausgangskörbchen und streckte sich zufrieden: Was für ein Tag! Er war zwar nicht mehr wütend auf Frau Sugus, nahm sich allerdings trotzdem vor, mit ihr über das zu reden, was heute vorgefallen war.

Er verließ sein Büro und schloss sorgsam hinter sich ab.

»Herr Glück?«

Albert drehte sich überrascht um und sah, dass die alte Frau von der Bank auf dem Flur aufgestanden war und direkt auf ihn zuhielt.

»Ja?«, fragte er zurück.

»Frau Sugus schickt mich …«, sagte sie schüchtern.

Albert sah auf seine Uhr und protestierte: »Aber es ist 16.00 Uhr!«

Zu seiner Überraschung erwiderte die Frau nichts. Sie wagte ohnehin kaum ihn anzusehen, nickte nur stumm und wendete sich wieder ab. Hatte sie den ganzen Nachmittag dort verbracht? Ohne bei ihm anzuklopfen?

Er sah wieder auf die Uhr und seufzte: Seit fast fünfunddreißig Jahren hatte er nicht eine Überstunde gemacht. Seit fast fünfunddreißig Jahren war er immer rechtzeitig fertig geworden. Fünfunddreißig Jahre lang war alles wie in einem Uhrwerk gelaufen. Seit diesem vermaledeiten Antrag stand nichts mehr an seinem Platz. Zum Auswachsen war das!

»Warten Sie!«, rief Albert und schloss die Bürotür wieder auf.

33.

Eine Weile dachte Albert, die alte Frau würde das Gespräch beginnen, aber dem war nicht so. Sie saßen sich gegenüber, und Albert wusste nicht recht, was er machen sollte. Ein großer Tropfen Zeit fiel in einen endlos tiefen Brunnen, ohne dass irgendjemand Anstalten machte zu reden – draußen waren keine Schritte mehr zu hören, drinnen nicht einmal der Atem.

Albert fand, dass die Frau zu dünn war. Ihre Fingernägel waren ganz exakt geschnitten und sie starrte darauf, als tanzten dort kleine Elfen auf zehn kleinen Eisflächen. Sie roch angenehm nach Seife, die Kleidung war alt, aber penibel gepflegt, die Schuhe blank poliert.

Nach einer Weile durchbrach Albert die Stille: »Was kann ich denn für Sie tun?«

Er sah, wie sie ihre Fingerspitzen rieb, anhob zu sprechen und wieder in sich zusammensackte.

»Ich …«

Mehr brachte sie nicht zustande.

Dann sank ihr Kopf auf die Brust, an den zuckenden Schultern konnte er sehen, dass sie angefangen hatte zu weinen. Albert begann, unruhig auf seinem Stuhl hin und her zu rutschen, denn plötzlich spürte er keinen Abstand mehr zu der alten Dame. Mehr noch als der Schmerz über ihre missliche Lage war da eine ungeheure Scham, die sie am Sprechen hinderte, und je länger sie einfach nur dasaß und Tränen auf ihre Hände tropften, desto wehrloser wurde Albert gegen diese Emotion.

Er hatte ebenfalls begonnen, seine Fingerspitzen zu bearbeiten, und suchte nach einem tröstenden Wort, nach irgendetwas, was die Situation weniger persönlich gemacht hätte, aber so wie er den Regenspaziergang als neu und befreiend empfunden hatte, raste jetzt ein noch viel stärkeres Gefühl in seine Brust und blieb dort wie ein Pfeil stecken: Mitleid.

»Nun«, begann er vorsichtig, »so schlimm wird es doch nicht sein?«

Die Frau blickte weiterhin auf ihre Hände und schluchzte: »Ich habe gar kein Geld mehr …«

Albert schluckte. Der Pfeil in seiner Brust bohrte sich immer tiefer ins Fleisch, ohne dass er das hätte verhindern können.

»Bekommen Sie denn keine Rente?«

»Doch, doch.«

Albert nickte erleichtert: »Gut, gut. Haben Sie denn Ihren Rentenbescheid dabei?«

Ohne ihn anzuschauen, kramte sie den Bescheid aus ihrer Tasche und reichte ihn über den Tisch. Albert nahm ihn entgegen und versuchte, seiner Stimme einen optimistischen Unterton zu geben: »Dann lassen Sie mal sehen …«

Er überflog den Bescheid und glaubte an einen Irrtum.

Las ihn noch einmal.

Und stotterte dann: »D-das ist Ihre Rente …?«

Die Alte nicke, blickte auf ihre Hände.

»Und andere Einkünfte gibt es nicht?«

Sie schüttelte den Kopf.

Albert sah auf den Bescheid, und in seiner Stimme schwang in gleichem Maße Empörung wie Schock: »Das kann doch nicht sein! Wie haben Sie das denn bis heute geschafft?«

Sie blickte auf und antwortete: »Ich hatte noch Erspartes. Aber jetzt hab ich nichts mehr.«

Sie ist zu dünn, dachte Albert, sie ist viel zu dünn.

»Warum haben Sie sich denn nicht früher gemeldet?«, antwortete er bestürzt.

»Ich hatte doch noch etwas Geld. Das wäre nicht ehrlich gewesen, Herr Glück.«

Für einen Moment war er sprachlos. Aufrichtigkeit war die Tugend, die er am meisten schätzte, aber in ihrem Fall war es, als sänke man nach einem Schiffbruch, ohne um Hilfe zu rufen, langsam auf den Meeresgrund, während über einem das Sonnenlicht immer schwächer wurde und die Kälte einen in die Tiefe zog.

Albert starrte wieder auf den Rentenbescheid: »Ich … Sie sind hier nicht richtig, wissen Sie?«

Sie versuchte tapfer zu sein, nickte wie ein Kind, dem eine schlechte Nachricht mitgeteilt worden war und das nicht weiter weinen wollte.

»Es ist nur … Sie müssten eigentlich ganz woanders hin …«

Er hörte sich reden und hasste die Worte, die aus seinem Mund krochen. Ausgerechnet er, Albert Glück, der Herr der Anträge, hatte das zu jemandem gesagt, der ihm vor lauter Scham nicht einmal in die Augen sehen konnte. Zu jemandem, der zu stolz gewesen war, um etwas zu erbitten, der sprichwörtlich vor dem Ende stand – und alles, was ihm dazu einfiel, war, dass es nicht sein Ressort war!

Das war doch nicht er!

Und so beschloss Albert in eben dieser Sekunde, sein Spielfeld ein weiteres Mal zu erweitern, zu einer absolut unkontrollierbaren Größe, mit einer unkontrollierbaren Anzahl von Spielern und einem zu erwartenden unkontrollierbaren Chaos.

»Warten Sie, ich hab da vielleicht eine Idee. Es ist zwar nicht mein Ressort, aber das sollte nicht so schwierig werden … Ich versuche mal was. Kommen Sie morgen wieder, Sie müssen dann ein paar Vollmachten unterschreiben.«

Jetzt weinte sie nur noch stärker.

Er half ihr aus dem Stuhl und begleitete sie zur Tür. Da sah sie ihn plötzlich an und tat etwas, was Albert so beschämte, dass er plötzlich alles nur noch sehr verschwommen sah, und einen Kloß in seinem Hals produzierte, der schmerzte wie noch nie etwas anderes in seinem Leben.

Sie küsste seine Hände.

Aus Dankbarkeit.

Aus Erleichterung.

Aus dem Gefühl heraus, nicht mehr alleine zu sein.

»Bitte … bitte nicht …«

Er hatte nur noch wenig Kontrolle über seine Stimme, brach ab und schob die Frau sanft aus seinem Büro. Eine Weile stand er wie gelähmt da, wischte sich mit dem Ärmel über die Augen und rang um seine Fassung. Dann, plötzlich, spürte er ein Feuer in seinem Bauch, einen Furor, der wie Wasser aus einer Staumauer brach. Seine Fäuste ballten sich, und seine Wangenknochen traten hervor.

Er rannte los.

Über den Flur, die Treppen hinab, hechtete durch den Propeller, sodass der sich noch drehte, als er die Einfahrt des *Amtes für Verwaltungsangelegenheiten* schon erreicht hatte. Er hatte keine Augen für die Lichter der Stadt und keine Ohren für den Lärm der Straße.

Er erreichte die Wertbergstraße, stürmte zu Annas Haus und hämmerte mit beiden Fäusten gegen die Tür.

»HÖREN SIE AUF, LEUTE ZU MIR ZU SCHICKEN!«

Er war ganz und gar außer sich, schrie und hämmerte gegen die Tür, bis sie sich öffnete und Anna ihn ebenso erschrocken wie verwundert ansah.

»Was ist denn los?«, fragte sie blass.

»Hören Sie auf, Leute zu mir zu schicken!«, rief Albert wütend.

»Wieso?«

Albert suchte nach den richtigen Worten, aber er war so aufgebracht, dass ihm alle vernünftigen Gedanken wie ein Kartenspiel aus den Händen gefallen waren und jetzt kreuz und quer auf dem Boden lagen.

»Sie!«, rief er verzweifelt. »Sie bringen alles durcheinander!«

»Was bringe ich durcheinander?«

»ALLES!«

Anna legte vor Schreck eine Hand auf ihre Brust und wich einen halben Schritt zurück.

»Alles!«, rief Albert ruhiger. »Mein Leben! Alles!«

»Was ist denn passiert?«

Albert spürte, wie ihm die Tränen in die Augen schossen, er wollte sich abwenden, aber er konnte nicht und schluchzte nur: »Da war eine alte Frau bei mir. Sie hatte nichts mehr! Verstehen Sie? NICHTS! GAR NICHTS!«

Anna versuchte, ihm eine Hand auf den Arm zu legen, und antwortete: »Herr Glück, beruhigen Sie sich doch!«

»Ich will mich nicht beruhigen! ICH WILL NICHT! Sie hat mir die Hände geküsst! DIE HÄNDE!«

Er hielt ihr seine Hände förmlich unter die Nase, als ob man dort die Küsse noch hätte sehen können.

»Bitte … Albert …«

Sie versuchte noch einmal seinen Arm zu halten, aber er riss sich los: »Lassen Sie mich! Sie bringen alles durcheinander! Alles …«

Er wirbelte herum und lief davon.

34.

Nach dem Ausbruch kam die Müdigkeit.

Die Frustration.

Und die Stille.

Sein Leben war völlig aus den Fugen geraten, und er spürte, wie sehr ihn das entkräftete. Was war geschehen? Wieso hatte er sich auf das alles eingelassen? Warum gerade jetzt?

Er blickte durch die leere nächtliche Kantine und fühlte sich so einsam wie noch nie. Es war noch gar nicht lange her, da hatte er die Stunden allein beim Essen und bei seinen abendlichen Spaziergängen im Amt genossen, Momente, in denen er ganz bei sich war, in denen er sich spürte und die Ruhe genoss.

Jetzt sah hier alles tot aus, ein sinnentleerter Raum.

Sein Essen hatte er nicht angerührt. Nur an dem billigen Kochwein nippte er dann und wann und spürte bald schon einen angenehmen Schwindel, der ihm seine Laune leichter machte. Wie war es möglich, dass eine nette alte Frau so aus dem Fokus ihrer Umwelt geriet, dass sie sprichwörtlich vor dem Hungertod stand? Wie war es möglich, dass sie niemand bemerkt hatte? Keine Familie? Keine Nachbarn oder Freunde? Oder wollte sie niemandem zur Last fallen? Was wäre passiert, wenn Anna sie nicht zu ihm geschickt hätte? Wäre sie dann in aller Stille eingeschlafen? Und niemand wäre da gewesen, der um sie getrauert hätte?

Albert seufzte deprimiert: Er wusste schon, warum er sich von der Welt abgewendet hatte. Und es wurde Zeit, dass er wieder von der Bildfläche verschwand, unsichtbar wurde, wieder Teil des Amtes, das ihn fast fünfunddreißig Jahre lang beschützt hatte.

Vor denen da draußen.

Er räumte ab und zog sich in seine Kammer zurück, erledigte die Abendroutine und legte sich ins Bett. Sein Blick fiel auf seine Zeichnung, die an der Eingangstür hing.

Kunst.

Er stand auf und riss sie ab.

35.

Punkt 7.30 Uhr erschien Albert noch etwas wackelig auf den Beinen, aber halbwegs wiederhergestellt im Büro *Elisabeth Seel/Mike Schulze, VII.8*. Zu seiner insgeheimen Freude war Mikes Platz leer, er war einfach nicht in der Verfassung, sich dessen allmorgendlichen Quatsch anzuhören. Keine Kommentare, keine Monologe, kein Mike. Nicht heute.

»Guten Morgen, Elisabeth.«

»Morgen …«

Sie klang bedrückt, stand mit dem Rücken zu ihm, weil sie – wie jeden Morgen – gerade frischen Kaffee brühte. Albert fragte sich, ob er ihr die Unterlagen einfach auf den Tisch legen sollte, hielt das dann aber für zu unhöflich.

»Herr Schulze ist nicht da?«, fragte er, um ein wenig Konversation zu betreiben.

Sie schüttelte den Kopf.

»Was ist denn mit ihm?«

Sie drehte sich zu ihm um und antwortete: »Er hat sich krank gemeldet … aber ich glaube, es ist, weil ihm gekündigt wurde.«

Albert war so überrascht, dass er ein paar Augenblicke

brauchte, bis er den Sinn der Aussage verstand. Entlassen? Aus *seinem* Amt? Wie war das möglich? Mike Schulze war zwar faul und inkompetent, aber seit wann war das hier ein Kündigungsgrund?

»Wie, gekündigt?«, fragte Albert perplex.

Elisabeth zuckte mit den Schultern: »Es hat sich einfach zu viel angehäuft. Er hat eine Abmahnung bekommen, weil er so oft zu spät war. Dann noch eine, weil Mikes Schreibtisch verschlossen war und Wehmeyer ohne Unterlagen vor eine Kommission musste …«

Albert zuckte zusammen: Ganz gleich, ob sein kleiner Streich gegen Mike berechtigt gewesen war oder nicht, dafür war er verantwortlich.

»Und jetzt hat ihn jemand angezeigt«, fuhr Elisabeth fort und schlug dabei die Augen nieder, »da hat Wehmeyer ihm gekündigt. Zum Jahresende.«

»Eine Anzeige?«, fragte Albert neugierig.

Elisabeth nickte: »Sexuelle Belästigung am Arbeitsplatz … Sie wissen ja, wie er ist.«

Jeder wusste, wie Mike war, aber Albert hätte nie gedacht, dass Mike kein Gespür für Grenzen hatte. Im Gegenteil: Sein Erfolg beim anderen Geschlecht war über die Referatsgrenzen hinaus bekannt und wurde von den meisten männlichen Beamten sogar bewundert. Da hatte er es doch gar nicht nötig, eine Kollegin so zu bedrängen, dass diese sich mit einer Anzeige wehrte. Oder hatte er die Kontrolle über sich verloren? In einer Art Allmachtsfantasie nicht akzeptieren können, dass es offenbar jemanden gab, bei dem sein Charme nicht zündete?

»Wo ist Herr Schulze jetzt?«, fragte Albert.

»Zuhause, nehme ich an.«

Albert nickte nachdenklich, legte die Unterlagen auf Elisabeths Schreibtisch und verließ das Büro.

36.

Es klopfte.

Susanne, die Bürohilfe, trat ein, eine gut gefüllte Kladde mit allerlei Anträgen in den Händen.

»Morgen, Herr Glück.«

»Guten Morgen, Susanne.«

Sie legte ihm die Kladde auf den Tisch.

»Soll ich den Ersten schon reinschicken?«

Albert seufzte: Draußen standen wieder Menschen, nicht ganz so viele wie gestern, aber das konnte sich im Laufe des Vormittags ja noch ändern. Es war, als hätte Frau Sugus etwas angestochen, das jetzt unentwegt in sein Büro hineinsickerte. Er nickte ihr kurz zu, und zum ersten Mal bemerkte Albert, dass er sie schon seit Jahren kannte, aber nichts über sie wusste, außer dass sie jeden Morgen die eingegangenen Anträge brachte. Auch sonst wusste niemand etwas über sie zu berichten, im Flurklatsch fand sie nicht statt. Sie war ein bisschen wie ihre Arbeit: Sie tauchte auf, verschwand, und niemand, dem es auffiel.

»Susanne?«

Sie drehte sich zu ihm herum.

»Ich heiße Albert.«

Sie antwortete nicht, aber da war plötzlich ein Lächeln, das wie ein aufschwingender Vorhang preisgab, was sie über Jahre hinweg vor anderen verborgen hatte: sich selbst. Nie hatte jemand je nach *ihr* gefragt. Sie war *die Bürohilfe*. Nichts weiter. Für die meisten im Amt hatte sie nicht einmal einen Namen. Ausgerechnet Albert, von dem sie es am wenigsten erwartet hätte, änderte das mit drei simplen Worten.

Ein wenig irritiert, aber dennoch ganz beschwingt wandte sie sich ab und sagte zu dem Ersten in der Schlange auf dem Flur: »Sie können rein, das Büro ist jetzt geöffnet.« Und es klang, als hätte sie den Besucher eingeladen, sein Leben zu ändern.

Die alte Dame war eine der Ersten, deren Anträge Albert formulierte, und sie war nicht die Einzige, deren Wünsche und Nöte über die Zuständigkeit des *Amtes für Verwaltungsangelegenheiten* hinausgingen. Es gab einen weiteren Antragsteller, für den er eigentlich nicht zuständig war, aber Albert wollte ihn ebenso wenig wie die alte Dame davonschicken. Er hatte diesen Schritt getan, jetzt gab es kein Zurück mehr. Es war, als hätte Albert kapituliert vor den Menschen, die um Hilfe baten und gegen die er sich nicht mehr wehren wollte. Vielleicht würde die Situation wie eine Schlechtwetterfront vorüberziehen, danach würde es aufklaren und wieder ganz still werden. Er sah zu Annas Bild und fragte sich, ob er je sein altes Leben wieder zurückbekommen würde. Und was vielleicht noch wichtiger war: Würde er dort überhaupt wieder hineinfinden?

Er arbeitete beharrlich an seinen Anträgen, als es leise an die Tür klopfte und Albert laut *Herein!* rief.

Anna.

Albert nahm sie zuerst gar nicht wahr, weil er noch über einen Antrag gebeugt war.

»Hallo, Herr Glück.«

Albert sah auf.

»Frau Sugus«, antwortete er reserviert.

»Darf ich mich setzen?«

Mit einer Geste lud er sie ein, auf dem Stuhl vor seinem Schreibtisch Platz zu nehmen.

Da saßen die beiden nun und sahen sich an, aber keiner machte Anstalten zu reden. Bis Albert schließlich nachgab, wohl wissend, dass draußen vor dem Büro noch Menschen auf ihn warteten.

»Was kann ich für Sie tun?«, fragte er förmlich.

»Ich möchte mich entschuldigen.«

Das überraschte. Sehr sogar. Albert hatte mit vielem gerechnet, nur nicht damit. Nicht, nachdem er gestern einen völlig durchgedrehten Gefühlsausbruch an den Tag gelegt hatte, der ihn in die Nähe eines axtschwingenden Soziopathen rückte. An ihrer Stelle hätte er jeden Kontakt abgebrochen und sich versteckt, bis seine Explosion selbst in der Erinnerung keinerlei Ton mehr gehabt hätte. Denn so aufrichtig sein Ausbruch gestern gewesen war, so unangemessen erschien er ihm heute.

»Vielleicht habe ich Ihnen da zu viel zugemutet. Sie sind nicht daran gewöhnt, dass Menschen zu Ihnen kommen, richtig?«

»Ja.«

»Nur Anträge?«

»Ja.«

»Anträge *sind* Menschen.«

Die Erkenntnis hatte Albert auch eingeholt – sie standen mittlerweile ja alle vor seiner Tür.

»Sie hätten wenigstens fragen können«, wandte Albert ein.

»Ja, das stimmt.«

Ihr Verständnis nahm ihm völlig den Wind aus den Segeln,

dabei wollte er sich eigentlich bei ihr beschweren. Und als er es doch versuchte, klang es ziemlich schwach: »Haben Sie die Menschen da draußen gesehen? Gestern waren es noch mehr!«

Anna sah ihn irritiert an: »Die da draußen? Die habe ich nicht geschickt, Herr Glück.«

»Nicht?«

»Nein. Keinen von denen.«

Albert studierte ihr Gesicht, in der Annahme, er könnte ein verräterisches Grinsen finden, etwas, was ihm verriet, dass sie ihn gerade auf den Arm nahm, aber da war nichts.

»Ich habe nur ein paar Leuten von Ihrem Büro erzählt.«

»Nur ein paar?«

»Ja, aber es gibt viele, die jemanden wie Sie brauchen.«

»Wie mich?«

Anna nickte: »Ja, Sie sind ein Künstler. Das habe ich Ihnen ja schon gesagt.«

Albert seufzte und antwortete: »Frau Sugus …«

Sie hob abwehrend die Hände und unterbrach ihn: »Nehmen Sie es doch einfach mal an, ja?«

»Na gut«, antwortete Albert, aber nur, weil er die Künstlerdiskussion nicht weiterführen wollte. Trotzdem war er immer noch ganz beeindruckt von Annas Erscheinen, dass sie einfach vorbeigekommen war, um mit ihm zu reden. Nach allem, was er sich erlaubt hatte. Und allem, was sie sich erlaubt hatte.

Sie nutzte den Moment, um in ihrer Handtasche zu wühlen, die reichlich überdimensioniert war und offenbar einen halben Haushalt beherbergte.

»Ich hab da übrigens was für Sie …«

Im nächsten Moment hielt sie eine extrem bunte Krawatte in den Händen, von der Albert fast annahm, dass sie sie selbst gestaltet hatte. Sie hob sie so in die Höhe, dass sie wie eine tote Schlange zwischen ihren Fingern herumbaumelte.

»Haben Sie schon mal überlegt, eine bunte Krawatte zu tragen?«

»Nein.«

Anna kicherte amüsiert: Sie hatte nichts anderes erwartet, aber Albert war in diesen Dingen von einer entwaffnenden Ehrlichkeit, die fast schon an Unhöflichkeit grenzte.

»Wie wär's mit morgen?«, fragte sie ungerührt.

»Warum?«

»Ich bin auf eine Vernissage eingeladen. Und ich würde gerne mit Ihnen hingehen.«

»Eine Verabredung?«, fragte Albert verblüfft.

»Ein Verabredung«, bestätigte Anna.

Sie wartete nicht auf seine Antwort, sondern nutzte den günstigen Moment aus und drückte ihm die Krawatte in die Hand: »Um 19.00 Uhr? Galerie von Wallert?«

Albert hatte überhaupt keine Zeit zu reagieren, nahm fast schon mechanisch die Krawatte entgegen, während in ihm eine ängstliche Vorfreude aufstieg und die Gedanken in seinem Kopf wie Kaulquappen in einem Aquarium begannen, wild herumzuzappeln. Sie stand auf, drehte sich an der Bürotür noch einmal um und winkte ihm grazil zu.

Er saß da und hielt die Krawatte.

37.

Die Arbeit war ihm überhaupt nicht mehr schwergefallen, im Gegenteil: Er entwickelte einen seltsam hysterischen Ehrgeiz, immer noch schneller und effizienter zu arbeiten, wie studentische Hilfskräfte, die in der Fabrik den Akkordtakt einer Maschine immer höher drehten, um festzustellen, was jemand leisten konnte, bevor ihm Inhalt und Verpackung um die Ohren flogen. Albert arbeitete am Anschlag und fand es toll.

Kurz vor Mittag hatte er alles geschafft.

Das ganze Tagwerk.

Da hörte er draußen das erste *Mahlzeit!* Er sprang förmlich aus seinem Stuhl, stürmte aus seinem Büro und nahm das erste Mal in seinem Leben am großen Hungerlauf teil. Geschickt wedelte er durch die eilenden Kollegen hindurch, nahm es mit den Läufern auf, die den Lauf schon seit Jahren beherrschten, duellierte sich im Flurausgang sogar mit Seriensieger *Walter Wellinghoff, VII.773*, und fügte ihm die erste Niederlage seit Jahren zu.

Auf der Treppe nach unten kicherte er vor sich hin: so etwas Verrücktes! Wer hätte gedacht, dass das einen solchen Spaß machen könnte? So stand er völlig ungewohnt sehr weit vorne in der Essensreihe und starrte auf eine der Verbindungstüren zur Küche. Und als sie sich öffnete, entdeckte er den Küchenchef, der in einem Bottich rührte, aber nicht hineinsah. Albert folgte seinem Blick und entdeckte Fräulein Traurig, die Bratkartoffeln wendete und ebenfalls nicht in den Bottich sah.

Sie sahen einander an.

Lächelten scheu.

Und sahen gar nicht mehr so traurig aus.

Die Tür schwang wieder zu – Albert wurde von der Küchenhilfe angepfiffen, sein Tablett so zu halten, dass man auch etwas auf den Teller klatschen konnte. Er setzte sich ganz gegen seine Gewohnheiten in die äußerste Ecke der Kantine, sodass er durch ein Fenster nach draußen sehen konnte. Der Frühling hatte es noch schwer, alles wirkte noch grau und schmutzig, aber hier und da blitzten erste Knospen wie Broschen auf einem Wintermantel auf.

Das Essen war miserabel.

Albert seufzte, aber seiner guten Laune tat es keinen Abbruch. Das war die Erstverschlechterung, danach würde es besser werden. Es war immer schmerzhaft, seine Haltung zu ändern. Aber war es nicht erstaunlich? Die Physik kannte den Impulserhaltungssatz – die Philosophie nicht. Dabei ging Energie nie verloren.

Er aß mit großem Appetit, konnte sich nicht erinnern, wann er das letzte Mal einen solchen Hunger gehabt hatte, und langweilte sich den Rest des Nachmittags fast zu Tode.

Es gab nichts zu tun, einfach gar nichts.

Zweimal stand er sogar auf, öffnete die Bürotür und spähte in den Flur, aber da war niemand, der seine Hilfe brauchte. Er wischte Staub und ordnete seine Ordner. Zum Schluss hakte er Büroklammern ineinander und bastelte Schmuck.

Gott, war das langweilig!

Endlich wurde es vier Uhr.

Albert schloss sein Büro ab und ging mit den anderen nach unten. Er rief *Feierabend!,* grüßte mal nach links, mal nach rechts. Stand in der Schlange, sah, dass die Handwerker, die das Foyer neu streichen sollten, sich dem allgemeinen Arbeitstempo des Amtes mühelos angepasst hatten: Gestrichen war nichts, dafür standen in einem Prozess der schier endlosen Vorbereitung überall Materialien, Farben, Planen und Gerüste herum. Er rückte zum Propeller auf, ließ sich bereitwillig zerhacken und nach draußen schleudern. Und da war niemand, dem auffiel, dass er das seit fast fünfunddreißig Jahren nicht mehr getan hatte. Er war einer von ihnen. Einer wie alle.

So war das also.

Albert folgte einer Wegbeschreibung, die er sich nachmittags gemacht hatte, bog in Straßen, die im nachlassenden Tageslicht umso trister aussahen. Als die Laternen aufflammten, erreichte er sein Ziel: ein großes, anonymes Mietshaus. Auf den Klingelschildern suchte Albert nach dem Namen und fand ihn: Mike Schulze. Der Summer ließ die Tür aufspringen.

Albert mied den Aufzug, den er beängstigend verwahrlost fand, stieg die Treppen hoch in den vierten Stock und klopfte an der Tür mit Schulzes Namensschild. Für einen Moment ärgerte er sich, weil Mike ihn nicht an der Wohnungstür erwartet hatte. Aber so war er eben, dieser Schulze.

Mike öffnete.

»Guten Abend, Herr Schulze.«

»Herr Glück … Das ist ein wenig überraschend.«

Mike wirkte so müde, dass seine Stimme tonlos klang.

»Ja, verzeihen Sie den Überfall, aber ich habe heute erst erfahren, was … was passiert ist.«

»Aha.«

Offenbar hatte er sich in sein Schicksal ergeben, nichts an ihm machte den Eindruck, als habe er noch Interesse daran, seinen Job zu retten. Die Vorwürfe wogen schwer, davon würde er sich möglicherweise nicht einmal erholen, wenn sie sich als haltlos erweisen würden. Vielleicht machte ihm dieser Umstand zu schaffen, denn so deprimiert, so leblos hatte er Mike noch nie erlebt.

Albert räusperte sich und sagte: »Es gibt da etwas, was ich mit Ihnen besprechen möchte …«

Aus Mikes Wohnung war plötzlich eine helle Frauenstimme zu hören: »Mike? Mike?«

»Es ist etwas ungünstig …«, sagte Mike leise.

Albert nickte: Damenbesuch. Natürlich.

Er wusste ja, wie Mike war. Jeder wusste, wie Mike war. Albert fühlte sich reichlich deplatziert. Er machte sich Gedanken um Mikes Zukunft, rang mit seinem schlechten Gewissen, und Mike vergnügte sich während der Arbeitszeit mit Freundinnen. Plötzlich krachte es in einem der Räume, irgendetwas war klirrend zu Boden gegangen, gefolgt von einem spitzen Schmerzensschrei.

Mike wirbelte herum und lief zurück ins Wohnzimmer.

Albert blieb erschrocken und unschlüssig vor der offenen Wohnungstür stehen. Er hörte Mikes Stimme aus dem Innern der Wohnung: »Gott, was hast du nur getan?«

Das klang verzweifelt.

Sehr verzweifelt.

Albert beugte sich ein wenig vor und rief: »Herr Schulze? Soll ich Hilfe rufen?«

Dann hörte er wieder Mike. Er hatte offenbar begonnen zu weinen: »Bitte hör auf … hör doch auf …«

Albert wagte einen Schritt vor, rief: »Herr Schulze?«

Niemand antwortete.

Albert machte einen zweiten, einen dritten Schritt. Lauschte.

Dann gab er sich einen Ruck und lief vorsichtig durch den Flur und schob die angelehnte Wohnzimmertür auf: Mike kniete neben einer alten Frau, die nur mit einem Nachthemd bekleidet war. Er hielt sie im Arm, während sie aus einer Wunde an ihrer Hand blutete. Offenbar war sie zuvor über einen Barwagen gestolpert und hatte sich an einer zerbrochenen

Flasche verletzt. Jetzt ließ sie sich bereitwillig von Mike im Arm wiegen, ohne dass zu erkennen war, ob ihr die Wunde etwas ausmachte oder nicht.

Mike schluchzte: »Oh, Mama …«

Albert sah in das Gesicht der Alten und erkannte nichts als verblödete Züge, entstellt von einer weit fortgeschrittenen Demenz. Sie verstand die sie umgebende Welt nicht mehr, und Albert nahm an, dass sie weder wusste, dass Mike ihr Sohn war, noch, was es eigentlich bedeutete, einen Sohn zu haben. Sie hatte keine Vergangenheit mehr und keine Zukunft. Nur noch einen Sohn, der sie an sinnentleerten Tagen im Arm hielt.

Mike drehte sich zu Albert herum.

»Bitte gehen Sie, Herr Glück. Bitte.«

Albert schluckte hart, wandte sich verlegen um und zog leise die Wohnungstür ins Schloss.

38.

Für Albert gab es einiges zu verarbeiten, denn ein Bild, das man zu kennen glaubte, das sich aber vor den eigenen Augen in ein anderes verwandelte, war ebenso überraschend wie verwirrend. Bei Albert erwuchs daraus der Wille, sich den neuen Gegebenheiten anzupassen, und das hieß, er wollte aufholen, was er aus Desinteresse in der Vergangenheit versäumt hatte.

Jeder wusste, wie Mike war.

Niemand wusste, wie Mike war.

Er wusste es.

Und es wurde ihm schnell klar, wie er diesen Umstand würdigen konnte, denn das *Amt für Verwaltungsangelegenheiten* war ein magischer Ort, ein Ort, an dem seltsame Dinge passierten und sich große Geheimnisse verbargen. Undurchdringlich, unüberwindlich und labyrinthisch, aber offen für den, der wusste, wie man seine Türen öffnen konnte. Nicht rohe Gewalt führte zum Ziel, sondern magische Sätze. Gesammelt in Ordnern. Sie waren die Zauberbücher eines jeden Amtes. Frei für jedermann und so langweilig, dass niemand auf die Idee kam, sie zu lesen. Das war ihr ebenso genialer wie wirkungsvoll einfacher Schutz. In diesen Sätzen versteckten sich die Formeln für ein kleines Glück. Wer sie kannte, der hatte die Macht, die Welt zu verändern: Der Herr der Sätze war auch der Herr des Glücks.

Albert betrat schon am nächsten Morgen Punkt 7.30 Uhr das Büro *Elisabeth Seel/Mike Schulze*, in der Hoffnung, Mike anzutreffen, wobei er sich nicht erinnern konnte, wann das vorher je der Fall gewesen wäre.

Elisabeth kochte Kaffee, während Mike an seinem Schreibtisch saß, den Kopf auf eine Hand abstützte und mit der anderen Männchen auf seine Schreibtischunterlage kritzelte.

»Guten Morgen, Elisabeth. Guten Morgen, Herr Schulze«, grüßte er ruhig.

Elisabeth drehte sich kurz zu ihm um: »Guten Morgen, Albert.«

Mike ignorierte ihn.

Albert legte seine Unterlagen wie jeden Morgen auf Elisabeths Schreibtisch, dann aber wandte er sich Mike zu.

»Herr Schulze?«

Mike kritzelte missmutig auf seiner Schreibtischunterlage herum und maulte: »Guten Morgen, Herr Glück.«

Albert antwortete freundlich: »Kommen Sie doch heute mal in meinem Büro vorbei, ja?«

Mike sah überrascht auf, doch Albert hatte sich bereits umgedreht und verließ das Büro.

Der Morgen hatte sehr ruhig begonnen, sodass Albert seine Anträge bearbeiten konnte, ohne allzu vielen Besuchern weiterhelfen zu müssen. Er fragte sich, ob Mike ihn tatsächlich aufsuchen würde, denn es gab Menschen, die denjenigen mieden, der hinter ihre Fassade geschaut hatte. Sie gesehen hatte, als sie schwach waren. Hilflos.

Es klopfte.

Mike trat ein wenig zaudernd ein.

Soweit Albert sich erinnern konnte, war er zuvor höchstens ein- oder zweimal in seinem Büro aufgetaucht, und das auch nur, weil er absolut niemand anderes gefunden hatte, der ihm Arbeit hätte abnehmen können.

»Sie wollten mich sprechen?«, fragte er vorsichtig.

Albert bot ihm mit einer Geste den einzigen Sitzplatz an. Er hatte sich vorgenommen, so sachlich wie möglich mit Mike zu sprechen, um ihm die unangenehme Situation zu erleichtern. Und sich selbst auch. War es nicht erstaunlich, dass die Blöße eines anderen auch immer die eigene war? Als ob man an derselben Krankheit litt.

»Ich kam nicht umhin zu bemerken, dass Sie sich in einer schwierigen Situation befinden.«

Mikes Gesicht verschloss sich: »Das lassen Sie mal meine Sorge sein.« Er verschränkte die Arme vor der Brust. Auch sonst verriet alles an seiner Körperhaltung, dass er gerade über dieses Thema nicht sprechen wollte und schon gar nicht mit Albert.

Albert versuchte einen neuen Anlauf: »Nun ja, wie ich höre, werden Sie uns bald verlassen …«

Auch das nahm Mike als Angriff wahr und antwortete hämisch: »Wird Sie sicher freuen!«

»Nein.«

Mikes Gesicht zeigte Verblüffung, für einen Moment lockerte er seine starre Körperhaltung und neigte sich vor: »Nein?«

Albert antwortete nicht, was Mike ein wenig auf seinem Stuhl hin und her rutschen ließ. Auch er lebte mit seinen eigenen Bildern, und was Albert betraf, brauchte er einen Gegner, um Sicherheit zu gewinnen. Keinen Freund.

So fügte Mike wesentlich defensiver hinzu: »Ich dachte immer, Sie könnten mich nicht leiden?«

Albert nickte: »Schon, aber das verhandeln wir jetzt nicht.«

»Was dann?«, fragte Mike.

»Ihre Frau Mutter braucht professionelle Hilfe.«

Mike reagierte zornig: »Das weiß ich. Was glauben Sie, warum ich immer zu spät gekommen bin?«

»Ich nehme an, Sie können sich ein Heim für Ihre Mutter nicht leisten?«

Man konnte förmlich spüren, wie Mike sich gegen Albert wappnete. Er schien zu glauben, dass nun der Angriff käme, auf den er die ganze Zeit schon gewartet hatte. Er zischte: »Was soll das, Herr Glück? Machen Sie sich über mich lustig?«

»Nein.«

Mike sprang auf und schlug mit der flachen Hand auf Alberts Schreibtisch: »Ich kann mir ein Heim nicht leisten! Ohne Job kann ich mir gar nichts mehr leisten, okay? Und ich habe niemanden, der mir hilft! Zufrieden?«

Albert blickte ihn völlig ungerührt an und antwortete: »Ich helfe Ihnen.«

Mike blinzelte geradezu geschockt mit den Augen: »Sie?«

Albert wies ihn mit einer Handbewegung an, sich wieder zu setzen: »Der Staat, um genauer zu sein. Hier …« Er zückte ein Formular aus einer Schublade und gab es Mike: »Füllen Sie das aus. Es gibt einen Anspruch auf Beihilfe für Beamte und Angestellte des öffentlichen Dienstes, wenn diese in eine Notlage geraten.«

Mike starrte völlig verblüfft auf den Antrag: »Wirklich?«

»Es überrascht mich nicht, dass Sie das nicht wissen«, antwortete Albert staubtrocken.

»Und meine Entlassung?«

»Noch sind Sie nicht entlassen.«

Mike war sprachlos, und obwohl er auf seinem Stuhl förmlich in sich zusammengesackt war, wirkte er erleichtert, ja fast glücklich. Da saß er nun, der größte Don Juan des Amtes, der Mann, dessen Charme bei der weiblichen Belegschaft unwiderstehlich zu sein schien, und wischte sich Tränen aus dem Augenwinkel. Er wollte etwas sagen, aber seine Mundwinkel zuckten so tief nach unten, dass er lieber abbrach.

Für Albert war es, als hätte er plötzlich einen kleinen Jungen vor sich, dem man viel zu viel zugemutet hatte, der unter der Last fast zerbrochen wäre und bei dem niemand je auf die Idee gekommen war, dass er Hilfe brauchen könnte. Genauso wenig, wie Mike sie eingefordert hatte, aus Furcht, das Bild von sich selbst zu zerstören.

Für einen Moment konnte Albert verstehen, warum so viele Beamtinnen verrückt nach ihm waren: Sie sahen nicht nur den Beau aus *VII.8*, sondern möglicherweise auch den Jungen, der sich für eine Frau aufopfern konnte. Ohne zu ahnen, dass sie selbst niemals diese Frau sein würden.

Mike stand auf, reichte Albert die Hand und sagte rau: »Ich danke Ihnen, Herr Glück. Wirklich. Danke.«

Albert erhob sich ebenfalls: »Schon gut, dafür bin ich ja da.«

An der Tür drehte sich Mike noch einmal um: »Und ich dachte immer, Sie wären so ein verstaubter Stempeldrücker.«

Albert nickte.

Dann antwortete er: »Dinge sind nicht immer so, wie sie zu sein scheinen.«

39.

Das sehr Unangenehme an sehr ruhigen Tagen war stets, dass sie niemals zu Ende gehen wollten. Was Albert früher nie gestört hatte, ließ ihn jetzt ungeduldig mit den Fingern auf seinem Schreibtisch herumtrommeln: Er freute sich auf den Feierabend und starrte auf die Uhr, die ihn mit provozierend langsamen Zeigerumläufen zu verhöhnen schien. Ein Tag wie einer aus den letzten fünfunddreißig Jahren und doch war alles anders, denn zum ersten Mal in seinem Leben hatte er eine Verabredung.

In Gedanken ging Albert die Momente der ersten Begegnung bis hin zur Verabschiedung durch und fragte sich unentwegt, was er eigentlich zu tun und zu lassen hatte. Gab es bei einer Verabredung Zielvorgaben? Wie in einem Amt? Gab es während des Zusammentreffens Wendemarken, die man erreichen musste, um erfolgreich zu sein? Und was bedeutete: erfolgreich sein? Für jemanden wie Mike war das klar definiert, aber was war mit ihm? Was erhoffte er sich eigentlich?

Albert nahm ein Blatt Papier und versuchte, sein Treffen

mit Anna zu ordnen. Vielleicht konnte man ein schönes Diagramm zeichnen, denn Albert liebte Diagramme, weil sie komplexe Vorgänge in Bilder verwandeln konnten. Eine Kurve, eine Gerade, eine Welle – ein Diagramm sagte mehr als tausend Worte. Es verriet, wie etwas funktionierte oder sich verhielt.

Diagramme konnten alles beschreiben.

Sogar menschliches Verhalten. Es gab unzählige, die sich damit beschäftigten: Emotionen als Parabeln zwischen x und y. Aber wie definierte man die Unbekannten x und y: Zeit und Zuneigung? Aussage und Verständnis? Attraktion und Alkohol?

Albert bastelte an seinen Diagrammen, nur um festzustellen, dass Diagramme nachträglich nützlich, bei zukünftigen Ereignissen hingegen untauglich waren. Es sei denn, es hätte Erfahrungswerte für Künstlerinnen gegeben, die Anna Sugus hießen.

Er zerknüllte das Papier und sah auf die Uhr: Neun Minuten waren vergangen. Albert seufzte, am Ende des Tages würde er mehrere tausend Jahre alt sein. Und tot.

Aber auch dieser Arbeitstag ging pünktlich um vier Uhr nachmittags zu Ende, und Albert wäre am liebsten im Stil eines Hungerläufers durch die Menge gehuscht, aber er zwang sich zu Ruhe und unauffälligem Verhalten. Unbemerkt erreichte er das Archiv und schloss die Tür hinter sich. Endlich! Jetzt konnte er sich in aller Ruhe vorbereiten.

Hygiene war wichtig.

Er zog sich komplett aus und wusch sich ausgiebig mit Waschlappen und Seife vor dem Waschbecken mit dem kleinen Spiegel. Dann waren die Haare an der Reihe. Die Zähne.

Und die Zehennägel. Frische Unterwäsche verstand sich von selbst, doch dann wurde es schwierig: Was sollte er nur anziehen?

Er nahm einen grauen Anzug, ein weißes Hemd und band sich Annas bunte Krawatte um, nur um festzustellen, dass sie nicht zu ihm passte. Er war kein Bunte-Krawatten-Typ, so löste er sie wieder und legte eine andere an, nämlich die, die er sonst auch trug: anthrazit. So stand er vor dem Spiegel und prüfte sein Aussehen genau. Und je länger er hineinsah, desto unzufriedener wurde er: Das war noch nicht perfekt.

Er zog Anzug und Hemd aus, ging zu seinem Schrank, holte einen zweiten grauen Anzug und ein zweites weißes Hemd heraus, band die Krawatte, stellte sich vor den Spiegel und prüfte sich wieder. Auch hier war er noch nicht ganz zufrieden, denn es war noch nicht perfekt.

Er zog Anzug und Hemd aus, ging zu seinem Schrank, holte einen dritten grauen Anzug und ein drittes weißes Hemd heraus, band die Krawatte, stellte sich vor den Spiegel und prüfte sich wieder. Und lächelte: Perfekt!

Ein Außenstehender hätte dreimal den gleichen Anzug gesehen und dreimal das gleiche Hemd, aber es waren die Details, die zählten. Die Nuancen. Und wie er so vor dem Spiegel stand und sich betrachtete, da überkam ihn plötzlich großer Übermut. Da fand er das Bild von sich äußerlich so perfekt, dass er ebenso Teil einer Serie hätte sein können: *Legenden der Leidenschaften*.

Er wäre der feurige Franco und Anna die scheue Flora. Ein unerschrockener Draufgänger, der sich über alle Konventionen hinwegsetzte. Er probierte einen dieser Franco-Blicke im Spiegel und raunte: *»Sag, dass du mich nicht liebst!«*

Und in Ermangelung einer Flora, übernahm er ihre Rolle gleich mit und antwortete mit verstellter Stimme: *»Ich liebe dich nicht, du Schurke!«*

Darauf konnte Albert natürlich keine Rücksicht nehmen, denn Franco nahm niemals Rücksicht. Er näherte sich seinem Spiegelbild zum Kuss.

»Dann sag: Nein! Wenn du kannst.«

»Nein, nein ...«

Albert spürte seine ungeheure Selbstsicherheit, den schwächer werdenden Willen Annas, die pure Männlichkeit und schließlich ihre Kapitulation davor. Schmatzend setzten seine Lippen auf dem Spiegel auf.

Als er endlich von sich abließ, starrte er auf den Fettfleck auf dem Spiegel, und ehe er sich versah, hatte er einen Glasreiniger in der Hand und *Pffft! Pffft!* war der Knutscher wieder verschwunden.

Gott, sah das eklig aus!

40.

Albert war pünktlich.

Die Galerie sah von außen nicht gerade spektakulär aus, ein einfacher Laden in einer Seitenstraße mit einem großen Schaufenster und einem dezenten Schild am Eingang. Draußen war niemand mehr, die Temperaturen waren bereits unter null gesunken, drinnen jedoch, und das war durch das Schaufenster nur zu gut zu sehen, drängten sich die Menschen. So dicht aneinander, dass die Gläser und Zigaretten über ihren Köpfen tanzten, sobald sie sich durch die Menge bewegten.

Albert fuhr sich mit der flachen Hand nervös über das Gesicht, spürte, wie sein Atem schwer wurde und sich das Summen der Stimmen wie eine Wand vor ihm auftürmte. Da waren so viele! Alle in einem Raum wie Krebse in einem Eimer. Und so sehr er sich auch mühte, konnte er Anna von hier draußen nicht entdecken.

All die Gedanken, Diagramme und Szenarien drohten sich bereits vor dem Eingang zu erübrigen, weil er gar nicht in Betracht gezogen hatte, dass zu einer Vernissage auch andere kommen könnten. Ein paar Sekunden verharrte er unschlüssig, dann atmete er tief durch: Er wollte es wenigstens versuchen!

Er öffnete die Tür und der Lärm raste wie ein Zug durch ihn hindurch.

Sie standen im Eingang, kehrten ihm den Rücken zu, andere beschwerten sich über die kühle Luft, die Albert hereinließ, dabei war es genau das, was dieser Raum am meisten brauchte. Er versuchte einzutreten, ohne jemanden zu berühren, wurde aber schnell von den Körpern gepackt und hineingezogen.

Albert spürte Panik, die nackte Angst, die wie ein wilder Affe auf seinem Kopf saß und kreischend auf ihn einschlug. Stimmen erschienen unnatürlich laut, Gesichter wirkten im Gelächter verzerrt, Gläser klirrten, Zigarrenrauch nahm ihm den Atem.

Albert versuchte sich zu befreien, zurück zum Eingang zu kommen, aber es war, als käme er gegen die Strömung nicht an: Ganz gleich, wie verzweifelt er dagegen anruderte, er wurde nur noch tiefer in den Raum gesogen, weg vom rettenden Ufer.

Er hörte sich hecheln, fühlte, wie ihm schwindelig wurde,

weil er hyperventilierte. Da drückte plötzlich so viel Gewicht auf seine Brust, sein Gesicht wurde ganz kalt, die Geräusche dröhnten und überschlugen sich schmerzhaft, sodass er beide Hände auf die Ohren presste und spürte, wie ihm die Knie weich wurden.

Er sank langsam zu Boden. Sackte zwischen den dunklen Wintermänteln in sich zusammen und blieb zwischen Füßen und Rockzipfeln liegen. Kaum jemand nahm ihn wahr, und die, die es taten, hielten es für eine Performance.

Plötzlich spürte Albert, wie ihn zwei Arme packten und an die Oberfläche zerrten. Dem Lärm entgegen, dem Licht und dem Rauch. Albert wollte nicht, machte sich schwer, wollte zurück auf den Grund, aber die Arme zogen ihn unerbittlich hinauf: Anna.

»Albert! Was ist mit Ihnen?«

Sie war bleich vor Schreck, hielt ihn unter den Achseln fest und zog ihn näher zu sich heran.

Albert japste: »Ich … kriege … keine Luft.«

»Kommen Sie, schnell!«

Anna zog ihn ganz nahe zu sich heran, bahnte sich mit dem Rücken voran ihren Weg durch die Menge, während Alberts Kopf in die Beuge zwischen Nacken und Schulter fiel und seine Arme schlaff herabhingen. Aus den Augenwinkeln sah er die vielen Menschen, die ihn angafften, die grinsend in seine Richtung nickten, weil sie ihn für betrunken hielten, oder sich amüsierten, wie er von einer Frau aus dem Raum geschleppt wurde. Sie waren angewidert darüber oder gleichgültig, aber schutzlos, wie er in diesem Moment war, verletzten sie ihn damit tief.

Anna hingegen spürte, wie er immer weiter in sich zusammenfiel, wie ihn die Kraft verließ und er an ihrem Hals zwar nach Luft schnappte, aber kaum noch ausatmete. Mit ein paar Schubsern hatte sie die Tür erreicht – sie wurden von der Menge förmlich auf die Straße gespuckt, wo sie ihn gegen die Hauswand lehnte und beruhigend auf ihn einredete.

Die kalte Luft tat gut, sein Atem beruhigte sich, der Schwindel ließ nach. Was blieb, war ein eigenartiges Fremdeln mit dem eigenen Körper, so als ob man nach langer Krankheit zum ersten Mal wieder auf den Beinen stand.

Anna nahm sein Gesicht in beide Hände und sah ihn an: »Es tut mir so leid, Albert. Ich hätte mir denken müssen, dass das nichts für Sie ist.«

Albert nickte abwesend und mied ihren Blick. Er konnte nicht einmal in einen vollen Raum gehen, ohne auf den Grund zu sinken, wo er zwischen Zigarettenkippen und Weinschorle liegen geblieben wäre, wenn sie ihn nicht wie einen Jungen gerettet hätte, der im Pool zu viel Wasser geschluckt hatte.

Hätte Franco eine Panikattacke bekommen? Hätte ihn die Angst zu einem wimmernden Etwas schrumpfen lassen? Nein, Franco war ein ganzer Kerl und deswegen liebten ihn alle Frauen. Wie hatte Albert nur glauben können, es ihm gleichzutun? Seine erste Verabredung! Und was war übrig geblieben?

»Schon gut«, flüsterte er und spürte plötzlich, wie er mit seiner Fassung rang. »Ich will nach Hause.«

»Wir könnten woanders hin, wo es nicht so voll ist«, bot Anna an.

Albert schüttelte den Kopf, wandte sich ab. Er fühlte sich beschämt, schwach und wischte sich verstohlen mit dem Ärmel über die Nase. Sie machte einen Schritt auf ihn zu, aber Albert wich zurück: »Nein, bitte … Ich möchte jetzt gehen, bitte.«

Sie bot ihm ihren Arm an: »Ich bringe Sie.«

Aber er schüttelte erneut den Kopf, diesmal heftiger. »Nein, nein, nein, ich möchte lieber alleine sein.«

Dann drehte er sich um und lief los. Erst zögerlich, dann immer schneller. Weg! Nur weg! In seinem Rücken hörte er sie: »Albert!«

Es hielt ihn nicht auf, er lief nur noch schneller.

Weg von der Galerie, weg von der Verabredung, weg vom Ort seiner größten Selbstdemütigung, die er mit seiner Flucht nun wirklich vollendet hatte. Er wollte dahin, wo es sicher war. Zurück in sein Amt, das ihn immer wie eine Mutter behütet hatte. Er hatte sich schnöde abgewandt, aber jetzt lief er ihr reuevoll entgegen: Er würde so etwas nie wieder tun!

Außer Atem passierte er die Einfahrt zum Amt, vorbei am schlafenden Wachmann, dem Propeller entgegen. Und verschwand mit einer schnellen Rotation im Dunkeln.

Hätte er sich umgedreht auf seiner wilden Flucht, so hätte er bemerkt, dass Anna ihm gefolgt war. Eigentlich hätte sie erstaunt sein müssen, aber sie war es nicht, denn es fügte sich zusammen, was sie in Teilen schon geahnt hatte.

Das also war Alberts Zuhause.

41.

Die Nacht war unruhig, obwohl Albert nach dem Desaster sofort ins Bett gegangen und eingeschlafen war. Doch nur zwei Stunden später schreckte er aus einem wilden Traum auf: Der Schock hatte nachgelassen und nun ratterten die Bilder in seinem Kopf wie Gitterstäbe, gegen die man im Vorbeirennen einen Stock schlug. In endlosen Schleifen wiederholte sich der Abend, mal so, wie er tatsächlich verlaufen war, mal in winzigen Variationen, die darauf hoffen ließen, dass er gut ausgehen würde, und doch endeten alle mit Untergang und Flucht. Vielleicht wäre der Abend noch zu retten gewesen, wenn er nicht davongelaufen wäre, aber eine Situation wie diese erforderte Lebenserfahrung, und die hatte er nicht. Er hatte sich wie ein Teenager verhalten, weil er diesbezüglich einer war.

In Gedanken erklärte er sich Anna, und sie verstand ihn. In Wirklichkeit aber wollte er sie nie wieder sehen, um diesen Abend zu vergessen. Ja, vergessen wäre gut. Ausatmen und vergessen, mit jedem Atemzug loslassen und zusehen, wie die Erinnerung versinkt. Die ganze Nacht redete er sich ein, dass es so funktionieren konnte, dass er, wann immer ihn die Bilder erreichten, nur ausatmen brauchte, um sie wieder verschwinden zu lassen.

Kurz vor dem Morgengrauen hatte er das Gefühl, die Verabredung in eine Kiste gesperrt zu haben, die er nicht mehr anrühren wollte. Noch war das Schloss nicht sicher, aber mit jeder Stunde, mit jedem Tag würde es stabiler werden, und so war es nur noch eine Frage der Zeit, wann dort nichts mehr aufsteigen konnte. Dann würde die Blamage verblassen und sich schließlich ganz auflösen.

Der Wecker klingelte um fünf Uhr.

Er stand auf, und alles war grau: sein Gesicht, sein Zimmer, seine Morgenroutine. Er verbot sich jeden Gedanken und jedes Mal, wenn er das Gefühl hatte, dass etwas aus der Tiefe auftrieb, atmete er betont aus und es sank wieder hinab.

Er feierte Geburtstag und wahrte die Fassung.

Susanne brachte ihm sein Tagewerk, und die ersten Antragsteller klopften an sein Büro. In den kleinen Pausen starrte er auf das Telefon, aber wenn es klingelte, ging er nicht ran.

Einmal kritzelte er auf einem Blatt herum und vergaß, dass vor seinem Tisch noch jemand saß.

»Herr Glück?«, fragte der Mann nach einer Weile.

Albert schreckte aus seinen Gedanken auf und sah ihn an: »Ja?«

»Können Sie mir helfen?«

Albert nickte und antwortete schwach: »Sicher.«

Albert, der Mann vom Amt, konnte jedem helfen.

Am späten Vormittag raffte er sich auf und beschloss, gegen die innere Taubheit anzugehen. Er fand Wehmeyer in dessen Büro über seine Akten gebeugt vor, doch obwohl er beschäftigt wirkte, lud er Albert ein zu bleiben.

Er klappte die Ordner zu und sah ihn freundlich an: »Herr Glück, was kann ich für Sie tun?«

Albert hatte sich keine Strategie zurechtgelegt, keinen Gesprächsplan und auch keine Wendemarken.

»Ich hätte da eine Bitte an Sie.«

Wehmeyer nickte auffordernd: »Nur heraus damit!«

»Nehmen Sie die Kündigung von Mike Schulze wieder zurück.«

Wehmeyer war sichtlich überrascht, denn Albert Glück war ein sehr diplomatischer Mann, mit einem gewissen Sinn für Humor, den Wehmeyer schätzte. Dass er so mit etwas herausplatzte, sah ihm gar nicht ähnlich.

»Das geht nicht, Herr Glück.«

»Auch wenn ich Ihnen sage, dass ich für eine seiner Abmahnungen verantwortlich bin?«

Wehmeyer atmete tief durch: Was war denn nur los mit Albert Glück? So eindringlich hatte er ihn noch nie erlebt, und dass Albert tatsächlich für eine der Abmahnungen verantwortlich zeichnen sollte, schien ihm so wahrscheinlich wie der Papst in Reizwäsche. Er beschloss, gar nicht erst darauf einzugehen, denn was immer Albert getan haben wollte, es hatte sicher nichts mit Mike Schulzes Abmahnungen zu tun.

»Das ist sehr anständig von Ihnen, Herr Glück, aber es spielt keine Rolle mehr.«

»Es wären dann nur noch zwei Abmahnungen.«

Wehmeyer seufzte: »Herr Schulze hat den Bogen einfach überspannt. Ich nehme eine Abmahnung zurück und könnte fünf weitere dazupacken, für all die Sachen, die er verbockt hat.«

»Er wird sich bessern«, insistierte Albert.

»Selbst wenn: Es bleibt die Anzeige wegen sexueller Belästigung am Arbeitsplatz. Das alleine reicht schon für eine fristlose Kündigung. Wenn das publik wird ...« Wehmeyer führte den Satz nicht zu Ende, gerade so, als ob er Albert Gelegenheit geben wollte, sich auszumalen, was dann passieren könnte.

»Und wenn die Anzeige zurückgezogen würde?«, fragte Albert.

Wehmeyer verzog die Mundwinkel: »Na ja, wenn das passieren würde ... sagen wir so: Ich hätte ein wenig Spielraum.«

Albert nickte: »Wer hat ihn angezeigt?«

Wehmeyer schwieg.

»Wer, Herr Wehmeyer?«

Er seufzte wieder einmal, als würde er die Last der Welt auf seinen Schultern tragen, und antwortete: »Das darf ich nicht sagen.«

»Ich werde es für mich behalten.«

Er konnte Albert vertrauen, das wusste er. Niemand war so diskret wie Albert Glück. Schließlich gab er nach und sagte: »Elisabeth Seel.«

»WAS?«

»Glücklicherweise ist sie noch nicht zur Polizei gegangen. So haben wir die Chance, die Sache unauffällig zu erledigen.«

Albert war fassungslos: »Das muss ein Irrtum sein …«

Wehmeyer schüttelte den Kopf: »Nein, kein Irrtum. Und ich glaube ihr auch. Herr Schulze ist hier doch jedem Rock nachgestiegen. Das war doch nur eine Frage der Zeit.«

Albert wusste nichts darauf zu antworten. Was hätte er auch sagen können? Jeder wusste, wie Mike war. Es war völlig sinnlos, gegen das Bild anzukämpfen, das jeder von Mike Schulze hatte. Alle würden Elisabeth glauben – nur Albert glaubte ihr nicht.

42.

Ohne darüber nachzudenken, war er zum Büro *Elisabeth Seel/Mike Schulze, VII.8* geeilt, fest entschlossen, ausgerechnet für Mike Schulze einzutreten. Waren die beiden bis vor Kurzem nicht ein Paar gewesen? Hatte Elisabeth ihm nicht gestanden, dass sie Mike Schulze liebte? Dass sie ihn umsorgt hatte, als er krank gewesen war, und immer für ihn da war? Wie konnte es eine Belästigung geben, wenn alles im Einverständnis geschehen war?

Albert klopfte und trat ein.

Mike war nicht da, hatte sich für die nächsten Tage krankgemeldet, was in der Abteilung vermutlich niemanden mehr interessierte. Albert fragte sich, wie Elisabeth es eigentlich aushalten konnte, mit Mike in einem Büro zu sitzen, wissend, dass er sich ihr gegenüber ungebührlich verhalten hatte.

»Guten Tag, Albert«, grüßte Elisabeth und lächelte freundlich.

Albert erwiderte den Gruß nicht, sondern sah sie lange an.

»Was ist?«, fragte sie irritiert.

»Ist das wahr, Elisabeth?«, fragte Albert.

»Was meinen Sie?«

»Haben Sie Herrn Schulze wirklich bei Herrn Wehmeyer beschuldigt?«

Sie erschrak so sehr, dass sie einen Schritt vor Albert zurückwich, sie wandte sich um und schüttete sich an der Kaffeemaschine eine Tasse ein, obwohl auf ihrem Schreibtisch noch eine halbvolle stand.

»Elisabeth, ich weiß ja, dass Sie beide so Ihre Schwierigkeiten hatten …«

»Und wenn?!«

Sie hatte sich blitzartig umgedreht und wirkte vollkommen verändert: Aus ihrem Gesicht war die Unsicherheit verschwunden. Trotz und Entschlossenheit ließen es hart und undurchdringlich wirken. Sogar die Schultern hatte sie gespannt, als ob sie sich größer machen wollte, als sie tatsächlich war.

»Sie verbauen ihm seine Zukunft.«

»Ich verbaue ihm gar nichts. Sie wissen so gut wie ich, dass Mike Schulze seiner Arbeit nie nachgekommen ist. Ich will gar nicht wissen, wie oft ich seinen Job gemacht habe, nur um ihm zu helfen … ich dumme Kuh.«

»Das ist bedauerlich, nur war das Ihre eigene Entscheidung. Sie hätten ihm nicht helfen müssen.«

Elisabeth ging zwei Schritte auf ihn zu, und ihr Gesicht war ganz blass vor Zorn: »Wissen Sie, was er zu mir gesagt hat?«

Albert schwieg.

»Er hat gesagt, dass er sich mit mir langweilt! Nach allem, was ich für ihn getan habe.«

Vielleicht war genau das das Problem, schoss es Albert durch den Kopf, dass sie immer da war, immer alles getan hatte, aus lauter Furcht vor Ablehnung so präsent war, dass sie schließlich in einem Akt selbsterfüllender Prophezeiung abgelehnt wurde. Sie addierte die guten Taten und forderte dafür Liebe. Wenigstens aber Treue. Sie hatte ein Recht darauf, denn sie hatte dafür gearbeitet.

Albert versuchte, einen diplomatischen Ton anzuschlagen: »Das tut mir leid, Elisabeth, aber eine Beschuldigung, wie Sie sie formuliert haben …«

Sie ließ ihn nicht ausreden: »Nein, nein, es wird Zeit, dass der Herr mal einen Denkzettel verpasst bekommt.« Sie hielt einen Moment inne und sagte dann kalt: »Und wissen Sie, von wem? Von mir! Der kleinen Elisabeth.«

Albert blickte auf sie herab und glaubte, dass sich ihre ansonsten hübschen blauen Augen zu Eis gewandelt hatten. Da war nichts mehr von der Frau, die alles für ihren Liebhaber tun würde, da war nicht einmal eine Frau, die sich rächen wollte, sondern nur noch eine, die triumphierte. Die ihre Möglichkeiten demonstrierte und in aller Härte zurückschlug, weil sie gekränkt worden war.

Sie war Elisabeth die Große, nicht die Kleine.

Albert sah sie ruhig an und fragte: »Und das ist dann Liebe?«

Sie wandte sich kühl um und antwortete: »Dinge sind nicht immer so, wie sie zu sein scheinen.«

43.

Das Mittagessen war gar nicht schlecht, aber Albert hatte keinen Appetit. Den Chefkoch und Fräulein Traurig hatte er auch nicht beobachtet, denn ihm war nicht nach jungem Glück zumute.

Glück. Liebe. Romantik.

Alles Worte, die sich wie Läufer entrollten und auf denen sich jeder die Schuhe abtrat, wenn sie nicht das erfüllten, was man sich erhofft hatte. Man putzte sich die Hoffnung von den Sohlen und ging mit sauberen Schuhen weiter. Alles, was blieb, war ein dreckiger Teppich, den keiner mehr wollte.

Albert rührte in seiner Suppe und entdeckte, dass die Nudeln darin als Buchstaben geformt waren. Wie früher, als er ein Kind gewesen war. Offenbar hatte der Chefkoch seinen Optimismus wiederentdeckt und kochte in nostalgischer Verklärung Suppen, die ihn an eine Zeit erinnerten, als alles noch völlig unkompliziert war. Glückliche Zeiten. Jedenfalls hatte es Buchstabensuppen bislang noch nie gegeben, und dass er sie jetzt gekocht hatte, musste etwas bedeuten.

Er drehte die Suppe mit dem Löffel so schnell, dass ein Wirbel in der Mitte der Tasse hinabstach und die Buchstaben von der Fliehkraft gegen die Keramik gedrückt wurden.

Ein A blieb hängen, ein N, noch ein N und wieder ein A.

Wie von Zauberhand waren sie aus der Brühe herausgewirbelt worden und klebten jetzt als Name an der Innenwand, während alle anderen Buchstaben weiter herumstrudelten. Er las ihren Namen, dann schwappte er ein wenig Suppe gegen die Buchstaben: Sie wurden fortgerissen. Und doch glaubte er, sie weiterhin zu sehen, vier Buchstaben, die leuchtender waren als alle anderen, die nicht untergingen und immer lesbar waren: das Palindrom. Der ordentliche Name.

Albert schob sein Tablett von sich und starrte nach draußen: ein scheußlicher Wintereinbruch, nachdem die letzten Tage schon auf Frühling hatten hoffen lassen, auch wenn die Nächte noch eisig waren. Aber jetzt klebten dicke Schneeflocken auf den Sträuchern, während die Böden nass waren, weil nichts liegenblieb. Das war so deprimierend, dass er froh war, in seinem Amt zu sein. Und doch spürte er eine eigenartige Neigung, hinauszugehen, nicht in die Stadt, sondern weit weg, nur um zu sehen, ob es dort vielleicht schöner war. Ein seltsames Fernweh packte ihn, das ganz neu für ihn war – und nicht unangenehm.

Der Nachmittag war ruhig verlaufen, wenig Publikum, simple Anträge. Er starrte auf Annas Bild und fand, wenn er seinen Frieden wiederhaben wollte, musste er etwas tun. Also stand er auf, hängte es ab und stellte es umgedreht gegen die Wand. In den nächsten Tagen musste er einen Platz im Amt dafür finden, wo niemand es fand – nicht einmal er selbst.

Um 16.00 Uhr verließ er sein Büro und ging von allen unbeobachtet die Treppen hinab in den Keller. Im Archiv verschwand er eilig im Gewirr der Gänge und erreichte die feuerfeste Tür, auf der TECHNIK stand.

Alles sah aus wie immer: das hochgestellte Klappbett. Die Spinde. Die Regale mit Büchern der Behörde. Das kleine Waschbecken mit dem Spiegel und dem Handtuchhalter. Zwei Stühle. Ein Tisch. Ein Fernseher.

Das war sein Zuhause.

Es ist grau, dachte Albert, ganz grau. Wieso ist es nur so grau?

Er band sich die Krawatte ab und hängte sie zusammen mit seinem Jackett in einen der Spinde. Dann nahm er sich aus einem anderen Spind eine Packung Schogetten, legte die Schokostückchen schön nebeneinander auf den Tisch und schaltete den Fernseher ein.

Der Vorspann lief schon!

Legenden der Leidenschaften. Die erste Schogette verschwand in seinem Mund und breitete sich süß und schmelzig aus. Und da war sie schon: Flora. Der Geist, den jeder sah und niemand wahrnahm.

Langweilig.

Später zog er seine Schuhe aus, stieg in gemütliche Pantoffeln und zog sich eine kuschelige Hausjacke über. In einer Ecke stand ein halbvoller Wäschekorb, auf dem Tisch lag noch die Zeitung vom vorherigen Tag. Er verließ sein Zimmer, lauschte an der Tür noch einmal in das Archiv hinein, aber alles war ruhig. Nach ein paar Metern die zweite feuerfeste Tür, die nur mit einem kleinen Hochspannungsschildchen versehen war. Er schloss sie auf und befüllte die Waschmaschine. Während sie lief, saß er auf einem Hocker vor dem Bullauge und las die Zeitung.

Langweilig.

Noch später stand er wieder in seinem Zimmer und bügelte Wäsche, was das Langweiligste überhaupt war. Und er tat es so unkonzentriert, dass er mehr Falten rein- als rausbügelte, bis er plötzlich Schritte hörte. Er hob das Bügeleisen hoch und rührte sich nicht mehr. Nicht einmal zu atmen traute er sich.

War da etwas?

Er starrte gegen die Tür, lauschte, aber alles war ruhig. Es kam schon mal vor, dass ein Beamter auch nach Dienstschluss im Archiv etwas suchte, aber tatsächlich gab es mehr Marienerscheinungen als Archivläufer nach Feierabend.

Er atmete ganz leise aus. Entspannte seine Schultermuskeln, die langsam zu krampfen begonnen hatten. Mittlerweile war er sich nicht einmal sicher, ob er die Schritte wirklich gehört hatte, denn seit Minuten war es totenstill.

Da klopfte es leise an die Tür.

Albert verkrampfte sich sofort wieder. Das war kein Irrtum. Da stand jemand vor der Tür. Nach fast fünfunddreißig Jahren hatte ihn offenbar jemand gefunden.

Der Traum vom Amt war ausgeträumt.

Er brauchte ein paar Sekunden, um sich zu fassen, dann schaltete er das Bügeleisen aus, kontrollierte sein Äußeres und streckte den Rücken durch: Er würde mit Anstand aufgeben. Den Aufruhr im Amt mochte er sich gar nicht vorstellen: Alle würden mit dem Finger auf ihn zeigen. Alle hätten ja schon immer gewusst, dass er ein komischer Kauz war. Alle würden beteuern, dass es ihnen ein Rätsel war, wie Albert Glück es hatte schaffen können, sie an der Nase herumzuführen. Aber keiner würde zugeben, dass Albert ihnen total gleichgültig war.

Vorsichtig öffnete er die Tür – Anna.

Die Überraschung hätte kaum größer sein können, und für einen Moment glaubte Albert wieder einer Halluzination aufzusitzen, aber nach ein paar Augenblicken stand sie immer noch da und lächelte.

»Frau Sugus!«, rief er geschockt.

Er sah über ihre Schultern hinweg ins Archiv, in der Furcht, dass dort noch jemand sein könnte. Doch Anna war allein da und schaute ihn an.

»Wie …?«

Albert hatte vergessen, was er fragen wollte, dabei war die Frage doch offensichtlich, denn noch hatte sie nicht erklärt, wie sie ihn eigentlich gefunden hatte. Sie antwortete nicht, sondern betrat einfach das Zimmer, sah sich um und nahm schmunzelnd zur Kenntnis, dass er hier ganz offensichtlich wohnte: Albert, der Künstler.

Der Geist, den jeder sah, aber niemand wahrnahm, der sie alle beobachtet hatte, ohne selbst gesehen zu werden. Dabei wäre das nicht schwer gewesen: Man musste ihm nur vorsichtig in den Keller folgen, warten, bis niemand mehr da war, der einen hätte stören können, und dann einfach ein wenig suchen.

Sie wandte sich ihm zu, legte ihre Hand auf seine Brust.

Albert war mittlerweile ganz bleich vor Schreck: »Wie …?«

Doch bevor er mehr sagen konnte, trat sie an ihn heran und statt einer Antwort gab sie ihm einen Kuss. Sie drängte ihn gegen die Wand neben dem Bett und küsste ihn leidenschaftlich. Albert war überrumpelt, verwirrt, entzückt!

Sag Nein, wenn du kannst!

Ja! Ja!

Was war denn das nur für ein Unsinn in *Legenden der Leidenschaften*? Wie konnte man *Nein* sagen zu jemandem, der einen glücklich machte? Der einen erfüllte und mit einem einzigen Kuss das Tor zu einer neuen Welt aufstieß.

Sie sanken auf sein Klappbett.

Anna löschte das Licht.

44.

Sie schlief.

Wie konnte sie schlafen? Wie konnte überhaupt jemand schlafen? Albert hatte das Gefühl, nie wieder schlafen zu können. Alles schien so fremd zu sein. In fast fünfunddreißig Jahren war er stets alleine gewesen, um 22.00 Uhr ins Bett gegangen und selten vor der Zeit aufgewacht. Und wenn, dann war alles totenstill in seinem Zimmer gewesen.

Aber jetzt war da ihr Atem.

Er hörte ihre ruhigen, tiefen Züge in der Nacht und fragte sich, ob sie gerade träumte. Er saß auf einem der beiden Stühle, wagte nicht, Licht zu machen, und lauschte. Mit reichlich Verspätung hatte Albert kennengelernt, was andere schon seit ihrer Jugend wussten, aber es war anders, als er es sich vorgestellt hatte. Der Akt an sich war ihm seltsam vorgekommen, irgendwie unspektakulär, gemessen an den Erwartungen, die durch das Gerede der Mitteilsamen befeuert wurden.

Aber diese Nähe!

Die innigen Umarmungen, die warme Haut und die sanften Worte. Das war schier unglaublich, und Albert bedauerte es, die Erfahrung nicht früher gemacht zu haben. Und doch wäre es nicht mit Anna gewesen – und ohne sie fehlte die Magie!

Leise stand er auf und verließ sein Zimmer.

Auch das hatte er noch nie getan: mitten in der Nacht im Archiv herumzuspazieren. Es brannten nur wenige Notlampen, sodass sich die Regale schemenhaft auftürmten und dunkle Gänge säumten, die wie die engen Gässchen einer mittelalterlichen Stadt wirkten. Er war wie der Nachtwächter, der über die schlafenden Vorgänge wachte, und blickte er an den Ordnern und Mappen hinauf, so schien es, als stiegen dort Paragrafen wie Luftbläschen auf.

Es war still und feierlich, und sein Herz war ganz erfüllt von Liebe.

Ein Stockwerk höher betrat er das Foyer, bemerkte den Geruch frischer Farbe und hörte das Knistern von Plane unter seinen Füßen. Sie hatten tatsächlich mit der Arbeit begonnen, wenn auch nur sehr zaghaft, aber immerhin. Die Arbeitsutensilien waren säuberlich in eine Ecke geräumt, dazu gestapelte Farbeimer und ein Gerüst, das aufgestellt worden war. Die Propeller ließen das Mondlicht hinein, sodass sich helle, längliche Flecken auf dem Boden zu den Aufzügen hin streckten.

Albert entdeckte in einer Ecke ein altes, mit Farbe eingeschmiertes Radio. Mit einem Klick donnerten die Spätnachrichten durch das Foyer, so laut, dass er hektisch am Lautstärkeregler die Stimme leiser drehte. Er suchte einen anderen Sender und nach ein wenig Gekrächze war da plötzlich Musik. Ein Lied aus alten Zeiten, ein Lied, dass seine Eltern geliebt hatten wie kein anderes: *Sway*.

Da erklang ein großes Orchester, angeführt von einem Sänger mit einer sehr weichen und doch alles beherrschenden Stimme, und Albert konnte gar nicht anders, als mit dem Fuß im Takt zu wippen. Der Rhythmus ließ die Luft pulsieren, alles schien sich im Takt der Musik zu wiegen, selbst die Schatten, die das Mondlicht warf. Neben Albert stand ein Farbroller mit Teleskopstiel, und noch ehe sich Albert versah, hatte er ihn gepackt und war mit ihm mitten in die Empfangshalle gegangen.

Eine Hand am Griff, die andere mittig am Stiel, hielt er die Rolle vor sich und begann die ersten vorsichtigen Tanzschritte. Er glitt elegant über den Boden, und die Rolle in seinen Armen wurde federleicht. In kühnen Drehungen und Umläufen wehten sie über die Tanzfläche.

Da riss die Wirklichkeit entzwei und gab den funkelnden Zauber einer neuen Welt frei: Aus dem schmucklosen Foyer wurde ein großer Ballsaal. Aus dem Gerüst ein Orchester mit eleganten Musikern und einem singenden Bandleader. Aus dem Steinboden goldenes Parkett und aus der Farbrolle wurde: Anna.

Über ihren Köpfen funkelte eine Kristallkugel und streute tausend Sterne in den Saal. Albert trug Smoking, Anna ein bezauberndes Kleid, und alles an ihren Bewegungen war ungeheuer gekonnt, geschmeidig und elegant. Sie kreisten im Rhythmus der Band über das Parkett und je fordernder die Musik wurde, desto besser tanzten sie. Ja, man konnte sagen, dass sie die besten Tänzer auf der ganzen Welt waren.

Draußen, vor den Toren des Amtes, schreckte der Wachmann in seinem Häuschen auf und rieb sich die Schläfen: Er hatte zu viel getrunken, hatte seine Rundgänge verpasst und fror, obwohl sein Häuschen geheizt war. Er sah rüber zu den Eingängen und ihm war, als sähe er dort einen Mann mit einer Farbrolle tanzen. Furchtbar ungelenk. Ohne Taktgefühl und Rhythmus. Dann war er schon wieder im Dunkel des Foyers verschwunden, und der Wachmann nickte wieder ein.

Drinnen hingegen mühte sich das Orchester, den Tänzern gerecht zu werden, sie forderten sich und ihren Instrumenten das Äußerste ab, folgten dem intensiven Gesang und ließen das ganze Amt in seinen Grundfesten erzittern. In langen, federleichten Schritten wirbelten Albert und Anna über das Parkett, berührten nur noch mit den Zehenspitzen den Boden, drehten sich, waren eins mit den Tönen. Sie wurden schneller und immer schneller, tanzten in perfekter Harmonie wie auf dem Kamm einer Welle, wirbelten umeinander, bis sie plötzlich schwebten.

Ja, sie schwebten!

Anna warf ihre Arme um Alberts Hals und drehte sich mit ihm in die Höhe.

Da war nichts mehr, das sie auf dem Boden halten konnte, sie waren einander genug und überwanden die Schwerkraft. Übersäht vom Funkenregen der Glitzerkugel flogen sie dem Orchester davon – hinauf in die Dunkelheit.

Selbst als der letzte Akkord verklungen war, blieben sie der Welt entrückt. Denn dort, wo sie waren, gab es keine Welt – nur Magie. Sie schwebten durch das Foyer und niemals zuvor hatte Albert so glücklich ausgesehen wie in diesem Moment.

SPRECHZEITEN

45.

Albert war den ersten Schritt in eine neue Welt gegangen, und es war, als ob mit ihm das Land erblühen würde. Tatsächlich brach nur mit großer Macht der Frühling herein und mit den Knospen und Blüten trieben auch die Gerüchte über einen Mann aus, der in einem Büro saß, in dem man ein kleines Glück finden konnte. Überall wirbelten die Hoffnungen der Menschen, die durch Albert ein kleines bisschen glücklicher geworden waren, durch die Luft, eilten in konzentrischen Wellen vom *Amt für Verwaltungsangelegenheiten* hinaus ins Land, weiter und immer weiter, um irgendwann wie zufällig hinabzusinken in die Herzen der Hilfesuchenden.

Die neue Energie berührte sie sofort, aber noch glaubten sie nicht daran, dass es jemanden wie Albert Glück geben könnte. Sie taten es als Selbsttäuschung ab, aber Hoffnung war wie Unkraut: immer da, selbst wenn man nichts als Dreck sah. Und so brauchte es ein paar Wochen, bis sie es aufgaben, ihre unvernünftigen Gedanken an jemanden wie Albert zu jäten und auszureißen, denn das Glücksbüro betörte mit einem unwiderstehlichen Duft, lockte von nah und fern diejenigen an, die daran glauben wollten.

Und Albert sollte sie nicht enttäuschen.

Er war so erfolgreich mit seiner neuen Aufgabe, dass die Menschen hinter vorgehaltenen Händen witzelten, dass es ja heißen würde, Glück könne man nicht kaufen, doch die Wahrheit wäre, dass die meisten einfach nicht wüssten, in welche Straße sie fahren müssten.

Doch das änderte sich während eines langen, heißen Sommers, denn bald schon wussten alle, wo das *Amt für Verwaltungsangelegenheiten* zu finden war. Sie kamen dorthin, und die Schlange vor Alberts Büro wurde jeden Tag länger. Bald konnte Albert sein tägliches Pensum nicht mehr schaffen – ihm fehlte schlicht und ergreifend die Zeit dazu. Susanne, die Bürohilfe, war irgendwann auf die Idee gekommen, die Wartenden nach Aufgabenfeldern und Ressorts zu ordnen, sodass Albert gleich mehrere Antragsteller auf einmal bedienen konnte. Überhaupt erwies sich Susanne als treue und gewitzte Assistentin, die für Albert bald schon unentbehrlich wurde.

Sie lief immer wieder den Gang entlang, fragte die Wartenden, in welcher Angelegenheit sie da wären, und begann alsbald zu ordnen nach Bundes- und Landesverwaltungen: Bundesagentur für Arbeit, Bundesausgleichsamt, Bundesamt für Wirtschaft und Ausfuhrkontrolle, Bundesamt für Migration und Flüchtlinge, Bundesamt für Güterverkehr, Bundesarchiv, Ordnungsverwaltung, Dienstleistungsverwaltung, Wirtschaftende Verwaltung, Organisationsverwaltung, Bundesamt für Familie und zivilgesellschaftliche Aufgaben, Bundesamt für Bevölkerungsschutz und Katastrophenhilfe, Beschaffungsamt des Bundesministeriums des Inneren, Bundesmonopolverwaltung für Branntwein, Bundesamt für Naturschutz, Bundesamt für Strahlenschutz, Bundeszollverwaltung, Bundeszentralamt für Steuern, Bundeszentralamt für zentrale Dienste und offene Vermögensfragen, Bundesstelle für Flugunfalluntersuchung, Bundesamt für Flugsicherung, Bundesamt für Kartographie und Geodäsie, Presse- und Informationsamt der Bundesregierung, Bundesamt für Sicherheit und Informationstechnik, Bundeswehrverwaltung, Bundesamt für Wehrtechnik und Beschaffung, Hauptzollämter, Wasser- und Wirtschaftsverwaltung, Bundessprachenamt, Bundesanstalt für Systemanalysen, Bundesversicherungsamt, Finanzverwaltung der Länder, Hochschulverwaltung, Bundesamt für Güterverkehr, Eisenbahn-Bundesamt, Bundesamt für Justiz, Bundesamt für Seeschifffahrt und Hydrographie, Luftfahrtbundesamt, Bundesnetzagentur für Elektrizität, Gas, Telekommunikation, Post und Eisenbahnen, Statistisches Bundesamt, Bundesamt für Straßenwesen, Bundesanstalt für Gewässerkunde, Bundesanstalt für Wasserbau, Bundesanstalt für Immobilienaufgaben, Bundesamt für Bauwesen und Raumordnung, Bundessortenamt.

Mit ähnlichen Themen befasst war eine ganze Reihe von Bundesanstalten, bei denen man mit seinem Anliegen leicht verloren gehen konnte, es sei denn, man kannte Albert Glück: Bundesanstalt für Finanzdienstleistungen, Bundesanstalt für Materialforschung und -prüfung, Bundesanstalt für Post und Telekommunikation, Bundesanstalt für Straßenwesen, Bundesanstalt für Arbeitsschutz und Arbeitsmedizin, Bundesanstalt für Wasserbau, Bundesanstalt für den Digitalfunk der Behörden mit Sicherheitsaufgaben, Bundesinstitut für Arzneimittel und Medizinprodukte, Bundesanstalt für Gewässerkunde, Bundesinstitut für Risikobewertung, Bundesanstalt für Geowissenschaften und Rohstoffe, Bundesinstitut für Berufsbildung, Bundesanstalt für Immobilienaufgaben, Bundesanstalt für Ernährung und Landwirtschaft, Bundeszentrale für politische Bildung, Bundesanstalt für vereinigungsbedingte Sonderaufgaben, Deutsches Archäologisches Institut, Deutsche Nationalbibliothek, Deutscher Wetterdienst, Bundesforschungsinstitut für Kulturpflanzen, Bundesforschungsinstitut für Ernährung und Lebensmittel, Bundesinstitut für Impfstoffe und biomedizinische Arzneimittel, Bundesinstitut für Infektionskrankheiten und nicht übertragbare Krankheiten, Bundesforschungsinstitut für ländliche Räume, Wald und Fischerei.

Die größten Gruppen ergaben allerdings die Kommunalverwaltungen wie Schulen, Kindergärten, Strom, Gas, Wasser, Müllabfuhr, Arbeit und Soziales, Wohngeld, Feuerwehr, Zivilschutz, Liegenschaften, Finanz- und Haushaltswesen, Krankenhäuser, Führerschein, Gaststättenerlaubnisse und Bibliotheken. Und ebenso beliebt die mittelbaren Verwaltungen, die treuhänderisch Staatsaufgaben übernahmen: Rentenversicherung, Sozialversicherung, Pflegeversicherung, gesetzliche Unfallversicherung, Bundesknappschaft und die Arbeitsverwaltung, um nur die wichtigsten zu nennen.

Albert kannte sie alle.

Er kannte die Dezernate, die Dienststellenleiter, die Sachbearbeiter, die Ansprechpartner, ja, man konnte sagen: Er kannte das ganze System. Und das in einer Art und Weise, wie man es bei einem Menschen nicht für möglich gehalten hätte, denn Albert war in diesen Dingen wie ein Computer. Informationen gingen bei ihm nicht verloren. Niemals. Und so wusste er auch, welcher Antrag welche Türen öffnen konnte.

Kurz vor Mittag klopfte es an einem Julitag an Alberts Büro, der gerade die letzten Unterschriften auf Anträge setzte, sodass er ohne aufzusehen: *Herein!* rief, um die nächste Gruppe in Empfang zu nehmen. Susanne öffnete die Tür, aber diesmal traten nur Herr Chicone und sein Sohn Marco ein.

Sofort wurde es laut in Alberts Büro, dessen akribische Ordnung in den letzten Wochen unter Stapeln von Papier, Ordnern, Vordrucken und Anträgen versunken war. Überall ragten Berge in die Höhe, schaukelten Stapel gefährlich mal nach links, mal nach rechts, ohne jedoch auf den Boden zu fallen. Es gab nur noch einen schmalen Durchgang zu Alberts Schreibtisch und ein wenig Platz für Stehende davor. Den Rest bedeckten Schreiben, Texte, Urkunden, Unterlagen, verwaltungstechnische Vorgänge aller Art.

Albert lächelte über Herrn Chicones Euphorie, den üppigen Geschenkkorb, den er auf seinen Schreibtisch stellte, die wilden Umarmungen und die feuchten Küsse auf seine Wangen. Er sprach italienisch und wie üblich verstand Albert kein Wort, doch er ahnte, dass sein Antrag, den er für die Chicones gestellt hatte, Früchte getragen haben musste. Marco übersetzte, so gut es ging, konnte mit dem Redeschwall seines Vaters jedoch nicht mithalten und gab es schließlich auf. Offenbar war das Umkleidehäuschen für die Fußballkinder errichtet und eingeweiht worden. Alle waren glücklich und am glücklichsten von allen: Herr Chicone.

Albert schüttelte die Hände der beiden und sagte: »Ich freue mich, dass alles funktioniert hat, aber den Korb darf ich leider nicht annehmen. Das sähe nach Vorteilsnahme im Amt aus.«

»Verschenken Sie doch etwas an jeden, der reinkommt«, schlug Marco vor.

Albert nickte. »In Ordnung. Gute Idee.«

Susanne hatte die ganze Zeit in der Tür gestanden und breit gegrinst: Sie sprach sehr gut italienisch und wunderte sich darüber, wie viele freundliche Adjektive Herr Chicone innerhalb von Sekunden in die Welt gefeuert hatte, um Albert zu loben.

Die beiden machten kehrt, Herr Chicones Blick blieb noch einmal an Annas Bild hängen, das zwischen den Stapeln Papier mit seinen wilden Farben ins Büro leuchtete, dann gingen die beiden hinaus in den Flur. Albert hatte sie zur Tür begleitet und sah ihnen mit Susanne nach. Herr Chicone war immer noch ganz aufgekratzt und redete auf seinen Sohn ein, der neben ihm hertrottete.

Susanne übersetzte leise für Albert.

Vater: »Hast du das Bild in seinem Büro gesehen?«

Marco: »Ja.«

Vater: »Das hängt nur jemand auf, der verrückt ist.«

Marco: »Gut, dann ist er eben verrückt.«

Herr Chicone hob warnend die Hand, als wollte er Marco eine knallen: »Wie redest du denn über Herrn Glück? Dieser Mann ist ein Heiliger!«

Marco: »Aber hast du nicht gerade selbst gesagt ...?«

Vater: »Du bist wie deine Mutter! Drehst einem das Wort im Mund herum!«

Marco: »Was hat Mama ...?«

Vater: »Ach halt die Klappe. Hast schon genug angerichtet!«

Marco seufzte, schwieg aber. An seinem Gesichtsausdruck konnte man seine Gedanken ablesen: Der Einzige, der hier ein bisschen plemplem war, war allenfalls sein Vater. Herrn Chicones guter Laune tat das keinen Abbruch: Er klopfte Marco aufmunternd auf die Schulter und rief noch mal ein lautes: HA!

Albert hatte die ganze Zeit über gelächelt.

Dann drehte er sich der Warteschlange zu und fragte: »Wer ist der Nächste?«

46.

Dr. Wehmeyer hatte lange auf den Anruf gewartet, und als er dann endlich kam, überraschte er ihn während einer kleinen Frühstückspause: Er sollte im Büro von Direktor Sommerfeldt erscheinen. Sofort. Chefsekretärin Adele Lüth hatte wie immer schneidend geklungen, dennoch rieb sich Wehmeyer zufrieden die Hände und rief erfreut: »Endlich!«

Er nahm den Fahrstuhl hinauf in den obersten Stock und suchte in Gedanken nach den richtigen Worten, um sich für die Beförderung zum neuen Amtsleiter zu bedanken. Es sollte demütig und dankbar klingen, aber auch selbstbewusst und voller Tatendrang. Ein Traum würde endlich wahr werden, und Wehmeyer malte sich auf dem Weg nach oben aus, wie er einen neuen Geist in das Amt tragen würde, den Muff der vergangenen Jahre herauskehren und das Amt in ein neues modernes Zeitalter führen würde, in dem Denken durchaus erlaubt war.

XII.13 sollte nicht mehr als Tor nach Mordor empfunden werden, sondern es sollte jedermann offenstehen, seine Ideen einzubringen. Das würde auch *XII.12*, Adele Lüth, betreffen, deren Gulag-Charme zukünftig irgendwo im Archiv zur Geltung kommen durfte. Wehmeyer dachte über die Beamtinnen nach, die an Lüths Stelle im Sekretariat sitzen sollten: freundlich mussten sie sein, jung, fähig, schöne Telefonstimmen sollten sie haben. Auf Anhieb fiel ihm keine ein, aber er hatte ja noch bis Ende des Jahres Zeit.

Er klopfte an Direktor Sommerfeldts Tür und betrat dessen Büro.

Zu Wehmeyers Überraschung war Sommerfeldt nicht alleine, denn neben dessen Schreibtisch, der Diktatorenausmaße hatte, stand Referatsleiter Markus Wittmann, ein junger Streber, den Wehmeyer wie die Pest hasste, denn Wittmann gehörte zu der Sorte Beamte, die außer Powerpoint-Präsentationen und dem unerträglichen Abspulen wichtig klingender Wörter wie *Synergien* oder *proaktiv* absolut nichts beherrschte. Zog man den wirbellosen Gang im zwölften Stock einmal großzügig ab.

Was hatte der hier zu suchen?

Wehmeyer beschlich ein ungutes Gefühl, aber er beschloss, positiv zu bleiben, denn sollte er heute befördert werden, würde Wittmann dabei sein und an seinem Gesicht ablesen können, welche Zukunft ihm unter Wehmeyer bevorstand.

Sommerfeldt, der einen behördlichen Vorgang gelesen und paraphiert hatte, blickte nun auf und bot Wehmeyer wortlos den Platz vor seinem Schreibtisch an. Der setzte sich und kam sich winzig vor, was auch daran lag, dass der Stuhl vor Sommerfeldts Schreibtisch kleiner war als üblich. Noch so etwas, was er sofort ändern würde.

»Herr Wehmeyer, Sie wissen, warum ich Sie gerufen habe?«

Wehmeyer straffte sich: »Ich kann es mir denken!«

»Gut, dann lassen wir das Geplänkel und kommen gleich zur Sache: Sie wissen, dass ich bald in Ruhestand gehe.«

Wehmeyer nickte und kondolierte gleichzeitig: »Was mehr als bedauerlich ist!«

»Und ich möchte ein geordnetes Haus hinterlassen …«

»Selbstverständlich.«

Sommerfeldt machte eine Pause, sodass Wehmeyer kurz zu Wittmann schielen konnte, der völlig unbewegt neben dem Schreibtisch stand und ihn ausdruckslos anstarrte.

»Wissen Sie, wer mich heute Vormittag angerufen hat?«, fragte Sommerfeldt und gab sich nicht die geringste Mühe, den Ärger in seiner Stimme zu unterdrücken.

»Nein«, gab Wehmeyer unsicher zurück.

»Der Parlamentarische Staatssekretär der Bundesregierung.«

Die Worte hallten lange in Wehmeyers Kopf nach, als wäre Moses vom Berg Sinai herabgestiegen und hätte gesagt, dass Gott mit ihm gesprochen habe. All seine Ideen von einem Leben nach Sommerfeldt zerfielen zu Staub und wurden aus dessen Büro geweht.

Da saß er nun vor einem Schreibtisch, der größer und noch größer zu werden schien, genau wie Sommerfeldt dahinter, der ihn mit Habichtsaugen ansah.

»Es hageln Beschwerden aller möglichen Behörden auf ihn ein, dass die Kosten in den letzten drei Monaten exorbitant in die Höhe geschossen sind.«

Wehmeyer schluckte: »Tatsächlich?«

»Ich habe den Kollegen Wittmann hier gebeten, den Vorwürfen nachzugehen. Und Herr Wittmann hat sehr schnell herausgefunden, wo das Problem liegt: nämlich in Ihrer Abteilung.«

»Meiner?«

Sommerfeldt griff nach einem ganzen Stapel Papier auf seinem Schreibtisch und reichte ihn Wehmeyer.

»Hier eine vorläufige Kostenaufstellung. Ihr Mitarbeiter Albert Glück entwickelt sich, was die Ausgaben betrifft, zu einem schwarzen Loch!«

Wehmeyer durchforstete hektisch die Zahlenkolonnen, nahm ohne große Mühe die enormen negativen Beträge wahr, die dort aufsummiert waren. Die Veränderungen zu den Vormonaten ergaben in manchen Dezernaten mehrere tausend Prozent – Tendenz weiter steigend.

»Oh Gott!«, stieß Wehmeyer entsetzt aus.

»Wegen Ihres Mitarbeiters habe ich einen Termin in Berlin! Was werde ich dort sagen, Herr Wehmeyer?«

»Ich kümmere mich darum, Herr Direktor!«

Sommerfeldt schüttelte den Kopf: »Sie kümmern sich nicht nur darum, Sie werden dafür sorgen, dass das aufhört! Haben wir uns da verstanden?«

Wehmeyer nickte.

»Schön«, antwortete Sommerfeldt zufrieden und fügte sehr viel sanfter hinzu: »Ich wusste, dass ich mich auf Sie verlassen kann. Wie Sie wissen, halte ich große Stücke auf Sie …«

Wehmeyer kannte Sommerfeldt gut genug, um zu wissen, dass dieses kleine Kompliment nichts anderes als eine Drohung war: Er musste Albert Glück in die Schranken weisen oder er konnte seine Beförderung zum Direktor dieses Amtes vergessen. Das war die Botschaft – und sie war völlig eindeutig.

Wehmeyer stand auf und verabschiedete sich.

47.

Im Nachhinein verfluchte er sich dafür, dass er in den letzten Wochen nicht ein einziges Mal Albert Glücks Trakt im siebten Stock aufgesucht hatte, aber seit Schulzes Kündigung war der Bursche nur noch selten da und konnte daher wenig falsch machen. Die meisten seiner Aufgaben hatte Elisabeth Seel übernommen. Warum hätte er also vorbeischauen sollen?

Jetzt traf ihn fast der Schlag, als er über die Treppen in den siebten Stock kam, denn er erblickte eine Menschenschlange, die sich aus dem Flur ins offene Treppenhaus wand und erst im vierten Stock ihr Ende fand. Aufgereiht wie an einer Perlenschnur, sehr ruhig, sehr diszipliniert, sodass sich niemand über übermäßige Lärmentwicklung beschweren konnte.

Er schlug die Hände über dem Kopf zusammen: »Oh Gott … das kann doch nicht wahr sein!«

Dann eilte er die letzten Stufen herab, im hektischen Stechschritt an den Wartenden vorbei, bis er Alberts Tür erreicht hatte. Ohne eine Erklärung griff er nach der Türklinke und spürte schon im nächsten Moment einen eisernen Griff um sein Handgelenk. Er sah auf und sah einen jungen Mann, mit dem Körper eines Rugbyspielers und dem Gesicht eines Preisboxers.

»Wo willste denn hin, Freundchen?«

Wehmeyer schluckte: Der Mann war über zwei Meter groß.

»Ich muss mit Herrn Glück sprechen.«

Der Mann nickte: »Das müssen wir alle.«

»Sie verstehen nicht!«, begann Wehmeyer hilflos.

Aber der Bulle verstand sehr wohl und antwortete knapp, aber unmissverständlich: »Hinten anstellen. Aber dalli!«

Wehmeyer trat den Rückzug an.

Ein paar Minuten später klingelte bei Albert das Telefon, als er gerade ein Grüppchen Hilfesuchender in Rentenfragen beraten hatte und jetzt allerlei Anträge abstempelte.

Er hob ab und hörte nur Geschrei am anderen Ende der Leitung.

»Herr Wehmeyer? Sind Sie das?«

Als Antwort gab es nur noch mehr wütendes Geschrei.

Albert blieb nichts anderes übrig, als den Hörer ein Stückchen von seinem Ohr wegzuhalten, bis sich die Stimme wieder beruhigt hatte.

Dann versuchte er es erneut: »Warum sind Sie denn nicht reingekommen?«

Ein Tobsuchtsanfall folgte.

Albert legte den Hörer auf den Schreibtisch und stempelte die Anträge zu Ende. Dann verabschiedete er die Wartenden, die sich scheu über das Telefonat amüsierten, hob den Hörer wieder ans Ohr, verabredete sich schnell zum Mittagessen und legte wieder auf.

Albert spürte, wie viel Kraft es Wehmeyer kostete, nicht mit dem, was er zu sagen hatte, vor allen anderen in der Essensschlange herauszuplatzen. Stattdessen tänzelte er nervös in seinem Rücken wie der Deckel auf einem Topf kochenden Wassers, was Albert zunehmend unruhig machte, denn eigentlich hatte er sich auf das Mittagessen gefreut. Es gab honigglasierten Lachs mit Gurkensalat und Erdnusspesto oder Pasta mit mediterraner Gemüsesauce oder Rind Gum Pao mit Reis. Leichte, überaus schmackhafte Küche für einen warmen Sommertag.

Seit Wochen war die Qualität der Speisen kontinuierlich gestiegen, seit einigen Tagen war sie sogar überraschend und inspirierend, sodass der große Hungerlauf mit immer härteren Bandagen ausgetragen wurde. *Walter Wellinghoff, Abt. VII.773*, einst unumstrittener König des großen Hungerlaufs, trug Niederlage um Niederlage davon, reagierte gereizt und immer wütender, doch die Zeiten der leichten Siege war vorbei, das Essen lockte bereits freitags, wenn die Vorschau auf die nächste Woche kam. Und Wellinghoff musste deprimiert zur Kenntnis nehmen, dass, wenn er diesen Lauf überhaupt noch einmal gewinnen wollte, er erst abnehmen musste, denn andere waren einfach schneller als er. Zu schnell, als dass er seinen mächtigen Körper in engen Situationen noch hätte einsetzen können.

Die Tür zur Küche flog auf, Albert konnte im Hintergrund den Koch und Frl. Glücklich sehen, die früher einmal Traurig geheißen hatte. Ihr war seit Wochen nichts mehr auf den Boden gefallen, kein Knopf abgerissen oder Schnürsenkel abhandengekommen. Sie lachte unentwegt, und ihre Leistungen waren so gut, dass der Koch gar nicht mehr ohne ihre Hilfe auskam. So wie auch sonst nicht, denn die beiden strahlten einander an, wenn sie sich sahen, und verstanden sich blind in den täglichen Pflichten und den nächtlichen Liebkosungen. Es war, als wären sie immer schon eins gewesen.

Albert und Wehmeyer suchten sich ein ruhigeres Eckchen im hinteren Teil der Kantine. Wehmeyer erklärte ihm sofort die Lage, verscheuchte Platzsuchende von ihrem Tisch und redete beschwörend auf Albert ein.

»Sie müssen damit aufhören, Herr Glück!«

Albert genoss den Lachs, der butterweich auf seiner Zunge zerfiel und zusammen mit ein wenig Erdnusspesto eine interessante Geschmackskomposition ergab.

»Wie sind die Nudeln?«, fragte Albert.

Wehmeyer blickte ihn einen Moment irritiert an, dann antwortete er: »Hervorragend. Ganz ausgezeichnet.«

Wie zum Beweis schob er eine Gabel davon in den Mund, und für einen Moment schien er seine Sorgen vergessen zu haben, er lächelte sogar, als ob er gerade einer schönen Erinnerung nachhing. Dann jedoch kehrte der Ernst zurück und er schluckte alles hastig herunter, was ihm gerade noch so gefallen hatte.

»Ich beschwöre Sie, Herr Glück. Hören Sie damit auf!«

»Ich verstehe nicht, Herr Wehmeyer. Ich tue doch nichts Ungesetzliches.«

Wehmeyer nickte: »Das weiß ich, Herr Glück. Sie würden nie etwas Ungesetzliches tun. Darum geht es auch gar nicht.«

Albert schaute ihn fragend an: »Worum dann?«

Wehmeyer sah sich kurz um, als fürchtete er heimliche Zuhörer, und zischte dann verschwörerisch: »Direktor Sommerfeldt hat Sie auf dem Kieker.«

»Das macht nichts.«

Wehmeyer seufzte tief, dann sagte er: »Doch, das macht was. Denn wenn Sie nicht damit aufhören, dann werde ich nicht Direktor dieser Behörde.«

»Das wäre bedauerlich.«

»Allerdings.«

Wehmeyer verkniff es sich, mit den Augen zu rollen. Offenbar kümmerte niemanden in diesem Amt Wehmeyers Karriere. Sahen sie denn nicht die vielen Möglichkeiten, wenn er nur endlich Sommerfeldt ablösen könnte? Sah denn niemand das El Dorado, das am Horizont schimmerte? Musste er die Kollegen denn erst schriftlich anweisen zu erkennen, was für ein toller Direktor er sein würde? Das war doch zum Verzweifeln!

»Hören Sie, Herr Glück«, setzte er erneut an. »Ich möchte Ihnen ein Angebot machen …«

Albert sah ihn aufmerksam an.

»Ich nehme Schulzes Kündigung zurück. Auf dem kurzen Dienstweg. Auf dem ganz kurzen, quasi.«

Albert legte sein Besteck neben den Teller und sah nachdenklich auf seine Hände, was bei Wehmeyer große Hoffnung aufkommen ließ: Hatte sein letzter Trumpf tatsächlich gestochen? War Mike Schulze Albert Glück wichtig genug, um mit dem Quatsch aufzuhören, den er da gerade veranstaltete? Obwohl er Mike Schulze genauso wenig mochte wie Wehmeyer selbst?

»Ich könnte ja ein wenig Urlaub machen …«, antwortete Albert, und es klang, als würde er mit sich selbst sprechen.

»Hervorragend!«, rief Wehmeyer so erleichtert, dass die Kollegen in der Nähe von ihren Tellern aufsahen. Sogleich senkte er die Stimme, klang aber immer noch euphorisch: »Machen Sie Urlaub. Am besten Ihren Jahresurlaub. Das ist doch eine gute Idee! Wenn ich erst Direktor bin, können Sie meinetwegen mit Ihren Sachen weitermachen. Sind wir im Geschäft?«

Wehmeyers Hand war vorgeschnellt, und er hielt sie ausgestreckt direkt unter Alberts Nase.

Albert nickte und schlug ein.

Sie hatten einen Handel. Einen, der beide gewinnen ließ. Wehmeyer war so glücklich darüber, dass er seine Nudeln mit großem Appetit in sich hineinstopfte, sich zurücklehnte und zufrieden darauf herumkaute. Eher zufällig fiel sein Blick auf Alberts Füße: Er hatte nicht die blank polierten, schwarzen Schuhe an, die er sonst immer trug, sondern quietschbunte Turnschuhe, die bei längerem Betrachten Sehstörung verursachen konnten. Er fragte sich, was Albert wohl erst im Urlaub tragen würde, wenn er hier schon so zum Dienst erschien.

Dann sah er aus dem Fenster und nickte: Der blöde Koch war wirklich gut geworden! Schön, dass es noch so etwas wie Arbeitsethos gab.

48.

Es war schon nach 18 Uhr, als Albert sein Büro abschloss und endlich Feierabend machte. In den letzten Wochen hatte es nicht einen Tag gegeben, an dem er pünktlich hätte Feierabend machen können, was ihm aber nicht sehr viel ausmachte, denn er empfand es als sehr wohltuend, wenn ein aufregender und arbeitsreicher Tag zu Ende ging und er das Gefühl hatte, viele knifflige Situationen gut bewältigt zu haben. Allein, dass er weniger Zeit für Anna hatte, störte ihn.

So verließ er nun in aller Regel ein völlig entvölkertes Amt, stieg die Treppen hinab in das Foyer und ging nach Hause. Der Weg zur Bushaltestelle war im sanften Abendlicht einfach herrlich. Er fühlte sich stets frisch und frei, wenn er in den Bus einstieg, seine Monatskarte vorzeigte und bis zur Wertbergstraße in einen angenehmen Dämmerzustand verfiel, in dem er meist von Anna träumte.

Seit einigen Wochen lebte er bei ihr, und es war erstaunlich, wie mühelos er sein Zimmer im Keller aufgegeben hatte, das über knapp fünfunddreißig Jahre sein Zuhause gewesen war. Er hatte weder gezögert noch zurückgeblickt, sondern hatte das Zimmer abgeschlossen und war einfach gegangen. Alles, was er war, war in diesem kleinen Raum zurückgeblieben, alles, was ihn ausgemacht hatte, war mit einem einzigen Tanz weggewischt worden: Es gab keine Geburtstage mehr und auch keine Mayonnaise, keinen Dienstbeginn um Punkt 7.30 Uhr, kein A 12, A 401, B 20, B 21, E 12, E 42, E 44, D 23, D 221, F 01 und F 04, keine Hungerläufe oder sprechende Türen mehr, keinen Propeller, keine einsamen Abendessen in einer leeren Kantine, keine *Legenden der Leidenschaften* und keine

Schogetten, keine Welt draußen und drinnen. Es gab nur noch eine Welt. Und die war schön.

E 45.

Albert lehnte den Kopf gegen die Fensterscheibe: was für ein Antrag! Wo mochte er wohl hergekommen sein? Und wo war er jetzt hin, denn zurückgekehrt war er nicht. Ob er jetzt bei einem anderen auf dessen Schreibtisch lag? Gab es noch jemand anderen wie Albert Glück? Der auf einen Antrag wartete, der nichts beantragte – außer vielleicht ein neues Leben.

Anna erwartete ihn bereits in der Tür und gab ihm einen Kuss: »Ist wieder spät geworden, was?«

Albert nickte: »Es werden immer mehr.«

Sie aßen zu Abend: Strammer Max, ein Gläschen Rotwein und erzählten einander ihren Tag. Später saß Albert in einem Sessel und sah etwas fern. Er hatte sich in letzter Zeit öfter die DVD Meer/stürmisch angesehen und dachte, dass es schön sein musste, wirklich einmal an einer Küste zu stehen und der Brandung zuzusehen.

Anna versuchte sich derweil an einem weiteren wilden Malspektakel, arbeitete mit vollem Körpereinsatz, zog wilde Linien und Bögen, spritzte und tupfte und kombinierte Farben, die sie noch nie zuvor zueinandergebracht hatte. Das Bild nahm schnell Gestalt an, vielmehr verlor die Leinwand schnell ihre neutrale Farbe und versank schließlich unter ihrem rabiaten Anstrich.

Albert hatte ihre Unzufriedenheit gar nicht bemerkt, doch bald hieb Anna so wütend auf die Leinwand ein, dass die Farbe durch den ganzen Raum flog und schließlich auch Schlieren auf der Mattscheibe zog. Er drehte sich zu ihr um und sah, dass sie den Pinsel verärgert auf den Boden warf und sich mit dem Ärmel ebenso erschöpft wie deprimiert über das Gesicht wischte.

»Was ist denn?«, fragte Albert ruhig.

»Das ist alles Scheiße!«

Albert stand auf, stellte sich vor die Leinwand und begutachtete das Werk, von dem die Farbe nur so herabtropfte.

»Was gefällt dir denn nicht?«

Anna stemmte die Arme in die Hüften und antwortete müde: »Früher hätte ich es gut gefunden, aber jetzt … Ich entwickle mich einfach nicht.«

Albert schwieg einen Moment und sagte dann: »Vielleicht brauchst du mal eine Auszeit?«

Sie sah ihn neugierig an.

Albert sagte: »Künstler brauchen Inspiration. Vielleicht sollten wir Urlaub machen.«

Sie lächelte: »*Du* möchtest Urlaub machen?«

»Warum nicht?«

Sie umarmte und küsste ihn: »Wo möchtest du hin?«

Albert hörte in seinem Rücken Wellen brechen und sagte: »Wir könnten ans Meer fahren. Ich war noch nie am Meer.«

»Du warst noch nie am Meer?«

»Nein.«

Sie küsste ihn wieder und strahlte: »Gib mir eine Stunde!«

Sie drehte sich um, eilte in Richtung Bad.

Albert sah ihr ein wenig erschrocken nach und rief: »Ich hatte da eigentlich eher ans Wochenende gedacht!?«

Doch statt einer Antwort hörte er nur die Dusche rauschen.

49.

Dr. Isidor Sommerfeldt gehörte nicht zu den Menschen, die leicht zu beeindrucken waren, es passte schlicht nicht in sein Weltbild, von etwas beeindruckt zu sein, denn schließlich war er ja der Herr über Wohl und Wehe, und er hatte sich so sehr an dieses Allmachtsgefühl gewöhnt, dass er jetzt, da er vor dem Haupteingang des Bundesministeriums des Innern stand, kalt erwischt wurde: Er fühlte sich eingeschüchtert.

Zur Rechten und zur Linken ragten zwei runde Türme in die Höhe wie der Eingang zu einer gewaltigen Burg. Nahtlos an die Türme schlossen die Verwaltungstrakte an, die in einer kühnen Biegung zueinanderfanden, sodass ein gewaltiges U entstand, das den Besucher ehrfürchtig an einen aufgerissenen Schlund denken ließ.

Wer hier eintrat, ließ alle Hoffnung fahren.

Dr. Sommerfeldt starrte auf den Brunnen im Innenhof, auf dessen Wasser sich ein großer, ballrunder Granitstein drehte, und stellte sich vor, dass man dort zu Paste zermahlen werden konnte, wenn dem Minister danach war. Wittmann, der neben ihm stand und seinen Koffer trug, schien es ähnlich zu gehen, denn er wirkte eine Spur blasser als sonst.

Dr. Sommerfeldt nahm Haltung an und marschierte mutig voran, Wittmann lief ihm nach und hatte Mühe, das Tempo zu halten. Herrischer als sonst bellte Sommerfeldt den Empfang an, dass sie erwartet wurden, und sogleich trat auch eine junge Dame an sie heran und begleitete sie nach oben. Dort führte sie sie schnurstracks zu einem der größten Konferenzräume im Haus, öffnete die Flügeltür und bat die beiden herein.

Sie staunten.

Der Raum war randvoll mit Männern in dunklen Anzügen. Dr. Sommerfeldt versuchte, sich zu orientieren, und erkannte hier und da Kollegen aus verschiedenen Behörden, die er mal auf der einen, mal auf der anderen Fortbildung oder Versammlung getroffen hatte. Allesamt waren sie Amtsleiter, so wie er einer war, und allesamt hatten sie ihre Assistenten zur Verstärkung mitgebracht.

Am Kopfende des Raums war ein Podium errichtet worden, die Namensschilder ließen Dr. Sommerfeldt schwer schlucken: Nicht nur die Namen der beamteten Parlamentarischen Staatssekretäre waren dort vermerkt, sondern auch seiner, was ihn gleichermaßen stolz wie nervös machte – eine solche Versammlung hochrangiger Beamter hatte es noch nie gegeben! Der Anlass musste von enormer Wichtigkeit sein, was ihn noch mehr erschauern ließ, denn der Anlass war ja offensichtlich *sein* Amt, und damit er selbst: Dr. Isidor Sommerfeldt.

Die Flügeltür wurde zu beiden Seiten geöffnet – einer der beiden beamteten Staatssekretäre trat ein, gefolgt von einer Entourage ernst dreinblickender junger Männer und Frauen. Ein paarmal Nicken zum Gruß, dann schon nahm der Staatssekretär Platz auf dem Podium, und alle anderen taten es ihm rasch nach, sodass nach kürzester Zeit Ruhe einkehrte und alle gespannt nach vorne blickten.

»Ich danke Ihnen allen, dass Sie es so kurzfristig einrichten konnten, nach Berlin zu kommen. Wie Sie alle wissen, stehen wir vor großen Herausforderungen, und daher war es notwendig, jetzt zusammenzufinden, damit wir rechtzeitig und entschlossen handeln können.«

Dr. Isidor Sommerfeldt rutschte nervös auf seinem Stuhl hin und her und blickte in die Gesichter derer, die vor ihm saßen. Wieso starrten ihn alle an? Und wieso klang das alles nur so nach einer Krise? In der Einladung hatte etwas von einem informellen Gespräch gestanden! Oder war das eine Art Geheimcode für eine ernste Situation?

Dieser verdammte Glück!

Dr. Sommerfeldt fühlte sich wie auf der Spitze eines Cruise-Missiles sitzend, nur einen Knopfdruck entfernt von einem Freiflug ins Nirwana.

»Ich möchte daher den geschätzten Kollegen Dr. Sommerfeldt bitten, uns einen kurzen Abriss der Ereignisse zu geben.«

Dr. Sommerfeldt räusperte sich, während er langsam aufstand, um sich vor den anderen zu entblößen. Ausgerechnet er! Wieso passierte das ihm? So kurz vor seiner Pensionierung eine solche Blamage! Seine Weste hatte plötzlich einen hässlichen Fleck – dafür würde jemand büßen müssen. Ganz sicher.

»Geschätzte Kollegen! Seit geraumer Zeit haben wir in unserem Hause ein Problem mit einem Mitarbeiter, der bis dahin als vorbildlicher Beamter galt, jetzt aber von allen guten Geistern verlassen zu sein scheint. Sein Büro ist zu einer Art Durchlaufstation für Hilfesuchende geworden, mit fatalen Folgen für unsere Bilanzen. Ich kann Ihnen versichern, dass wir bereits Maßnahmen ergriffen haben, um diesem Irrsinn Einhalt zu gebieten. Ich habe meinen besten Mann auf diesen Vorgang angesetzt und zumindest erreicht, dass der betreffende Mitarbeiter seinen Jahresurlaub eingereicht hat. Somit wäre zumindest Zeit gewonnen, um dem Problem endgültig Herr zu werden.«

Er setzte sich wieder und genoss das zustimmende Klopfen der Kollegen, die ihm ganz offenbar wohlgesinnt waren. Jedenfalls starrten sie ihn nicht mehr an wie Geier das Aas. Sommerfeldt nickte dem ein oder anderen zu und war froh über die große Solidarität und das Mitgefühl unter verantwortlichen Behördenleitern. Das hier war wie eine Familie, und er war sehr froh, ein Teil davon zu sein.

»Danke, Dr. Sommerfeldt. Als Nächstes hören wir den Kollegen aus Bayern, Dr. Dr. Huber.«

Aus den Reihen erhob sich ein runder Mittfünfziger mit roten Wangen und kreisrundem Haarausfall.

»Liebe Kollegen. Seit zwei Wochen beobachte ich in meinem Amt einen sprunghaften Anstieg der Ausgaben, der, bei näherer Betrachtung, von einer ansonsten vorbildlichen Beamtin verursacht wird. Viele Jahre tat sie ihren Dienst den Vorschriften entsprechend, doch jetzt scheint sie es sich in den Kopf gesetzt zu haben, der ganzen Welt behilflich sein zu wollen. Darauf angesprochen, sagte sie knapp, dass jeder Mensch ein Recht auf ein kleines Glück hätte. Wir haben selbstredend Maßnahmen ergriffen, und ich schließe da eine Versetzung ausdrücklich nicht aus, aber es wäre gut, wenn es hier nicht zu einem Gerichtsverfahren käme, denn das zöge nur mediales Interesse nach sich.«

Auch hier erfolgte mitfühlendes Klopfen, und Dr. Dr. Huber bedankte sich für das warmherzige Verständnis mit vielen Kopfnickern nach allen Seiten.

Drei weitere Amtsleiter wurden noch vorstellig, die ähnliche Phänomene in ihren Ämtern beobachteten und einigermaßen ratlos waren. Sie alle erhofften sich eine Strategie, wie man diesen Vorgängen begegnen konnte, ohne dabei öffentliches Aufsehen zu erregen.

Währenddessen entstand immer wieder aufgeregtes Gemurmel aller besorgten Amtsleiter, auch derer, die noch nicht Opfer durchgedrehter Beamter geworden waren, denn dass dieser Wahnsinn wie ein Virus um sich zu greifen schien, war ja offensichtlich, und die Idee vom kleinen Glück schien von Bundesland zu Bundesland zu springen und machte keinen Halt vor Pforten, Paragrafen oder Zuständigkeiten. Ein Virus, das gute Leute infiziert hatte und im Begriff war, noch viele gute Leute zu infizieren.

Dr. Isidor Sommerfeldt saß blass auf seinem Stuhl. Die Kollegen so in Aufruhr zu sehen, versetzte ihm einen Stich ins Herz: Er trug die Verantwortung für dieses Desaster. Er allein! Und so stand er auf, um Abbitte zu leisten, denn er hatte versagt. Jämmerlich versagt.

»Kollegen! Bitte!«

Sie sahen ihn an und kamen zur Ruhe.

»Ich weiß, dass die Keimzelle dieses Virus in meinem Haus liegt. Und ich weiß, dass ich es nicht abtöten konnte, bevor es auf Ihre Häuser übergegriffen hat. Und jetzt baden Sie aus, was ich hätte besser machen müssen. Ich kann nicht anders, als mich dafür zu entschuldigen. Es tut mir sehr, sehr leid, dass ich so fähige, effiziente Kollegen mit in den Abgrund einer furchtbaren Bilanz reiße.«

Er setzte sich wieder, völlig blass und fertig mit sich und der Welt. Für einen Moment herrschte Stille, doch dann gingen sie zu ihm, und er, Dr. Sommerfeldt, erfuhr so viel Trost, dass es ihm die Tränen der Rührung in die Augen trieb. Jeder wusste, so versicherte man ihm, dass er ein vorbildlicher und geachteter Amtsleiter war. Und das, was passiert war, hätte überall passieren können.

Dr. Sommerfeldt schüttelte Hände und fühlte sich erleichtert. Und nicht nur das: Kampfesgeist erwachte in ihm. Und Wut! Auf Albert Glück. Auf Wehmeyer, der nichts bemerkt hatte, als er, Isidor Sommerfeldt, noch hätte dazwischenfunken können. Und wie er dazwischengefunkt hätte! Er hätte so dazwischengefunkt, dass … dass die Funken nur so geflogen wären! Die hätte man in Berlin noch gesehen, die Funken!

»Meine Herren!«, rief er. »Lassen Sie uns darüber nachdenken, wie wir unsere Bilanzen retten können. Denn es ist offensichtlich, dass die exorbitanten Kosten unserem Staat nicht nur schaden, sondern ihn mit seiner sozialen Gerechtigkeit zerstören können!«

Auch hier gab es viel Zustimmung, bis ein PLING! PLING! PLING! sie alle aufmerken ließ. Der Parlamentarische Staatssekretär hatte eine ganze Weile geschwiegen, doch jetzt klopfte er mit einem Feuerzeug an ein Wasserglas und zog so alle Aufmerksamkeit auf sich.

»Bitte setzen Sie sich.«

Er sagte es ganz ruhig, aber es war erstaunlich, wie schnell seinem Wunsch nachgekommen wurde. Schon wurde es ganz leise im Raum, alle sahen ihn an.

»Ihr Enthusiasmus in allen Ehren, aber die Kosten sind *nicht* unser Problem.«

Erstaunte Blicke überall.

»Aber, Herr Staatssekretär«, protestierte Dr. Sommerfeldt, der sein Argument nicht ohne Weiteres aufgeben wollte, »wenn ich nur die Kosten, die in meinem Haus entstanden sind, auf alle Ämter extrapoliere, dann reden wir von Milliarden!«

Zustimmendes Nicken der Zuhörerschaft, sogar des Staatssekretärs.

»Das stimmt«, antwortete der.

»Aber was könnte schlimmer sein als diese exorbitanten Mehrkosten?«, fragte Dr. Sommerfeldt.

Der Staatssekretär ließ sich mit seiner Antwort Zeit, blickte in die Runde und sagte: »Sehen Sie, Milliarden Mehrkosten sind nicht schön, aber sie bedrohen uns nicht. Blicken Sie über den Tellerrand hinaus und erkennen Sie die Gefahr, die uns wirklich bedroht!«

Einigen war die Anstrengung, über den Tellerrand hinauszublicken, deutlich anzumerken. Doch trotz aller Anstrengung blieb ihnen verborgen, worauf der Herr Staatssekretär hinauswollte.

»Wir müssen dieses Glücksvirus eindämmen, bevor wir alles verlieren, was wir uns bisher aufgebaut haben. Denn was passiert, wenn plötzlich alle ein kleines Glück finden? Was passiert, wenn alle das Prinzip entdecken, das dem zugrunde liegt, nämlich, dass es nur wenig braucht, um aus einem kleinen Glück ein etwas größeres und aus einem etwas größeren ein noch viel größeres Glück zu machen?«

Er konnte an den fragenden Gesichtern ablesen, dass noch niemand das Prinzip durchschaut hatte, also fuhr er fort: »Dieses Volk, unser geliebtes deutsches Volk, ist nicht so weit gekommen, weil es glücklich ist, sondern weil es *unglücklich* ist. Weil es Furcht hat und immerzu hofft, dass noch etwas Besseres kommt. Es ist niemals zufrieden, niemals glücklich, das unterscheidet uns von den meisten anderen Völkern und darum stehen wir an der Spitze der Nahrungskette!«

Nach der Überraschung ließ die Offenbarung die Gesichter hell erleuchten: Sie hatten es begriffen. Und sie lauschten ehrfürchtig.

»Das Streben nach Glück ist eine gewaltige Kraft! Doch nur das Unglück hat uns Reichtum und Macht gebracht.«

Er sah von einem zum anderen: »Erkennen Sie die Gefahr,

meine Herren! Glück ist tödlich für unser System. Glück bedeutet Stillstand. Ein glücklicher Mensch verharrt und genießt. Glück lässt uns zurückfallen in der Welt, und zwar auf einen Platz irgendwo zwischen Bananenrepublik und Takatukaland. Wollen Sie das?«

Sie schüttelten die Köpfe, hingen gebannt an seinen Lippen.

»Wir können glücklich sein und gefressen werden oder wir können unglücklich sein und fressen. Ich weiß, was ich will! Wissen Sie das auch?«

Sie wussten es und nickten heftig.

»Dann gehen Sie jetzt hinaus, meine Herren, gehen Sie hinaus in Ihre Häuser und sorgen Sie dafür, dass das Unglück zurückkehrt. Seien Sie die Säulen unserer Demokratie, retten Sie das deutsche Volk und verbreiten Sie Unglück. Schließen Sie die Glücksbüros und eröffnen Sie die Unglücksbüros. Und wenn Ihnen jemand sagt, dass er lieber glücklich sein will, dann sagen Sie ihm: Du willst glücklich sein? Dann umarm einen Baum und geh an die Arbeit!«

Die letzten Worte hatte er fast geschrien, und er erntete frenetischen Applaus dafür. Er hatte seine Beamten eingeschworen, sie auf den Weg gebracht, sie in die großen Zusammenhänge eingeweiht, und sie hatten verstanden.

Und nicht nur das: Nie waren sie treuer, demütiger und ergriffener als in diesem Moment. Nie hatten sie ihren Dienstherren so bewundert wie gerade jetzt, und nie waren sie überzeugter gewesen, dass der richtige Mann am richtigen Platz saß, der über sie alle wachte und sie leitete in dunkelster Nacht.

Bestärkt verließen sie den Konferenzraum, denn endlich wussten sie, dass ihre Aufgabe sehr viel größer war als sie selbst. Jeder Einzelne von ihnen würde sich gegen den Verfall stemmen, jeder Einzelne das Land vor sich selbst retten. Und ganz vorne ging Dr. Isidor Sommerfeldt, marschierte voran, im Bewusstsein, dass er die Spitze einer heiligen Lanze war.

Und die würde er dem Glück durchs Herz bohren.

50.

Ein Hotel oder eine Pension wäre zu einfach gewesen, jedenfalls für Anna. Und außerdem nicht nah genug an der Natur. Sie lieh sich bei einem befreundeten Ehepaar ein Wohnmobil aus, warf ein paar Sachen in eine Tasche und wartete den Rest der Vorbereitungszeit auf Albert, der zum ersten Mal in seinem Leben einen Koffer packen musste und dies mit akribischer Genauigkeit tat. So sehr hatte er sein Leben dann doch nicht geändert, als dass ihm das Chaos in einer unordentlichen Tasche nicht reichlich unheimlich gewesen wäre.

Es wurde der ordentlichste Koffer aller Zeiten, fast zu schön, um ihn zu schließen. Man hätte ihn für ein Reisemagazin fotografieren sollen, für all die, die wissen wollten, wie man einen halben Hausstand in einen ganz normalen Hartschalenkoffer bekam, ohne dass etwas geknickt, geknittert oder gequetscht wurde.

Nach Mitternacht fuhren sie dann endlich los und erreichten im Morgengrauen die holländische Küste. Anna suchte ein Plätzchen zwischen den Dünen, das selbstredend für Wohnmobile verboten war, und störte sich nicht an Alberts Protest. Immerhin versprach sie, einen Campingplatz aufzusuchen, wenn Albert im Gegenzug mit ihr draußen im Sand schlief. Albert willigte ein. Eingekuschelt in Decken schliefen sie ein paar Stunden, bis die Sonne ihre Nasen kitzelte und es zu warm wurde, um weiter liegen zu bleiben. Anna sprang auf und wollte im Meer baden, was Albert auch reizte.

Er kletterte auf eine Düne und sah zum ersten Mal das Meer.

Die Nordsee war bei Weitem nicht so ästhetisch wie die Küsten, die er von seiner DVD kannte, vor allem das Wasser wirkte grau und schwerfällig, und doch war sie viel schöner als alles, was er bis dahin gesehen hatte: Ein würziger Geruch von Salz und Sand lag in der Luft, der Himmel war blau, die Brandung rauschte und Möwen zogen kreischend über ihre Köpfe hinweg. Der Wind war warm und strich sanft über sein Gesicht: Er hätte ewig so dastehen können!

Anna stürmte los und stürzte sich voll bekleidet in die See.

Sie winkte und rief ihm zu, dass er ihr folgen sollte, doch das schien Albert ein wenig zu gewagt. Er wollte sich zuerst eine Badehose anziehen und Handtücher raussuchen. Anna hingegen genoss das kalte Wasser und ließ sich von den Wellen überspülen, bis ihr kalt wurde und sie rasch wieder zurück zum Wohnmobil lief.

»Albert?«, rief sie. »Jetzt sag nicht, du hast deine Badehose vergessen!«

Sie kletterte in den Wagen und alles, was sie sehen konnte, waren Alberts Schuhe. Sekundenlang stand sie in der Tür und starrte auf Alberts Beine, weil ihr Verstand nicht akzeptieren wollte, was sie sah: Albert lag reglos auf dem Boden, und nur seine Füße ragten hinter dem Bett hervor.

»ALBERT!«

51.

Wie lang so ein Krankenhausflur doch sein konnte. Anna sah verwirrt hinein: ein langer, steriler Gang, an dessen Ende ein bodentiefes Fenster war, was einem das Gefühl gab, er würde niemals aufhören. Albert war dort auf einer Transportliege hineingeschoben worden und hinter einer Tür verschwunden, während sie draußen auf einer Besucherbank saß und ihre Hände knetete: Wenn sie jetzt dort hineinging, würde sie dann jemals die Tür erreichen, hinter der Albert verschwunden war? Was, wenn dieser Weg nur denen vorbehalten war, die nicht mehr zurückkehren konnten? Deren Weg hinter der Tür endete?

Die Lebenden hingegen konnten so schnell laufen, wie sie wollten, die Strecke würde sich in dem Maße verlängern, wie sie selbst noch vom Tod entfernt waren. Und das konnte Jahre, vielleicht Jahrzehnte dauern, bis man endlich ankam. So konnte sie nur still dasitzen und hoffen, dass er wusste, wie sehr sie ihn liebte. Der stille Herr Glück hatte sich in ihr Leben geschlichen und ihr Chaos aufgeräumt. Und sie hatte es nicht einmal gemerkt!

Sie kicherte kurz und konnte endlich weinen.

52.

Albert war in einem Raum der Notaufnahme zu sich gekommen, orientierungslos und verschreckt, denn eben noch hatte er nach seiner Badehose gesucht, jetzt aber blickte er in helles Licht, das ihn die Augen zukneifen ließ. Eine OP-Lampe blendete ihn, und es kostete ihn einige Mühe, sie zur Seite zu schieben und sich langsam aufzurichten: Wo war er hier? Und wo war Anna?

Eine Tür öffnete sich, und ein Arzt im weißen Kittel kam herein, neben ihm eine Schwester, die ihm aufmunternd zulächelte und dann schnell ihren Blick abwandte. Der Arzt klemmte Röntgenaufnahmen in einen Leuchtkasten und knipste das Licht an: Offensichtlich hatte man seinen Kopf geröntgt. Wie auf Kommando spürte Albert einen pulsierenden Schmerz am Hinterkopf und ertastete eine ziemlich dicke Beule, die immer noch weiter anzuschwellen schien. Das tat ja scheußlich weh!

Die Schwester verließ den Raum, der Arzt setzte sich zu ihm auf die Liege: »Wissen Sie, wo Sie sind, Herr Glück?«

Er sprach ein ausgezeichnetes Deutsch mit einem kaum hörbaren holländischen Akzent.

»Ich wollte an den Strand«, antwortete Albert.

Der Arzt nickte: »Sie sind umgekippt. Ihre Lebensgefährtin hat Sie hierhergefahren.«

»Ah, verstehe. Daher die Beule.«

»Ja, wir haben Sie sicherheitshalber geröntgt.«

Albert nickte und strich sich wieder vorsichtig über die Beule.

»Und? Wie geht es mir?«, fragte er.

Eine lange Pause folgte.

Albert wusste sofort, dass etwas nicht stimmte: die Schwester, die seinen Blick gemieden hatte, der Arzt, der so vertraulich neben ihm saß und nicht wusste, was er sagen sollte. Eigentümlicherweise war er nicht einmal beunruhigt. Gerade so, als ob er gleich eine Nachricht erfahren würde, auf die er schon lange gewartet hatte.

»Nicht gut, Herr Glück«, antwortete der Arzt schließlich und erhob sich.

»Was heißt das?«

Er bat Albert an den Leuchtkasten, um seinen Schädel zu betrachten.

»Es tut mir leid, Ihnen das sagen zu müssen, aber Sie sind schwer krank.«

Er fuhr mit dem Zeigefinger über eine Region in seinem Gehirn, wo Albert, bei genauerem Hinsehen, einen dunklen Schatten ausmachen konnte.

»Was ist das?«, fragte er.

»Ein Tumor.«

Albert besah sich den Schatten und konnte nichts Bedrohliches an ihm ausmachen. Das war also Krebs. Eine fast durchsichtige Kontur in einem Röntgenbild, wie ein kleines Gespenst, das sich in seinem Kopf eingenistet hatte. Es fiel nicht einmal auf, wenn man nicht extra darauf aufmerksam gemacht wurde, und sah im Grunde genommen ganz harmlos aus. Ein kleiner stiller Untermieter, so wie Albert einer war, was sein Amt betraf.

»Kann man es heilen?«

Statt einer Antwort bat der Arzt Albert, sich wieder auf die Liege zu setzen, und nahm wieder neben ihm Platz.

»Nein, der Tumor ist inoperabel. Und er ist bereits zu groß.«

Albert nickte geistesabwesend.

»Sie sollten in Deutschland einen Spezialisten aufsuchen … um alle Möglichkeiten auszuschöpfen.«

»Welche Möglichkeiten?«

»Besprechen Sie das mit einem Spezialisten. Sie sind privatversichert – da geht alles sehr schnell.«

»Und wenn es sich nicht behandeln lässt? Was glauben Sie, wie viel Zeit mir noch bleibt?«

Der Arzt zögerte, dann antwortete er ausweichend: »Man kann da keine Prognosen machen.«

»Wie lange noch, Herr Doktor?«

Albert fixierte seinen Blick, ließ ihn nicht ausweichen. Und schließlich gab der Arzt nach und sagte tonlos: »Sechs Monate. Höchstens.«

Albert nickte.

»Aber ich bin sicher, es gibt gute Behandlungsmöglichkeiten. Sprechen Sie mit einem Spezialisten. Er kann Ihnen Wege zeigen, an die wir noch gar nicht gedacht haben.«

»Sie meinen Chemo?«

Der Arzt nickte: »Das ist sicher möglich.«

Albert schüttelte den Kopf: »Nein, das will ich nicht. Ich will nicht den Rest meines Lebens im Krankenhaus verbringen.«

»Lassen Sie den Mut nicht sinken, Herr Glück. Die Medizin erreicht sehr gute Ergebnisse mit einer Chemotherapie.«

Albert schüttelte erneut den Kopf: »Sie verstehen nicht, Herr Doktor. Mein Leben hat gerade erst begonnen …«

Das verstand er in der Tat nicht, wie sollte er auch? Dennoch nickte er Albert aufmunternd zu und schrieb eine Adresse auf einen Notizblock: »Rufen Sie meinen Kollegen an. Ich habe mit ihm in Deutschland studiert, und er ist wirklich eine Koryphäe auf dem Gebiet der Neurologie.«

Er riss das Blatt ab und gab es Albert: »Sie dürfen bitte kein Auto fahren und auch sonst nichts tun, wodurch Sie sich und andere gefährden könnten.«

Albert steckte das Blatt ein und sah den Arzt erstaunt an: »Was meinen Sie?«

»Haben Sie Halluzinationen, Herr Glück?«

Albert war irritiert. »Wie meinen Sie das?«

»Es würde mich nicht wundern. Der Tumor drückt auf Ihr Gehirn, so etwas kann viele Reaktionen auslösen. Kopfschmerz, zum Beispiel. Irrationale Handlungen, Bewusstseinseintrübungen oder gar Blackouts.«

»Nein, nichts davon.«

»Und Halluzinationen?«

Albert antwortete nicht darauf und gab dem freundlichen Arzt die Hand. Es wurde Zeit zu gehen.

53.

Der Gedanke beschäftigte Albert, denn je mehr Raum man ihm gab zu wachsen, desto mehr stellte er alles in Frage, was Albert für Realität hielt. Er wuchs wie der Tumor in seinem Kopf in ihm heran, nur viel schneller, und er wusste nicht, wie er damit umgehen sollte: Was war real? Was war Halluzination?

Alles hatte damit begonnen, dass er immer unvorsichtiger geworden war und sich auf Kindereien mit Mike Schulze eingelassen hatte – das war real, doch *warum* hatte er das getan? Dann hatte er Schulze und Wehmeyer singen gehört, als sie eigentlich miteinander stritten – real oder Teil der Magie eines Amtes? Es war doch magisch, sein Amt? Es war doch immer schon magisch! Oder nicht?

Annas Bild hatte sein Büro mit wunderbaren Farben und Lichtern erfüllt – real? Und war er mit ihr im Tanz zur Musik durch die Luft geschwebt? Sicher nicht – oder doch?

E 45.

Der Antrag, der nicht verschwinden wollte … real? Wehmeyer hatte ihn gesehen, aber hatte er das wirklich? Er war zuweilen unkonzentriert, vor allem, wenn es auf Feierabend zuging. Hatte er wirklich E 45 als betriebsfremd erkannt oder sich nur auf Alberts Wort verlassen? Und war der Antrag wirklich zu Albert zurückgekehrt? Wieder und wieder? Oder hatte er E 45 selbst erschaffen und erinnerte sich nicht daran, weil er Teil eines Blackouts war? Was war denn jetzt echt?

Der Boden, auf dem er stand?

Der Himmel über seinem Kopf?

Die Luft, die er atmete?

Spielte es überhaupt eine Rolle, wenn es im Großen und Ganzen nur darum ging, glücklich zu sein? Wäre es da nicht kleinkrämerisch zu unterscheiden, ob dieses Glück nun real war oder nicht?

Was genau war eigentlich Glück?

Denn die Wahrheit war doch, dass man zwar dessen Auswirkungen kannte, aber nicht das Glück selbst. Wie ein kleiner Finger, der einen Knopf drückte, aber zu wessen Hand gehörte dieser Finger?

Albert starrte auf die See, den schönen Sonnenuntergang, der den Horizont orangerot entflammt hatte, und zog Anna ein bisschen näher an sich heran. Sie saßen auf einer der Dünen und genossen den warmen Sommerabend, und Albert beschloss, den Fragen in seinem Kopf nicht weiter nachzugehen: Es war gut so, wie es war. Nicht alles musste beantwortet werden.

»Bin ich froh, dass es nur ein Schwächeanfall war«, sagte Anna und schmiegte sich weiter an ihn.

»Hm«, nickte Albert.

»Wie hast du das denn in den letzten fünfunddreißig Jahren gemacht? Hausbesuche vom Arzt?«

»Ich war nie krank.«

Anna richtete sich ungläubig auf und sah ihn an: »Ach komm!«

Albert lächelte sie an: »Nicht einmal ein Schnupfen.«

Was für eine Ironie, dachte Albert, dass seine erste Krankheit zugleich seine letzte sein würde. Albert fühlte sich nicht wohl mit dem Gedanken, Anna anzulügen, aber noch viel unwohler war ihm, wenn die Zeit, die ihnen noch blieb, mit Trauer, Angst und Schmerz angefüllt sein würde. Das wollte er nicht für sie und auch nicht für sich selbst.

»Und die anderen Sachen? Einkaufen und so etwas?«, fragte Anna.

Albert zuckte mit den Schultern: »Gegessen hab ich ja im Amt. Und was ich sonst noch brauchte, habe ich beim Versandhandel gekauft. Und später dann im Internet. Eine tolle Erfindung: das Internet. Es hat mir die Freiheit geschenkt.«

»Unglaublich.«

Albert küsste sie auf die Wange und streichelte ihr Gesicht. Dann wandte sie ihr Gesicht wieder den letzten Sonnenstrahlen zu und schloss die Augen: »Es muss herrlich sein, am Meer zu leben. Findest du nicht?«

Er sah sie an, und sie strahlte förmlich vor Glück.

»Ja.«

Es war bereits dunkel, als Anna sich plötzlich zu ihm umdrehte und fragte: »Willst du mir nicht endlich erzählen, wie das alles gekommen ist?«

Sie hatten einander noch nicht viel von sich erzählt, nicht weil es sie nicht interessiert hätte, sondern weil sie überzeugt davon waren, noch ein ganzes Leben Zeit dafür zu haben. Was ihnen nicht klar war, war, dass *ein ganzes Leben* ein trügerisches Maß war, denn es konnte sehr kurz sein. Genau wie das Glück nicht nur die Emotionen, sondern auch die Physik verklärte: Alles wurde größer, bunter, länger, schöner.

Albert dachte nach, dann begann er: »Die Welt war mir immer zu groß. Schon als Kind. Alles ist durcheinander, nichts bleibt an seinem Platz. Sehr beängstigend. Also blieb ich zu Hause. Weißt du, dass die meisten Probleme damit anfangen, dass die Leute nicht einfach zu Hause bleiben?«

Sie lächelte ihn an, denn sie mochte seine Verschrobenheit und seinen Blick auf die Welt.

»Ich war sechzehn, als meine Eltern bei einem Autounfall starben. Mit Erlaubnis des Jugendamtes durfte ich in unserem Haus bleiben. Und da blieb ich dann auch. Zwei Jahre lang. Dann bekam ich ein Schreiben wegen meiner Waisenrente. Sie hatten Fragen, weil ich ja jetzt volljährig war. Also ging ich raus …«

Es war, als würde er den Blick nach innen richten, und Anna schien ihm in die Siebzigerjahre zu folgen, sah das Amt und die Menschen von damals: mit langen Haaren und ulkigen Klamotten. Die alten Automodelle und den jungen Albert, der damals genauso ausgesehen haben mochte wie heute, nur mit dunklen statt angegrauten Haaren und einem glatten, unberührten Gesicht.

»Ich bin durch das Amt geirrt, hab versucht, das richtige Zimmer zu finden. Ich war ziemlich schüchtern, deswegen hab ich mich auch nicht getraut, jemanden zu fragen. Und so hab ich auch nichts gefunden. Also kam ich am nächsten Tag wieder. Und am übernächsten noch mal …«

Anna sah den jungen, eingeschüchterten Albert über die Flure irren, kreuz und quer durch das kafkaesk große Amt, in dem alle Flure und Türen gleich aussahen und wo man nie zu einem Ziel fand, wenn man nicht genau wusste, wohin man gehen sollte.

»Und dann traf ich ihn«, sagte Albert und sein Gesichtsausdruck bekam etwas Versonnenes. »In der Kantine. Georg. Er arbeitete im Amt und half mir bei meinen Anträgen. Wir freundeten uns an, und ich kam immer öfter vorbei, um ihn zu besuchen. Georg erzählte mir, dass er sich nach fernen Ländern sehnte, nach Reisen und Abenteuern. Und bei mir war es ganz umgekehrt, denn ich träumte von Sicherheit und einem kleinen Ort nur für mich.«

Anna dachte, dass dieser Georg nicht sehr alt gewesen sein konnte, wenn ihn die Abenteuerlust so hinauszog. Ein junger Mann, keine Familie, viele Träume. Sie stellte ihn sich mit langen Haaren und Koteletten vor, die er trug, obwohl es im Amt sicher nicht gerne gesehen war.

»Eines Tages schlug er mir vor, sein Nachfolger im Amt zu werden. Einfach so. Ich sollte ihm eine kleine monatliche Rente auf ein Konto im Ausland überweisen, als Grundstock für seine Reisen. Dafür durfte ich seinen Platz einnehmen. Anfangs hielt ich das für eine von seinen Spinnereien …«, Albert schmunzelte bei der Erinnerung, wurde dann aber wieder ernst, » … aber ein paar Tage später hatte er alles eingefädelt: Er hatte alle Unterlagen im Personalbüro vorbereitet …«

»Wie zum Teufel hat er das gemacht?«, fragte Anna.

»Jedenfalls nicht auf dem legalen Weg. Damals wechselten gerade die zuständigen Personalchefs. Der eine hatte seinen Resturlaub vor seiner Pensionierung genommen, der andere war noch gar nicht da. Er hatte mich in seinen eigenen Vertrag eingesetzt und alles in den Akten entsprechend geändert. Den Kollegen hat er mitgeteilt, dass ich der Neue bin. Das war eigentlich schon alles. Er ging – und ich blieb.«

Anna sah Albert vor sich, wie ihn sein Kumpel Georg den anderen Beamten vorstellte und dann seinen Ausstand gab. Sie sah die lachenden Gesichter vor sich, die Umarmungen zum Abschied, die guten Wünsche. Und dann Albert – in Georgs Büro. Das dann Alberts Büro wurde.

»Niemand hat Fragen gestellt, niemand hat es nachgeprüft. Es gab ja auch keinen Grund. Und plötzlich war ich der Herr Glück vom Amt. Und der bin ich heute noch.«

Anna strahlte ihn an. Was für eine wunderbare Geschichte! Und sie war die Erste, die sie hören durfte, was sie fast schon ein wenig sentimental machte. Sie umarmte ihn und flüsterte: »Du bist viel mehr als das!«

»Für mich war das Amt die Rettung. Alles war überschaubar und ordentlich. Bis du kamst.«

»Du meinst meinen Antrag?«

»Ja, deinen Antrag. Der nichts beantragt hat.«

»Außer mich.«

»Ja, außer dich.«

Sie küssten sich.

Nach einer Weile standen sie auf, weil Anna kühl war und sie zurück zum Wohnmobil wollte, das jetzt auf einem Campingplatz stand, um Albert nicht weiter zu beunruhigen. Da er den ganzen Rückweg nicht sprach, stupste sie ihn an und fragte: »Was ist?«

»Nichts.«

»Nichts?«

Er seufzte: »Das Wohnmobil ...«

»Ja?«

»Es ist nicht unseres.«

Anna lächelte: ein fremdes Bett, ein fremder Wagen, ein fremder Ort. Dazu die Aufregung vom Vormittag und die allgemeine Unordnung, die Albert zu schaffen machte.

»Du möchtest lieber nach Hause, richtig?«

»Ja.«

»Ist schon okay. Lass uns nach Hause fahren.«

Albert fühlte sich erleichtert, aber er würde es wiedergutmachen. Und er wusste auch schon wie.

54.

Dr. Isidor Sommerfeldt war bester Laune.

Immer leuchtete der Funke in seinem Herzen, die Welt zu einem unglücklicheren Ort zu machen, um die Nation, die er so liebte, vor sich selbst zu retten. Es war Montag, und er hatte bereits zwei Mitarbeiter wegen Lappalien angeschrien und stellte fest, wie gut das nicht nur ihm selbst tat, sondern auch seiner Behörde, die wieder wie ein Uhrwerk funktionierte.

Seine Sekretärin Adele Lüth hatte ihm einen Tee auf den Schreibtisch gestellt und die Zeitung gebracht, die er mit schnellen Blicken nach Meldungen über weitere verdächtige Vorkommnisse mit durchgedrehten Beamten absuchte, die in ihrer eingeschränkten Sicht das Wohl aller gefährdeten. Er hielt so verbissen nach *kleinen* Meldungen Ausschau, dass er die eine große gar nicht sah. Erst nachdem er sich schon beinahe entspannt hatte, blieb sein Blick an der Überschrift des

Artikels hängen, und sein Puls schnellte so in die Höhe, dass ihm erst die Adern an den Schläfen, dann die am Hals heraustraten.

Er schrie aus Leibeskräften: »WEHMEYER!«

Die Eruption der Wut erschütterte das ganze Amt, wie ein Sonnenwind raste sie durch jede Wand und jede Tür bis tief hinein in die Fundamente.

Wehmeyer stand gerade an einem Aktenschrank, als es ihm kalt über den Rücken lief und er sich schaudernd umsah: niemand da. Dabei hätte er schwören können, dass irgendetwas durch sein Büro gehuscht war, etwas Kaltes, Hartes, Gemeines. Als ob es spuken würde. Er schüttelte sich, da klingelte das Telefon. Und ganz ohne magische Fähigkeiten wusste er, dass das nichts Gutes sein würde.

Nur zwei Minuten später saß er wieder auf dem viel zu kleinen Stuhl vor Sommerfeldts Schreibtisch und blickte hinauf zu einem Mann, der ihn fixierte wie ein Habicht eine Maus.

»Ich glaube mich erinnern zu können, dass ich Sie gebeten hatte, diese Sache mit dem Kollegen Glück zu regeln.« Die Stimme war eisig.

»Ja, schon …«

»UND WAS IST DAS HIER?«

Die Teetasse zitterte, ohne dass Sommerfeldt auch nur in die Nähe gekommen wäre. Er schmetterte die Zeitung vor Wehmeyer, dass dessen Krawatte einen kleinen Hüpfer tat. Die entsprechende Seite war bereits aufgeschlagen und Wehmeyer musste den Artikel gar nicht lesen, die Überschrift reichte vollkommen aus, um zu wissen, was darin stand: *Das Glücksbüro*.

Dort stand es schwarz auf weiß in riesigen Lettern. Für alle sichtbar. Und natürlich gab es auch einen Link ins Internet, sodass es nicht nur die Region lesen konnte, sondern die ganze Welt.

»SO REGELN SIE DAS?«

Sommerfeldt spürte, dass er einem Infarkt nahe war, und zwang sich zu ruhiger Atmung. Er ging um seinen Schreibtisch herum, packte die Zeitung und las: »Ich darf mal zitieren, ja? *Nichts ist unmöglich für Albert Glück. Er kennt den Weg durch den Paragrafendschungel. Wer zu ihm kommt, der findet sein eigenes kleines Glück.*«

Er warf die Zeitung verächtlich auf den Schreibtisch zurück und fixierte Wehmeyer: »Dieser Mann ist eine Gefahr, Herr Wehmeyer. Und er lauert in Ihrer Abteilung.«

Wehmeyer, blass und verlegen, räusperte sich, um etwas Zeit zu gewinnen. Der Ausbruch Sommerfeldts hatte ihn kalt erwischt und entsprechend eingeschüchtert: »Ich hatte keine Ahnung, Herr Direktor …«

»Es ist aber Ihr Job, eine Ahnung davon zu haben. Und wenn Sie das nicht können, finde ich einen anderen, der es kann.«

Wehmeyer nickte: »Ich kümmere mich darum, Herr Direktor.«

»Worauf warten Sie noch?«

Wehmeyer sprang auf und eilte aus Sommerfeldts Büro, froh, dessen aggressiver Übellaunigkeit nicht mehr ausgesetzt zu sein. Wie er diesen Menschen satt hatte! Er verließ den zwölften Stock, den ganzen Trakt, erreichte bald schon den siebten Stock und schluckte: Ging beim letzten Mal die Menschenschlange noch hinab bis in den vierten Stock, so standen die Menschen jetzt schon im Foyer.

Wehmeyer stolperte die letzten Stufen hinab und begann zu rennen: »Oh, nein, bitte nicht! Bittebittebitte … «

Die Wartenden flogen nur so an ihm vorbei, während er den langen Flur hinablief zu Alberts Büro. Wieder griff er nach der Türklinke und wieder hielt ihn der Erste in der Schlange davon ab: »He, hinten anstellen!«

»HALTEN SIE DIE KLAPPE!«

Es war förmlich aus ihm herausgebrochen, was nicht nur ihn selbst, sondern auch den Angeschrienen zusammenzucken ließ. Wehmeyer fasste sich als Erster, riss die Tür auf und schloss sie schnell wieder hinter sich.

Wie sah es denn hier aus?

Als hätte jemand ein Fjord aus Akten und Ordnern nachgebaut. Und da saß ja auch Herr Glück hinter seinem Schreibtisch und stempelte wie wild auf Anträgen herum.

Wehmeyer sog entsetzt Luft ein.

Albert blickte auf: »Herr Wehmeyer, was kann ich für Sie tun?«

Wehmeyer war für einen Moment sprachlos. Dieser Glück! Saß da und sah ihn an, als könnte er kein Wässerchen trüben. Die Unschuld vom Lande.

»Sie wollten doch Urlaub machen, Herr Glück! Einen langen, langen Urlaub!«

Albert nickte und bot Wehmeyer mit einer Geste einen Platz an, den dieser auch annahm.

»Ja, ich weiß. Etwas Unvorhergesehenes ist eingetreten.«

»So etwas wie dieser Zeitungsartikel?«, zischte Wehmeyer.

»Oh, der? Da war mal ein Reporter vor ein paar Tagen da. Ich hab mir nichts dabei gedacht.«

»Nichts dabei gedacht?«, rief Wehmeyer verzweifelt. »Er hat sich nichts dabei gedacht … Haben Sie heute schon die Zeitung gelesen?«

»Nein, Sie sehen ja, was hier los ist.«

Wehmeyer versuchte, seine Atmung zu kontrollieren, denn es nutzte niemandem, wenn er hyperventilierte und gleich vom Stuhl kippte. Dann fügte er ruhiger hinzu: »Herr Glück, Sie fahren jetzt in Urlaub. Wir hatten eine Abmachung.«

Albert nickte: »Ich weiß, nur …« Er schien nach den richtigen Worten zu suchen, »ich habe keine Zeit mehr für Urlaub.«

Wehmeyer reagierte heftiger, als er wollte: »Natürlich haben Sie Zeit, Herr Glück! Für Urlaub hat man immer Zeit! Alle machen gerne Urlaub. Viele Ihrer Kollegen machen schon Urlaub, wenn sie morgens das Amt betre…«

Da hielt er einen Moment inne und schaute Albert an, über dessen Gesicht ein Schatten gehuscht war, der jetzt aber wieder freundlich aussah. »Moment, was meinen Sie mit: keine Zeit *mehr*? Was heißt das? Verlassen Sie uns etwa?«

Er wollte es beiläufig klingen lassen, aber es misslang: Seine Hoffnung auf ein unverhofftes Happy End war unüberhörbar. Nun könnte er vielleicht doch wieder Amtsleiter werden.

»Ja«, antwortete Albert ruhig.

»Oh, das ist natürlich etwas anderes. Haben Sie Frühpension beantragt?«

Eigentlich bedauerte Wehmeyer, auf einen Mann wie Albert Glück verzichten zu müssen. Einen, der so viel leisten konnte – im Gegensatz zu vielen anderen hier im Amt. Aber wenn er seinen Ruhestand noch genießen wollte, war jetzt vielleicht sogar die richtige Zeit, um …

»Ich werde sterben, Herr Wehmeyer. Schon bald.«

Das war so schockierend wie eine Ohrfeige, die man nicht erwartet hatte. Und wie ruhig er das gesagt hatte! Wehmeyer war völlig fassungslos. Albert Glück schien deswegen überhaupt nicht besorgt oder verängstigt zu sein, hatte es festgestellt, als ob er einen Fleck auf seinem Sakko entdeckt hätte.

»Was … was reden Sie denn da, Herr Glück?«

»Ich bin sehr krank, Herr Wehmeyer.«

Wehmeyer war völlig konfus: Er mochte diesen Albert Glück. Es ging ihm ohnehin schon gegen den Strich, dass er etwas gegen ihn unternehmen sollte, aber dass ausgerechnet *er* sterben sollte und Dr. Sommerfeldt nur in Rente ging … das war so was von ungerecht.

»Ist das … Sind Sie da sicher? Ich meine, es gibt keine Hoffnung?«

Albert schüttelte den Kopf: »Ich habe einen Spezialisten aufgesucht, aber der hat mir auch nichts anderes gesagt als der Arzt vor ihm. Nein, es ist, wie es ist.«

»Das tut mir leid, Herr Glück. Sehr leid. Ich weiß gar nicht, was ich sagen soll.«

Albert versuchte ein Lächeln: »Schon gut.«

»Wie … wie lange noch?«

Albert zuckte mit den Schultern: »Vielleicht Weihnachten noch. Vielleicht früher.«

»Gott, wir haben Juli!«

»Ja, ich weiß.«

Sie saßen noch eine Weile da und sagten gar nichts.

Es ärgerte Wehmeyer, dass ihm nichts Tröstendes einfiel, etwas, was Albert gezeigt hätte, wie sehr er ihn schätzte, aber letztlich war das gar nicht nötig. Albert konnte sehen, wie sehr Wehmeyer mit seiner Fassung rang – das war ihm Trost genug.

Schließlich stand Wehmeyer auf.

»Dann … dann will ich Sie nicht weiter aufhalten …«

Er öffnete die Tür.

Betrachtete die Wartenden.

Und sagte dann: »Sie können jetzt rein. Das Büro ist wieder geöffnet.«

55.

Wie üblich in den letzten Wochen verpasste Albert den großen Hungerlauf, der dank der Schlange vor seiner Bürotür nur umso erbitterter geführt wurde. Denn jetzt wurden auch Unschuldige miteinbezogen, die die Läufer als lebende Banden nutzten, um unliebsame Konkurrenten loszuwerden. Albert konnte in seinem Büro die empörten Rufe und Proteste auf dem Flur hören und grinste bei den Bildern, die er von diesem darwinistischen Überlebenskampf vor Augen hatte.

Das Schönste daran war jedoch: Die hatten nicht die geringste Ahnung, warum das Kantinenessen so gut geworden war. Und Albert würde es ihnen auch nicht sagen. So überließ er ihnen großzügig das wilde Rempeln, das sie hinter freundlichen Gesichtern zu verstecken suchten, obwohl sie voneinander wussten, dass es gar nicht freundlich gemeint war.

Kurz vor ein Uhr verließ er das Büro und entschuldigte sich bei den Wartenden für eine halbe Stunde Mittagspause. Er stieg die Treppen hinab und durchquerte den langen Flur, der zur Kantine führte. Schon aus einiger Entfernung konnte er Elisabeth Seel sehen, die dort an einer Fensterfront stand und kichernd mit einem jungen Mann schäkerte. Sie blickte zu ihm mit demselben verliebten Gesichtsausdruck auf, wie sie zuvor zu Mike Schulze aufgesehen hatte. Elisabeth die Große war wieder ganz klein geworden und ließ sich gerade eine Haarsträhne aus dem Gesicht streichen. Albert schätzte, dass die beiden noch nicht sehr lange ein Paar waren, denn sie konnten weder Augen noch Hände voneinander lassen.

Sie bemerkte Albert aus dem Augenwinkel, ihr Blick wurde kalt, sie stellte sich auf die Zehenspitzen und küsste den jungen Mann auf den Mund. Dann drehte sie sich demonstrativ von Albert weg, in dem Moment, als der ihr zum Gruß zunicken wollte.

Albert dachte: Das musste wohl Liebe sein …

Das große Fressen war weitestgehend vorbei – zurück waren nur abgekämpfte Kantinenkräfte geblieben, die bereits begannen, die leeren Schüsseln zu stapeln und den gröbsten Schmutz zu beseitigen. Albert nahm das, was nicht ausverkauft war, und entdeckte an einem der Tische: Mike Schulze. Er hatte ihn jetzt schon seit Wochen nicht bemerkt, und ihn dort ganz alleine über seinen Teller gebeugt sitzen zu sehen, erinnerte ihn daran, dass ihm noch eine unangenehme Aufgabe bevorstand.

»Mahlzeit, Herr Schulze«, grüßte Albert und setzte sich zu ihm an den Tisch.

»Mahlzeit, Herr Glück.«

Mike stocherte in seinem Essen herum: Viel hatte er davon nicht runtergebracht.

»Ich habe mich bei Herrn Wehmeyer für Sie verwendet, aber ich fürchte, ich habe keine guten Nachrichten. Ich glaube nicht, dass er die Kündigung zurückziehen wird.«

Mike nickte abwesend: »Danke, dass Sie's trotzdem versucht haben.«

Albert probierte vom Essen, während er nach den richtigen Worten suchte. Gab es überhaupt welche? Oder war es nicht besser, einfach zu sagen, was er sagen wollte. Ohne jeden Versuch, es hübscher klingen zu lassen, als es war. Albert entschied sich für die schnörkellose Variante.

»Herr Schulze?«

»Ja?«

»Ich muss Ihnen etwas gestehen ...«

Mike sah neugierig von seinem Teller auf. Und er konnte sehen, dass Albert sich nicht wohlfühlte, was ihn nur umso neugieriger machte.

»Was denn?«

»Ich war das mit Ihrem Schreibtisch.«

Mikes Augen weiteten sich: Er hatte ja mit vielem gerechnet, aber das hier war jetzt wirklich eine böse Überraschung.

»WAS?«

»Es tut mir leid«, fügte Albert schnell hinzu, »ich wusste ja nicht, dass das gleich zu einer Abmahnung führen würde.«

»Ach, darum sind Sie auf einmal so scheißfreundlich zu mir!«

Albert schluckte, als er Mikes Gesichtsausdruck sah: Mehr noch als die Wut über den Streich spiegelte sich Enttäuschung in seinen Augen. Das war für Albert schlimmer als jeder Wutausbruch und jeder Vorwurf, den Mike hätte vorbringen können.

»Nein, deswegen nicht ...«

»Nein, natürlich nicht!«, rief Mike ironisch und sprang auf. »Wissen Sie was? Lassen Sie mich einfach in Ruhe, ja?« Er wandte sich ab und fügte leiser hinzu: »Lasst mich doch alle in Ruhe.«

Er wartete keine Antwort mehr ab, sondern eilte rasch aus der Kantine.

56.

Für Wehmeyer schien der Tag kein Ende zu nehmen, denn wie fast schon zu erwarten gewesen war, ließ Dr. Isidor Sommerfeldt nicht locker und bestellte ihn kurz vor Feierabend in sein Büro. Schon auf den Stufen hinauf in den zwölften Stock fühlte Wehmeyer, wie sein Magen revoltierte und er das dringende Bedürfnis hatte, sich zu übergeben.

Er musste durchhalten!

Er musste es schaffen, der neue Chef dieser Behörde zu werden, denn es war die einzige Möglichkeit, die Dinge zu ändern. Das System konnte nur bezwungen werden, solange man es von innen heraus angriff. Von außen war es unverwundbar. Wer demonstrierte dies besser als Albert Glück? Vielleicht war Sommerfeldt gerade deswegen so alarmiert, denn sonst interessierten ihn andere Menschen nur insoweit, als er sie demütigen konnte, wann immer er wollte.

Mit gesenktem Kopf öffnete er die Bürotür und setzte sich auf den Platz vor dem monströsen Schreibtisch, ohne abzuwarten, ob Sommerfeldt ihm überhaupt einen Platz anbot.

Der tippte bereits zackig mit dem Zeigefinger auf die Schreibtischplatte und herrschte Wehmeyer an: »Wie ich eben festgestellt habe, ist das Glücksbüro immer noch geöffnet.«

Wehmeyer nickte.

»Ich will, dass das *so-fort* aufhört!«

»Das ist nicht so leicht«, antwortete Wehmeyer ruhig.

Sommerfeldt bellte zurück: »Und warum ist das nicht so leicht, Herr Wehmeyer?«

»Weil Herr Glück nichts Ungesetzliches tut. Ich kann ihn nicht daran hindern, Anträge auszufüllen.«

»Dann lassen Sie sich etwas einfallen, Wehmeyer. Versetzen Sie ihn!«

Wehmeyer runzelte die Stirn: »Versetzen? Er arbeitet seit über dreißig Jahren in dieser Abteilung.«

Sommerfeldt schlug mit der Hand auf den Schreibtisch: »Das ist mir egal. Versetzen, den Mann! Sehen Sie in seinen Arbeitsvertrag – und dann weg!«

In Wehmeyer regte sich heftiger Widerstand, doch statt einer Antwort presste er die Lippen aufeinander und nickte. Er stapfte zurück in die Personalabteilung und machte sich auf die Suche nach Alberts Personalunterlagen.

57.

Es war schon später Abend, als Albert in die Wertbergstraße zurückkehrte, aber diesmal war er nicht alleine. Hinter ihm betrat eine junge Frau den Flur, die in der einen Hand eine Aktentasche, unter dem anderen Arm einige Rollen Millimeterpapier im A1-Format trug.

»Anna?«, rief Albert schon im Flur und legte sein Sakko ab. »Ich möchte dir jemanden vorstellen!«

Sie betraten nacheinander das Wohnzimmer, in dem Anna auf dem Sofa gesessen und sich skeptisch eines ihrer Bilder angesehen hatte. Verächtlich verzog sie den Mund und spülte mit einem Schluck Rotwein nach, dann rupfte sie es von der Palette und riss es in zwei Stücke.

»Das ist Julia Berger.«

Anna blickte ihn verwundert an und gab Julia überrumpelt die Hand. Die lächelte freundlich und sagte: »Ihr Mann hat mir schon ganz viel von Ihnen erzählt! Sie sind eine Künstlerin, nicht?«

Anna grinste: Hatte Albert sie tatsächlich als seine *Ehefrau* vorgestellt? Das berührte sie so sehr, dass sie ganz vergaß, sich selbst vorzustellen. Julia Berger schien das nichts auszumachen, sie suchte gleich nach einem Tisch und breitete dort ihre Unterlagen aus.

»Ich hab so tolle Ideen!«, schwärmte sie und kramte immer mehr Unterlagen aus ihrer Tasche. »Und ich bin so gespannt, was Sie noch dazu einbringen werden. So eine Möglichkeit bekommt man nicht alle Tage!«

Anna sah Albert fragend an.

Der erklärte: »Frau Berger ist Architektin. Sie wird ein Haus für uns bauen. Am Meer. Genau wie du es dir schon immer gewünscht hast.«

Annas Wimpern klimperten wie Dioden eines Computers, der unter Volllast lief, um alle einprasselnden Informationen so schnell wie möglich zu bearbeiten. Da war unbändige Freude, aber gleich darauf Furcht, die einen befällt, dass lang ersehnte Träume in die Brüche gehen könnten, bevor sie überhaupt die Chance hatten, wahr zu werden.

Sie wandte sich Julia zu: »Sie entschuldigen uns einen Moment?«

»Natürlich.«

Sie nickte Albert zu und sagte süßlich: »Kann ich dich mal sprechen?«

Mit einer Geste wies sie ihn ins Schlafzimmer, folgte ihm und schloss die Tür hinter sich.

»Was ist denn los mit dir, Albert?«

»Was soll denn los sein?«, fragte Albert unschuldig zurück.

»Ich weiß deine Spontanität zu schätzen, Lieber, nur scheint dir nicht ganz klar zu sein, was so ein Haus am Meer kostet.«

Albert zuckte mit den Schultern: »Na ja, ganz billig wird es wohl nicht.«

Anna lachte kurz auf und sagte: »Du warst eine ganze Weile weg, Albert. Seitdem haben sich die Preise ziemlich entwickelt, weißt du?«

»Vermutlich.«

»Wir können uns das nicht leisten!«

»Natürlich können wir uns das leisten!«, beharrte Albert.

»Was redest du denn da?«, fragte Anna irritiert.

Anstatt zu antworten, wandte sich Albert einer Kommode zu, suchte in der untersten Schublade zwischen seinen Socken und der Unterwäsche eine dünne Kladde heraus und überreichte sie Anna.

Sie klappte sie auf und blickte auf eine Vermögensaufstellung.

Auf Alberts Vermögen.

Es war auf diversen Konten und in diversen Fonds angelegt. Nichts Riskantes, aber zu einer Zeit angespart, als Zinsen sich spürbar bemerkbar machen konnten. Ganz unten dann die Summe aller Anlagen.

Anna riss den Mund auf und hielt gleichzeitig die Hand davor.

»1.134.245 Euro und 43 Cent«, kommentierte Albert nüchtern.

»Du … du … bist Millionär? Du bist ja Millionär!«

»Na ja«, gab Albert bescheiden zu, »es ist nur eine. Aber das ist ja die schwerste, wie man so sagt.«

»Wie …?«

Mehr brachte Anna nicht raus.

»Ich habe eine gutbezahlte Stelle. Und du darfst nicht vergessen, dass ich so gut wie nichts davon ausgegeben habe. Kein Urlaub, keine Miete, keine nennenswerten Lebenshaltungskosten, keine teuren Hobbies … genauer gesagt: gar keine Hobbies. Wenn man das Geld geschickt anlegt, arbeitet die Zeit für einen mit. Und ich hatte viel Zeit, weißt du?«

»Das gibt's doch nicht!«

Er nahm ihr Gesicht in seine Hände und wurde ganz ernst: »Ich will ein Haus bauen, Anna. Für dich. Da kannst du dann deine Bilder malen.«

Anna brach in Tränen aus. Und sie bemerkte nicht, dass Albert nicht gesagt hatte, dass er das Haus für sie beide bauen wollte, denn er ahnte, dass er es niemals sehen würde. Aber das machte nichts. Es reichte zu wissen, dass es ein Haus am Meer geben würde. In dem würde Anna am Fenster stehen, das Meer sehen. Und malen.

58.

Während Albert, Anna und Julia noch einen sehr vergnüglichen Abend mit vielen Ideen, Wein und Spinnereien hatten, entwickelte sich derselbe Abend für Bernd Wehmeyer mehr und mehr zu einer Katastrophe. Er hielt Alberts Personalunterlagen in den Händen und wünschte sich, er hätte sie niemals gefunden. Eine Weile dachte er darüber nach, sie einfach verschwinden zu lassen, aber irgendwann war er sich im Klaren darüber, dass Sommerfeldt danach fragen würde: Es gab keinen Ausweg für ihn.

Am nächsten Morgen grübelte er, ob es vielleicht einen günstigen Moment geben würde, um in Sommerfeldts Büro vorstellig zu werden, irgendeinen Moment, in dem er milde gestimmt sein könnte, aber die Wahrheit war: Es gab diese Momente nicht. Direktor Sommerfeldt würde ihn so oder so in Stücke reißen.

Er stieg die Treppen hinauf in den zwölften Stock und ihm war, als würde er zu seiner eigenen Hinrichtung gehen. Alles wog schwer, alles an ihm zog ihn zu Boden, sodass die letzten Meter sich anfühlten, als würde er durch einen tiefen Sumpf waten.

Er klopfte an und trat ein.

Sommerfeldt grüßte nicht einmal, sondern machte nur eine Geste, dass Wehmeyer sich vor seinen verdammten Diktatorenschreibtisch zu setzen hatte. Da saß er nun und wartete, bis Sommerfeldt seine Arbeit beendet hatte, was aufreizend lange dauerte.

Schließlich blickte er auf und sagte hart: »Ich höre.«

»Sie hatten mich doch gebeten zu prüfen, ob man Herrn Glück nicht versetzen könnte.«

»Und? Wo ist das Problem?«

Wehmeyer räusperte sich verlegen und antwortete: »Das Problem ist, dass Herr Glück gar nicht bei uns arbeitet.«

Sommerfeldts Augen verengten sich zu Schlitzen, und sein Gesicht wurde hart wie Stein. Wehmeyer hätte es um ein Haar komisch gefunden, denn Sommerfeldt sah tatsächlich aus wie ein mittelalterlicher Wehrturm mit zwei Schießscharten. Unglücklicherweise stand er selbst ohne jede Rüstung da, während sich spitze Pfeile langsam aus den Scharten vorschoben und auf ihn zielten.

»Bitte?«

Selbst die Stimme klang, als wäre sie Teil des Bollwerks.

»Sie missverstehen mich, Herr Direktor. Es ist nur so, dass Herr Glück niemals eingestellt wurde.«

Sommerfeldt antwortete schneidend scharf: »Wie bitte?«

Wehmeyer versuchte es beiläufig klingen zu lassen, doch damit verbesserte er die allgemeine Stimmungslage nicht: »Es scheint so, als hätte er vor etwa fünfunddreißig Jahren die Stelle eines gewissen Georg Steiner, äh, übernommen.«

Sommerfeldt entglitten die Gesichtszüge: »Das darf doch wohl nicht wahr sein?«

»Ich fürchte, es ist so.«

In einem Moment der Schockstarre sagte Sommerfeldt gar nichts, stierte Wehmeyer an, wobei man ihm deutlich anmerkte, was ihm gerade durch den Kopf ging: Diese Peinlichkeit! Und wie er damit vor den Kollegen, dem Ministerium, ja, der ganzen Welt dastehen würde, nämlich als totaler Versager.

»Dann arbeitet Herr Glück seit fünfunddreißig Jahren illegal mit vertraulichen Akten?« Sommerfeldt atmete schwer und schon sprang seine Stimme in eine hysterische Tonlage: »In meinem Amt?«

»Nun, wenn es Sie tröstet, Herr Direktor: Herr Glück war stets ein vorbildlicher Beamter.«

»WAS REDEN SIE DENN DA?«

Die Explosion ließ Wehmeyer ein Stück auf seinem Stuhl zurückrutschen. Falsche Antwort. Ganz falsche Antwort.

Er schluckte: »Ich fürchte, das ist noch nicht alles …«

»WAS DENN NOCH?«

Es war, als tobte plötzlich ein arktischer Sturm durch das Büro, mit Temperaturen weit unterhalb des Gefrierpunktes.

Hatte Wehmeyer je auf ein bisschen Verständnis gehofft, so war das soeben an den Nordpol geweht worden.

»Wir haben keine Adresse von Herrn Glück gefunden und festgestellt, dass er sich die Post immer aufs Amt schicken ließ … und auch andere Dinge wurden an diese Adresse geschickt … und … ich weiß nicht, wie ich das sagen soll …«

Sommerfeldt knurrte: »Sagen Sie es einfach, Wehmeyer – schlimmer kann's ja wohl nicht mehr kommen …«

»Ich habe ein wenig nachgeforscht, und es scheint so zu sein, dass Herr Glück auch hier gewohnt hat.«

Ein kleines Fiepen folgte, offenbar das Geräusch von rasch eingesogener Luft bei gleichzeitig hochrot anlaufendem Kopf, der bei Wehmeyer den kleinen Hoffnungsschimmer weckte, Sommerfeldt würde dem Schock möglicherweise noch an Ort und Stelle erliegen. Aber Sommerfeldt tat ihm den Gefallen nicht und würgte heraus: »Und das hat keiner bemerkt?«

»Nein. Es hat sich einfach niemand darum gekümmert.«

Sommerfeldt ballte die Fäuste und zischte: »Dieser Herr … dieses Subjekt ist sofort aus dem Amt zu entfernen! Haben Sie das verstanden?«

Wehmeyer nickte nachdenklich: »Wenn ich mir eine Bemerkung erlauben dürfte?«

»Was denn noch?«

»Wenn dieser Vorfall herauskommt, wird der Skandal unbeschreiblich sein. Bedenken Sie, dass wir Herrn Glück die ganze Zeit bezahlt haben.«

Für einen Moment sah Sommerfeldt so aus, als würde er ohnmächtig werden, denn seine Augenlider flatterten bedenklich, während er sich nach hinten in seinen Sessel fallen ließ.

»Wie viel?«

Wehmeyer ließ sich mit der Antwort Zeit, wohl wissend, dass sie nicht zum allgemeinen Wohlbefinden beitragen würde.

»Nun … über die Jahre … etwa eine dreiviertel Million Euro.«

»Das ist eine Katastrophe!«

»Ja.«

Sommerfeldt sprang von seinem Sessel auf und begann, unruhig wie eine Raubkatze hinter Gittern in seinem Büro hin und her zu laufen. Sie brauchten eine Lösung, eine schnelle, endgültige Lösung.

»Wehmeyer, der Mann muss weg! Haben Sie verstanden?«

»Herr Direktor …«

Sommerfeldt blieb abrupt stehen – er lächelte. Ja, er lächelte tatsächlich!

»Ich habe es! Dieser Glück … der ist verrückt! Ja, das ist er. Er ist vollkommen verrückt. Der muss sofort zum Psychiater. Und der wird bestätigen, dass Albert Glück verrückt ist. Und dann werden wir dieses Subjekt entfernen. In aller Stille.«

Wehmeyer blickte ihn verwundert an und antwortete: »Herr Glück macht keinen verrückten Eindruck auf mich, Herr Direktor.«

»ACH? SIND SIE JETZT AUCH SCHON ARZT?«

»Nein, das nicht, es ist nur so, dass Herr Glück nicht den Eindruck macht, als wäre er nicht zurechnungsfähig. Ganz im Gegenteil.«

Sommerfeldt eilte auf Wehmeyer zu, als wollte er ihn angreifen, stattdessen aber beugte er sich zu ihm hinab, die Arme auf die Stuhllehnen gestützt, und schrie: »Es ist völlig egal, ob dieser Mensch verrückt ist oder nicht! Sie werden ein Gutachten veranlassen, und Sie können sich darauf verlassen, dass darin stehen wird, dass er verrückt ist! Haben wir uns da verstanden?«

»Und was ist, wenn er zur Presse geht?«

Sommerfeldt spuckte ihm beim Sprechen fast ins Gesicht: »Er ist verrückt, haben Sie verstanden? Der kann sagen, was er will. Und Sie werden allen Kollegen auch mitteilen, dass er verrückt ist! Und wenn es genug Zeugen gibt, die sagen, dass er verrückt ist, dann wird ihm niemand mehr glauben. Und wenn sein Leumund erst einmal zerstört ist und sich die Lage ein wenig beruhigt hat, dann werden wir ihn entlassen oder einweisen. Was auch immer. Aber Sie werden dafür sorgen, dass er verschwindet. Ist das klar?«

Wehmeyer sah Sommerfeldt ins Gesicht und stellte fest, dass er niemanden mehr hasste als diesen Mann. Und obwohl er so aggressiv auftrat und ihn wie nie zuvor einzuschüchtern versuchte, blieb er erstaunlich ruhig.

»Darf ich einen Vorschlag machen?«

Sommerfeldt straffte sich und betrachtete ihn misstrauisch: »Welchen?«

»Wir unternehmen nichts«, antwortete Wehmeyer sachlich.

Sommerfeldt starrte ihn entgeistert an: »Ich glaube, ich muss mich korrigieren: Nicht dieser Glück, sondern *Sie* sind offenbar verrückt geworden!«

Wehmeyer blieb völlig gelassen: »Herr Glück ist sehr krank. Er wird Ende des Jahres nicht mehr unter uns sein.«

»Das ist mir egal, Wehmeyer. Dieser Mensch hat zu verschwinden. Heute noch!«

»Belassen wir es doch dabei ...«

Sommerfeldt rang mit seiner Fassung, denn Widerspruch ekelte ihn förmlich an, und dieser Wehmeyer querulierte in einer Art und Weise, wie das seit Jahren niemand mehr gewagt hatte. Dennoch brauchte er ihn, denn von diesem Skandal durfte nichts an ihm selbst hängen bleiben. Ganz gleich, wie diese Sache ausging, er musste sie so steuern, dass er als Gewinner daraus hervorging. Doch wenn jemand gewann, dann bedeutete dies in der Regel auch, dass jemand anderes verlor. Im besten Fall nur dieser Albert Glück – doch sollten sich die Dinge nicht wie gewünscht entwickeln, dann brauchte er einen Sündenbock. Jemanden, den er verantwortlich machen konnte. Und dieser Jemand war: Wehmeyer.

»Sie verstehen nicht, worum es hier geht«, begann Sommerfeldt versöhnlich.

»Doch«, antwortete Wehmeyer, »ich soll den Ruf und das Lebenswerk eines Mannes ruinieren.«

»NEIN!«

Es fiel Sommerfeldt zunehmend schwer, ruhig zu bleiben, dennoch wollte er Wehmeyer noch nicht ganz aufgeben.

»Sie verstehen gar nichts, Wehmeyer. Sie haben überhaupt keine Ahnung, worum es wirklich geht. Ihnen fehlt einfach der Blick über den Tellerrand!«

»Was meinen Sie?«, fragte Wehmeyer.

»Hier geht es nicht um Glück! Hier geht es um die Nation! Verstehen Sie das?«

»Nein.«

Sommerfeldt winkte verächtlich ab und setzte sich wieder in seinen Sessel: »Hätte mich auch gewundert …«

Einen Moment lang herrschte Schweigen.

Dann fragte Wehmeyer: »Wie wollen wir jetzt verfahren?«

Sommerfeldt schlug mit der Hand auf den Schreibtisch: »Der soll verschwinden! Raus aus meinem Amt!«

»Und der Skandal?«

»Verhindern Sie ihn, Wehmeyer. Zeigen Sie mir, dass Sie zu Höherem berufen sind.«

Nach der ganzen Aufregung kehrte plötzlich eine unheimliche Stille ein. Das war der Augenblick, vor dem sich Wehmeyer gefürchtet hatte. Doch jetzt, wo er da war, schien ihm der nächste Schritt nicht nur folgerichtig, sondern er hatte auch jede Angst davor verloren. Es ging nicht nur um die Entscheidung, ob er hier und heute seine Karriere beendete oder nicht, es ging vielmehr um die Entscheidung, welcher Mensch er zukünftig sein wollte. Konnte er Albert Glück opfern, damit er die Dinge später einmal ändern konnte? War das Schicksal eines Todgeweihten wichtiger als das der vielen, die unter Sommerfeldt gelitten hatten und es unter einem nachfolgenden, ähnlich veranlagten Direktor vielleicht wieder tun würden?

War es das wert?

Wehmeyer sah Sommerfeldt ruhig an und sagte: »Ich werde nichts tun.«

»WIE BITTE?«

Es war, als fiele alle Last von ihm ab. Nicht einmal die Schreiattacken berührten ihn noch. Er hatte die richtige Entscheidung getroffen, und das gab ihm auch die Kraft, Sommerfeldt völlig gelassen entgegenzutreten.

»Albert Glück ist ein guter Mensch. Und er wird bald sterben. Ich werde ihn weder für verrückt erklären lassen noch die Kollegen auf ihn hetzen noch ihn versetzen oder rausschmeißen. Ich werde einfach nichts von alldem tun!«

»UND OB SIE DAS WERDEN!«

»Nein.«

Wehmeyer sah das wutverzerrte Gesicht Sommerfeldts und

fand, dass er sehr komisch aussah. Wieso war ihm das vorher nur nie aufgefallen?

Sommerfeldt zeigte mit dem Finger auf ihn und zischte: »Sie wissen nicht, was Sie da gerade tun, Wehmeyer!«

Wehmeyer stand auf, richtete sein Sakko und nickte Sommerfeldt zum Abschied zu: »Doch. Zum ersten Mal seit langer, langer Zeit weiß ich ganz genau, was ich tue. Guten Tag.«

Er wandte sich ab.

Stolz.

Mit einem Geräusch im Ohr, das sich wie eine einstürzende Karriere anhörte.

Es klang leiser, als er gedacht hatte.

DIENSTSCHLUSS

59.

Der Sommer zog rasch vorbei.

Auf der Suche nach einem kleinen Glück pulsierten die Wünsche der Menschen wie riesige Starenschwärme am Himmel, verdunkelten oder erhellten ihre Gemüter, je nachdem welche Wendungen sie nahmen. Doch nicht nur ihre Wünsche durchkreuzten die Lüfte, die Anordnungen der Glücksverhinderer taten es auch. Sie stießen wie Habichte in die Schwärme, trieben sie mal hier-, mal dorthin, sodass es bald schon einen heftigen Wechsel von dicht und licht gab. Man spürte, wie sie versuchten, die aufkommende Euphorie zu zerstreuen, den Himmel zu klären vom gefährlichen Streben nach Glück.

Doch je mehr Habichte entsandt wurden, desto mehr Stare wurden auch in den neuen Glücksbüros ins Rennen geschickt. Hatte es im Juli erst drei Glücksbüros gegeben, so waren es im August bereits vierzehn, im September siebenundzwanzig und im Oktober dreiundvierzig. Gelang es, ein Büro auszuheben, so öffnete an anderer Stelle ein neues. Und weil alle neuen Heilsbringer durch ihren Status unkündbar waren, machten sie sich einen Spaß daraus, ihre Verfolger an der Nase herumzuführen, sich im Querulantentum zu üben und andere Beamte, unschuldige, gewissenhafte und dienstwillige Männer und Frauen, zu verführen, bei ihren Spielchen mitzumachen. Das wiederum veranlasste die Gegenseite, in ihren Maßnahmen immer drastischer zu werden, Versetzungen nicht nur anzudrohen, sondern sie auch durchzusetzen, abzumahnen, ganz gleich ob gerechtfertigt oder nicht, und Beförderungen auf Eis zu legen. Beide Seiten waren völlig überzeugt davon, im Recht zu sein, beide Seiten kämpften hart für ihre Sache.

Denn es ging ihnen ums Prinzip.

Es war eine Frage des Prinzips.

Und vor allem: Es durfte nur *ein* Prinzip geben.

Das Spiel verselbstständigte sich, löste sich vom ursprünglichen Grundgedanken und trat in eine neue Phase ein, in der stellvertretend all die ungeklärten, unterschwelligen und unerfüllten Ängste und Wünsche auf einem ganz neuen Spielfeld gegeneinander angeführt wurden.

Es ging um Macht und Ohnmacht, um Auflehnung und Unterordnung, um Ehrgeiz und Ignoranz, um Freiheit und Räson, um Mutwilligkeit und Ordnung, um Disziplin und Disziplinlosigkeit, um Eskalation und Deeskalation, um Statistik und Menschlichkeit, um Chauvinismus und Feminismus, Pluralismus und Dogmatismus … ja, man konnte sagen: Es ging um fast jede denkbare Form irgendeines *-ismus*. Nur um die eigentliche Sache ging es plötzlich nicht mehr: Glück.

Sie stritten verbissen, nur hatten sie vergessen, warum sie das eigentlich taten, denn so vieles war hinzugekommen, so vieles verwässert oder angereichert oder erweitert worden, dass sie jetzt auf einem Feld spielten, dessen Linien sie nicht mehr sahen. Es gab faktisch keine Grenzen mehr: Alles war möglich und damit letztlich gar nichts.

Nur einer kämpfte nicht: Albert Glück.

Er saß jeden Morgen in seinem Büro, während draußen die

Schlange immer länger wurde, und tat seine Arbeit. Er wusste nichts von Wehmeyers Einsatz und spürte nichts von Sommerfeldts Hass. Er wusste auch nichts vom Streit der beiden Parteien, der um ihn herum tobte, oder von der Gefahr für die Nation, die von ihm ausging, ja, er wusste nicht einmal, dass er das Herz einer Bewegung war, die er niemals hatte gründen wollen und zu der er sich auch nicht zugehörig gefühlt hätte. Albert verfolgte keine Ideologie, hing keinem -ismus an und kümmerte sich nicht um Strategien.

Er half.

Das war schon alles.

Zusammen mit Susanne, der Bürohilfe, warf er sich jeden Morgen in die Antragsfluten und zerrte einen nach dem andern aus dem tiefen Wasser ans Land. Albert arbeitete, als würde es um sein Leben gehen, und das tat es ja schließlich auch. Seine Tage waren so ausgefüllt, dass er gar nicht mehr an das kleine Gespenst dachte, das in seinem Kopf heranwuchs.

Abends plante er erschöpft, aber glücklich mit Anna ihr gemeinsames Haus, sichtete Grundstücke im Internet, beauftragte Makler, machte sich Gedanken über Bodenbeläge, Licht und Sanitäranlagen, sodass er schließlich ganz vergaß, dass ihm eigentlich die Zeit davonlief.

So kam der November mit kalten, nassen Tagen und Albert war, als wäre eben noch Frühling gewesen, mit Blütenstaub und Vogelgezwitscher, doch die muffigen Mäntel der Wartenden sprachen ein andere Sprache. Alles war wieder grau geworden: der Himmel, die Straßen, die Kleidung und die Gesichter. Nur Albert nicht, denn er hatte sich angewöhnt, stets etwas Buntes zu tragen: eine Krawatte, eine Weste, ein Paar Socken. Und immer, wenn er in den Pausen draußen die kahlen Bäume und das modrige Laub sah, hing er in Gedanken seine Krawatten, Westen oder Socken an die Zweige. Das wirkte so echt, dass er manchmal jemanden neben ihm einfach anstieß und nach draußen zeigte: Sehen Sie sich das mal an! Sie folgten seinem Finger, sahen aber nichts als kahle Bäume und hofften seufzend auf den Frühling.

Albert nickte dann zustimmend: Frühling. Genau.

Susanne klopfte leise an seine Tür und tippte lächelnd mit dem Finger auf ihre Armbanduhr. Er stand auf und schloss das Büro.

»Meine Damen, meine Herren!«, rief er den Flur hinab zu den Menschen, die geduldig auf ihn warteten. »Ich muss zu einer Versammlung, daher wird das Büro für etwa eine halbe Stunde geschlossen.«

Am Ende des Ganges sah Albert Mike Schulze. Er trug einen Pappkarton auf dem Arm, aus dem ein paar private Gegenstände herausragten. Heute war sein letzter offizieller Arbeitstag. Mike achtete nicht auf Albert, er achtete auf niemanden, schob nur langsam die Flurtür auf und schlich hinaus ins Treppenhaus.

Es war niemand gekommen, um sich von ihm zu verabschieden.

Albert sah ihm nach und fühlte sich, als ob ihm jemand in den Bauch geboxt hätte. Er hatte es zwischenzeitlich noch einmal bei Wehmeyer versucht, der aber war ihm gegenüber seltsam reserviert geblieben und hatte nicht die geringste Lust gehabt, ihm einen Gefallen zu tun.

Zusammen mit Susanne lief er die Treppen hinab und erreichte die Kantine, die bis auf den letzten Platz belegt war. An der Essensausgabe hatte man ein kleines Podest errichtet, auf dem gerade Sommerfeldt stand und eine Rede zu seinem Ausstand hielt.

»… daher scheide ich mit einem lachenden und einem weinenden Auge aus meinem Amt. Ich werde Sie alle sehr vermissen und doch freue ich mich auf meinen neuen Lebensabschnitt. Ich möchte Ihnen nun meinen Nachfolger vorstellen: Markus Wittmann!«

Sommerfeldt applaudierte und die gesamte Kantine tat es ihm nach.

In der ersten Reihe stand ein relativ junger Mann auf und sprang dynamisch auf das Podest. Grinsend winkte er ins Publikum, doch wirkte sein Gruß nicht freundlich, sondern eher wie eine Drohung. Albert kannte Wittmann nicht, aber er erinnerte sich, dass Wehmeyer ihn einmal erwähnt hatte, und es war nicht schwer herauszuhören gewesen, dass er ihn verabscheute. Albert konnte ihn verstehen: Wittmann war kalt und glatt und ihn so in Siegerpose zu sehen, ließ ihm Schauer über den Rücken laufen. Wehmeyer saß ebenfalls in der ersten Reihe und blickte teilnahmslos auf den Boden vor dem Podest.

Albert wandte sich ab, bevor Wittmann seine Dankesrede halten konnte: Es wartete noch viel Arbeit auf ihn. Er erreichte gerade seinen Flur und dachte noch, dass heute ein Tag der Abschiede war, der lauten und der leisen, als sich die Welt um ihn herum plötzlich zu drehen begann.

Er verlor den Halt und fiel.

Und fiel.

Und fiel.

Da war kein Boden, kein Aufprall, kein Schmerz, kein Ton. Er sah Susannes Gesicht über dem seinen. Die Angst in ihren Augen. Sie schrie, aber hören konnte er sie nicht.

60.

Es war, als würde er nach langen Tauchphasen kurz an die Oberfläche kommen, nur um gleich wieder hinabzusinken, so wie Wale, die beharrlich die Meere nach Nahrung durchkreuzten.

Er stieß an die Oberfläche und sah einen grauen Himmel und blaues Licht, das rhythmisch flackerte, sah Männer in weißer Tracht und roten Jacken, Susanne, die neben ihm stand und seine Hand hielt, spürte einen Ruck und war gleich darauf in einem Krankenwagen.

Er tauchte wieder ab.

Erwachte erneut, in einem Flur, dessen Oberlichter wie Straßenmarkierungen an ihm vorbeizogen, hörte endlich leise Geräusche: Schritte, leise Stimmen, klappernde Rollen. Dann Anna, die sich über ihn beugte und ihm einen Kuss gab: »Ich bleibe bei dir, hörst du?«

Ihre Stimme flog davon.

Schwarz.

Mitten in der Nacht kam er zu sich und gewöhnte sich nur langsam an das gedämmte Licht der Intensivstation. Anna war bei ihm, genau wie sie es versprochen hatte. Sie saß eingesunken auf einem unbequemen Stuhl und schlief. Offenbar war es dem Personal nicht gelungen, sie aus dem Raum zu scheuchen.

Neben ihm piepte in kleinen grünen Zacken sein Herzschlag auf einem Monitor, seine Armvenen schmerzten von Infusionen, die man ihm gelegt hatte. Es war nicht kalt, obwohl er mit nacktem Oberkörper dalag und nur eine dünne Decke bis zu seinem Bauch gezogen war.

Da spürte er, wie jemand seine Hand griff: Anna. Sie setzte sich zu ihm aufs Bett und führte seine Handinnenfläche sanft über ihre Wangen und fragte leise: »Warum hast du mir denn nichts gesagt, Albert?«

Albert schüttelte leicht den Kopf: »Du warst so glücklich.«

An seinen Fingern rollten Tränen hinab.

Keiner von beiden sagte etwas.

Sein Herzschlag erfüllte leise den Raum, und es schien, als würden beide dem Geräusch nachhängen, das sie in regelmäßigen Abständen durch die Nacht brachte.

Nach einer Weile legte sie sich vorsichtig neben ihn ins Bett. Ihr Atem wurde ruhig, sie rückte ganz nahe an ihn heran und war im Begriff einzuschlafen, als Albert ihr Ohr suchte und flüsterte: »Anna?«

»Ja?«

»Willst du mich heiraten?«

Sie zog ihn noch näher zu sich heran und flüsterte: »Ja.«

Dann schlief sie ein.

61.

Zwielicht.

Tage zwischen Wachen und Schlafen. Das Gefühl, auf einem gläsernen Boden zu stehen, in die Tiefe zu blicken und nicht zu wissen, warum man nicht fiel. Draußen der Lauf der Sonne, rasend schnell und unendlich langsam, dazwischen die Nächte sanft und ohne Dunkelheit.

Herzschläge, die zu Paaren vereint als wirbelnde Walzergesellschaften um seinen Kopf tanzten. Stimmen, die nach Nuss und Zitrone schmeckten, und das Summen der Neonbeleuchtung, das ihn elektrisch auflud und seine Körperbehaarung zu Berge stehen ließ.

Da war Anna.

Er konnte sie sehen. Und er konnte sich selbst durch ihre Augen sehen: Dünn war er geworden, blass, mit aufgesprungenen Lippen und glasigen Augen. Aber auch zufrieden, erstaunt wie ein Kind, das zum ersten Mal Dinge sieht, die es noch nie zuvor gesehen hat.

Wie viel die Welt doch zu bieten hatte!

Da war ein Doktor, der kein Gesicht hatte. Und eine Schwester, die kein Gesicht hatte. Sie hatten zwar Köpfe, Arme, Beine, aber nichts, woran man sie hätte erkennen können. Alles, was sie als Persönlichkeit ausmachte, hielt sich als fast durchsichtiges Wesen in der Nähe der konturlosen Körper auf und war doch mit ganz anderen Dingen beschäftigt als zu heilen: Einige lachten, andere schimpften, wieder andere flirteten miteinander oder versanken im Trübsinn, während die Körper Infusionen legten, Spritzen setzten, Maschinen ein- und ausschalteten. Manche liefen sich selbst den ganzen Tag hinterher, andere schienen ganz eigenen Interessen nachzugehen und ließen ihre Körper oft allein. Die Einzige, die immer ganz bei sich war, war Anna.

Jemand drehte den Tropf seiner Infusionen herunter.

Das Zwielicht bekam schärfere Konturen und die Körper der Intensivstation verbanden sich wieder mit ihren Geistern, der Geschmack, den ihre Stimmen verursachten, ließ nach und Gänsehaut hatte er auch keine mehr.

Der Tropf wurde getauscht.

Plötzlich war der Tag wieder Tag und die Nacht wieder

Nacht. Da war das Piepen der Maschinen, aber keine Töne mehr, die um seinen Kopf tanzten. Albert bedauerte dies, denn er verließ eine Geisterwelt und betrat die reale, die nach Desinfektionsmitteln und Sorgen roch.

Es wurde Abend.

Anna saß bei ihm.

»Albert?«

»Ja?«

»Morgen ziehen wir in ein normales Zimmer um.«

Albert nickte schwach: »Das ist gut, oder?«

»Ja«, antwortete Anna.

Sie drehte sich zur Seite und weinte so still, dass er es fast nicht mitbekommen hätte.

62.

Albert bekam ein Einzelzimmer mit einer hübschen Aussicht auf den kleinen Park, der das Krankenhaus umgab. Er schlief viel und erholte sich recht gut von der Behandlung auf der Intensivstation, hatte aber immer wieder Schwierigkeiten, sich zu orientieren. Dass er dieses Krankenzimmer nicht wieder verlassen würde, beunruhigte ihn nicht, aber Anna zu sehen, wie sie tapfer versuchte, den Tod zu ignorieren, machte ihm Sorgen, denn er wusste selbst nur zu genau, dass sie das alles sehr hart einholen würde. Um sie abzulenken von den vielen Stunden des Schweigens und Wachens, schlug er ihr vor, die Staffeleien mitzubringen, damit sie malen konnte.

Sie willigte ein.

Und es verfehlte nicht seine Wirkung, denn plötzlich schien

es, als lebte Anna auf: Sie hatte eine Idee! Nicht nur für ein Bild, nein, für einen ganzen Zyklus. Für eine *neue* Malerei. Albert war sehr zufrieden, sie so arbeiten zu sehen, so entschlossen, ja, geradezu enthusiastisch. Sie war inspiriert und inspirierend, sodass die beiden ihre Stunden genauso verbrachten, als wären sie zu Hause.

Susanne besuchte Albert jeden Tag.

Sie half ihm bei den Waschroutinen, für die er keine Kraft mehr hatte, berichtete aus dem Amt und von den vielen Menschen, die sie jeden Tag fortschicken und vertrösten musste. Und auch davon, dass sie wieder die Akten und Unterlagen von Büro zu Büro schob, so wie sie es früher getan hatte, und obwohl sie vorgab, dass ihr das nichts ausmachte, merkte Albert ihr an, dass dem nicht so war: Sie war wieder *die Bürohilfe*. Unsichtbar.

Ein paar Tage später erwachte Albert aus einem unruhigen Schlaf und sah sich um: Anna hatte das Zimmer verlassen, aber ihre Staffelei, ihre Farben und Unterlagen machten den Eindruck, als hätte sie sie eben noch berührt. Sogar ihr Atem lag noch in der Luft.

Draußen hatte es begonnen zu schneien.

In der einsetzenden Dunkelheit segelten die dicken Flocken prall und weiß zu Boden, glitzerten im Widerschein der Zimmerbeleuchtungen, die sie passierten. Erst jetzt fiel Albert auf, wie still es war. Als ob die Welt aufgehört hätte, sich zu drehen, und als er nach draußen sah, schien genau das passiert zu sein, denn es bewegte sich nichts mehr: Die Schneeflocken standen still in der Luft.

Leise öffnete sich die Zimmertür.

Albert wandte sich um, und da war er: Georg.

So wie er ihn in Erinnerung hatte, als sie sich das letzte Mal gesehen hatten – vor fast fünfunddreißig Jahren. Das freundliche Grinsen, die langen Haare, die Koteletten. Der Mann, dem man den Schalk schon von Weitem ansah, den jeder gemocht hatte und der eine unstillbare Sehnsucht nach der weiten Welt hatte. Er trug jetzt andere Kleidung als früher, einen bunten Mix aus Orientalischem oder Indischem, so genau konnte das Albert nicht sagen. Nur dass es ihm gut stand.

»Hallo, Albert!« Georg setzte sich zu ihm ans Bett. »Mich hättest du hier nicht erwartet, was?«

Albert lächelte. »Nein.«

Georg tätschelte Alberts Hand und sagte: »Meine Güte, ist das lange her: ein halbes Leben!«

»Ja …«, seufzte Albert, der froh war, ihn noch einmal zu sehen.

Georg sah sich im Zimmer um: »Tja, und jetzt sind wir hier, zusammen, wie früher.«

Albert schwieg einen Moment, dann fragte er: »Sind wir das wirklich?«

»Aber natürlich, Albert. Du und ich.«

Albert blickte nach draußen: Der Schnee fiel wieder. Die Welt drehte sich weiter. Wie oft sie das wohl getan hatte in den letzten fünfunddreißig Jahren? Wie viele Bilder hatte sie dabei produziert, während Albert jeden Tag in seinem kleinen Büro gesessen hatte? Milliarden? Billionen? Seines hingegen war immer gleich gewesen: Die Jahre waren vergangen, nur sein Haar war grauer geworden, sein Gesicht faltiger … Klick! Klick! Klick! Die Welt war ein kleines Büro mit einem stillen Mann.

Er wandte sich wieder Georg zu: »Was machst du hier?«

Georg sah ihn erstaunt an: »Ich besuche einen Freund.«

Albert freute sich über die Antwort und spürte plötzlich, wie sehr er Georg vermisst hatte. Tatsächlich war er der einzige Freund, den er je gehabt hatte, und ihn hier zu sehen, bedeutete ihm viel.

»Und? Wie ist es dir ergangen?«, fragte Albert.

Georg lächelte: »Du hast mir die Welt geschenkt, Albert, und dafür werde ich dir ewig dankbar sein.«

»Viel erlebt, hm?«

»Ja. Sehr viel.«

Er hielt einen Moment inne, dann tätschelte er Alberts Hand. »Aber weißt du was? Nach allem, was ich gesehen habe, nach allem, was ich erlebt habe, wen ich gekannt und geliebt habe – zum Schluss hatte ich nur noch einen Gedanken: dich zu sehen. Mit dir hat alles angefangen, das habe ich nie vergessen.«

»Erstaunlich«, antwortete Albert.

»Nein, mein Freund, gar nicht erstaunlich. Wir sind wieder zusammengekommen, aber eigentlich waren wir nie getrennt. Wir waren nur an verschiedenen Orten.«

Albert dachte darüber nach und hatte das Gefühl, dass es kaum einen Tag gegeben hatte, an dem er nicht – und wenn auch nur sehr kurz – an Georg gedacht hatte. Sie hatten keinen Trennungsschmerz gespürt, weil sie wussten, dass sie eines Tages wieder zusammenfinden würden. Ja, so war es tatsächlich! Er hatte immer gewusst, dass Georg zurückkommen würde.

»Und jetzt bist du wieder da. Ich habe mir Sorgen gemacht, weil die Überweisungen zurückgekommen sind und ich keine Nachricht von dir bekommen habe.«

Georg erhob sich von Alberts Bett, trat ans Fenster und sah hinaus in die Schneenacht: »Wirklich? Keine Nachricht?«

Albert war ein wenig irritiert, versuchte sich zu erinnern, wann Georg ihm eine Nachricht hatte zukommen lassen, aber es fiel ihm nichts ein. Nichts Ungewöhnliches. Außer E 45 vielleicht, der Antrag. Sein Antrag. Aber das konnte doch nicht sein. Oder doch? Aufgetaucht war E 45 etwa zu der Zeit, als Alberts Zahlungen nicht mehr akzeptiert wurden. Sicher ein Zufall … oder nicht?

Georg trat hinter die Staffelei und betrachtete das Bild, das Anna begonnen hatte zu malen. Offenbar gefiel ihm, was er sah, sein Gesicht wirkte für einen Moment ganz entrückt.

»Wie ich sehe, bist du nicht mehr allein?«

Albert nickte: »Anna.«

Georg betrachtete das Bild und sagte: »Das ist schön.«

Dann kam er zurück an Alberts Bett und gab ihm die Hand: »Ich muss jetzt gehen, Albert.«

»Bleib doch noch ein bisschen«, bat Albert.

»Wir sehen uns bald wieder. Ich warte auf dich, und dann werden wir uns alles erzählen.«

»Versprochen?«

»Versprochen, mein Freund.«

Sie lächelten einander an. Ein halbes Leben war vergangen, aber es war, als wären sie nie getrennt gewesen. Genau wie Georg es gesagt hatte. Albert drehte sich zur Seite und hörte, wie die Zimmertür leise ins Schloss fiel.

Draußen schwebten die Flocken durch die Nacht.

Wie schön das doch war!

63.

Anna machte aus ihrem Bild ein großes Geheimnis, und so sehr Albert auch darum bat, mal einen Blick darauf werfen zu dürfen, sie schmetterte jeden Versuch kategorisch ab. Er würde es erst zu sehen bekommen, wenn es fertig war, aber, so versprach sie, es würde etwas ganz Neues sein. Sie malte ihn so, wie sie ihn sah.

»In einem Krankenbett?«, fragte Albert.

Sie antwortete nur: »Lass dich überraschen.«

Die Tage verliefen harmonisch.

Anna ignorierte schlicht und ergreifend, dass Albert immer schwächer wurde, und Albert ignorierte das auch. Susanne kam immer noch jeden Tag und übernahm Aufgaben, für die Anna keine Zeit mehr hatte, denn sie musste mit dem Bild fertig werden, und als Susanne es sehen durfte, nickte sie und sagte genau wie Georg: »Das ist schön.«

Etwa zur selben Zeit klingelte es an Mike Schulzes Wohnungstür. Er öffnete übermüdet und deprimiert die Tür und sah zu seiner großen Überraschung eine Krankenschwester, die auf einen Antragszettel sah und ihn fragte: »Herr Schulze?«

»Ja?«

»Sie haben Hilfe beantragt.«

Mike war völlig verwirrt: »Ich?«

Die Krankenschwester sah wieder auf ihren Zettel und antwortete: »Ja, Antragsteller: Mike Schulze. Das sind Sie, oder?«

Mike konnte nicht anders als zu lächeln: Dieser Albert Glück hatte es doch tatsächlich geschafft! Er ließ die Schwester durch: »Oh, bitte, kommen Sie rein. Meine Mutter ist im Wohnzimmer.«

Sie marschierte an ihm vorbei, während Mike noch einen Moment in der Tür stehen blieb und an Albert dachte.

Dieser Glück! So ein Glück.

64.

Der erste Advent kam.

Susanne hatte einen Kranz gebracht und Anna den ganzen Tag gemalt. Als die Dunkelheit hereinbrach, stellte Anna eine Lampe neben das Bild und richtete den Schein auf die Leinwand aus. Der Rest des Zimmers lag bis auf eine einsam flackernde Adventskerze im Dunkeln.

Albert ging es nicht gut, aber er klagte nicht. Er verschlief die Tage, weil ihn das Licht schmerzte. Nachts fühlte er sich zu erschöpft, um zu schlafen, so lag er nur auf der Seite und beobachtete Anna beim Malen.

»Was macht eigentlich das Haus?«, fragte er.

Anna blickte von der Staffelei auf: »Es wird toll. Sie kommen gut voran.«

»Auch im Winter?«, fragte Albert.

»Das ist heute alles kein Problem mehr. Im Januar können wir einziehen.«

Albert antwortete nicht.

»Wir *werden* einziehen«, betonte Anna.

»Natürlich werden wir einziehen!«, lächelte Albert.

Sie nickte zufrieden und widmete sich wieder ihrem Bild. Eine Weile sprach niemand etwas, dann sagte Albert: »Ich wünschte, ich hätte mein Leben nicht so verschwendet.«

Anna blickte ihn erstaunt an: »Hast du?«

»Hab ich nicht?«, fragte Albert zurück.

»Nein, Albert, das hat alles seinen Sinn gemacht. Du bist deinen Weg gegangen, und nur so konnten wir uns finden. Du bist das, was du jetzt bist, nur, weil du vorher jemand anderes warst. Es gehört alles zusammen, verstehst du?«

Albert war nicht sicher, ob er das verstand, aber Anna hatte so überzeugend geklungen, dass sie wissen musste, wovon sie sprach.

»Macht es dir eigentlich etwas aus, dass wir nie geheiratet haben?«

Anna zog konzentriert einen Strich über die Leinwand und antwortete fast beiläufig: »Wir sind verheiratet, Albert. Ich brauche keinen Ring, um das zu wissen.«

Albert nickte. So einfach konnten Dinge sein!

Er beobachtete Anna beim Malen und schlief zum letzten Mal in seinem Leben ein.

65.

Albert erwachte am nächsten Vormittag und fühlte sich so gut wie seit Wochen nicht. Ja, es war ihm, als strotze er nur so vor Kraft, und weil Anna nicht im Raum war, beschloss er, die Morgentoilette ohne jede Hilfe zu erledigen, was ihm problemlos gelang.

Anschließend stand er vor seinem Bett und hatte nicht die geringste Lust, wieder hineinzuklettern, denn die nackten Füße auf dem Boden fühlten sich gut an, das leichte Frösteln fühlte sich gut an, und wenn er seine Hände zu Fäusten ballte, fühlte sich das auch gut an.

Sein Blick fiel auf die Staffelei.

Die Gelegenheit war günstig, denn Anna würde sicher bald zurückkehren, und er war sehr gespannt auf ihre neue Kunst. Er ging auf das Fenster zu, blickte auf den Rücken der Leinwand und fragte sich, was sie wohl gemalt hatte. Einen Moment zögerte er, dann trat er vor das Bild und musste lachen: Sie hatte es tatsächlich mit einem Tuch abgehängt! Traute ihm wohl nicht so ganz über den Weg. Sollte er wirklich einen Blick riskieren? Auch wenn es noch nicht ganz fertig war? Anna würde sicher sauer sein, aber schließlich überwog die Neugier. Er packte das Tuch und zog es mit einem Ruck weg.

Sie hatte alles geändert.

Ihren Stil. Die Wahl der Farben. Die Schwünge. Die Linien. Alles. Sie hatte ihn so gemalt, wie sie ihn sah, und das erschütterte Albert bis in die letzte Faser seines Seins, denn er starrte auf das Bild und dachte: Das kann doch nicht sein!

Er erkannte sich.

Er erkannte sie.

Verschlungen.

Sie schwebten zur Musik im Foyer des Amtes. Er war niemals glücklicher gewesen als in jenem Moment, und sie hatte ihn festgehalten. Als sie die besten Tänzer der Welt gewesen waren und das Parkett unter ihren Füßen kaum noch berührt hatten. Als sie auf dem Kamm einer Welle geritten waren und die Schwerkraft überwunden hatten. Als sie dem Orchester davongeflogen waren, als eine Kristallkugel tausend Sterne geboren hatte und es hinter tausend Sternen keine Welt mehr gegeben hatte, nur noch sie beide.

Sie hatte das alles gemalt, obwohl sie nicht dabei gewesen war.

Albert fuhr mit den Fingerspitzen über das Bild und weinte vor lauter Glück. Das war Magie. Das war mehr als Magie. Sie hatte *ihn* gemalt. Nicht nur das, was er getan, sondern auch das, was er gefühlt hatte. Nicht nur diesen einen Moment, sondern sein ganzes Leben. Das, was war, und das, was sein würde. Einfach alles. Sie hatte alles in einem Bild eingefangen.

Die Knie wurden ihm weich, seine ganze Kraft schien über die Fingerspitzen in das Bild zu fließen, brachten es zum Leuchten. Er wankte zurück und legte sich hin.

Nur einen Moment ausruhen.

Sie würde gleich zurückkommen, und dann würde er ihr sagen, wie sehr ihn das Bild berührt hatte. Er würde sie fragen, wie sie auf die Idee gekommen war, und er würde ihr sagen, dass alles, was sie gemalt hatte, wahr war.

Er schloss die Augen, und da war wieder die Musik.

Sie spielte für ihn, er spürte, wie er über das Parkett wirbelte, wie er kaum noch den Boden berührte. Dann hob er ab, so wie er es schon einmal getan hatte, wirbelte hinauf, ließ alles zurück.

Die Musik wurde leiser.

Leiser.

Immer leiser.

Er atmete aus und flog davon.

66.

Als Anna ihn fand, war es, als fiele sie aus großer Höhe auf einen harten Betonboden. Sie sah für einen Augenblick ein Bild von sich selbst, zerbrochen wie eine Vase, ihren Körper in

Scherben. Es war niemals genügend Zeit, um sich von einem geliebten Menschen verabschieden zu können. Insgeheim hoffte man, der Moment würde niemals kommen, aber er kam, und das war schlimmer als alles, was man sich ausgemalt hatte.

Stundenlang hatte sie anschließend in der Krankenhauskantine gesessen und darüber nachgedacht, ob sie Albert all das gesagt hatte, was sie ihm hatte sagen wollen. Hatte sich Vorwürfe gemacht, dass sie nicht bei ihm gewesen war, als es zu Ende ging. Er hatte sicher Angst gehabt, und sie hatte ihn nicht trösten können.

Susanne nahm ihr die Formalitäten ab, bestellte den Bestatter und regelte die Überführung nach Holland. Nach deutschen Gesetzen war es nicht erlaubt, eine Urne mitzunehmen, sodass Susanne dafür sorgte, dass er in Holland verbrannt wurde. Ob Albert einen Weg gefunden hätte, die strengen Gesetze in Deutschland per Antrag zu umgehen? Hätte er die Verwaltungen so mit sich selbst beschäftigen können, dass sie ihm schlussendlich eine Ausnahmeregelung gewährt hätten? Vielleicht. So jedenfalls würden sie doch noch zusammen einziehen in ihr Haus am Meer. Und er würde immer bei ihr sein.

Als sie ins Krankenzimmer zurückkehrte, um ihre Malutensilien und das Bild zu holen, hatten sie Alberts Bett schon geräumt.

Es wirkte so herzlos.

Sie fuhr zurück nach Hause.

Alles war so still, so leer, weshalb sie begann, ihre Sachen zu packen. Sie wollte hier nicht mehr wohnen. Sie wollte die Tür abschließen und nie wieder zurückkehren.

Am Morgen des nächsten Tages klopfte es leise an der Haustür.

Anna hatte keine Lust, irgendjemanden zu sehen, aber aus einem Impuls heraus öffnete sie. Vor ihr stand ein elegant wirkender Herr, groß und ein wenig altmodisch gekleidet: mit Hut und Gehstock.

»Ja?«, fragte Anna.

»Frau Sugus?«

Anna antwortete: »Glück. Anna Glück.«

Der Mann deutete eine Verbeugung an: »Gereon von Wallert.«

»Der Gallerist?«

Von Wallert nickte. »Ihr Mann hat mich beauftragt.«

Sie fühlte sich zu schwach, um sich darüber zu wundern, und ließ von Wallert eintreten.

Eine Weile saßen sie auf dem Sofa, sprachen über Annas Verlust und die Zeit der Trauer, die vor ihr lag. Von Wallert erwies sich als rücksichtsvoller, vorsichtiger Gesprächspartner, der auch die Pausen gut aushielt, wenn Anna nicht nach Reden zumute war. Langsam lenkte er die Unterhaltung auf Annas Bilder, die im Raum standen, aber Anna winkte ab und erklärte, dass alles, was sie bisher gemacht habe, Schrott sei.

Alles, bis auf eine Ausnahme.

Von Wallert stand auf und sagte: »Zeigen Sie mir die Ausnahme.«

Anna holte das Bild aus dem Schlafzimmer und stellte es auf eine Staffelei. Sie standen zusammen davor und von Wallert betrachtete es lange.

Dann sagte er: »Sie haben da etwas sehr Beeindruckendes geschaffen, Frau Glück. Ich habe so etwas in dieser Form noch nie gesehen. Es ist wild, kraftvoll und doch ist da etwas … ist da …«

Er suchte nach dem richtigen Wort.

»Ordnung?«

Er schnippte zustimmend mit den Fingern: »Das ist es! Ordnung.«

Anna lächelte versonnen: »Ich hatte einen guten Lehrer …«

Von Wallert betrachtete wieder das Bild des tanzenden Paars, dann griff er in sein Jackett und zog eine Karte hervor: »Malen Sie, Frau Glück. Und dann rufen Sie mich an.«

Er wandte sich um, nahm seinen Mantel, der über einem Stuhl hing, und zog ihn an. Anna hielt verblüfft die Karte in ihren Händen.

»Und Sie sind nur gekommen, weil Albert Sie angerufen hat?«

Von Wallert hielt inne, sah für einen Moment nachdenklich, ja sogar etwas verlegen aus. Er rückte sich einen Stuhl zurecht und setzte sich. Für einen Moment starrte er auf den Boden, dann auf seine Hände, als ob die gar nicht zu ihm gehörten.

»Ihr Mann war ein besonderer Mensch, Frau Glück.« Er sah sie nicht an, sondern strich sich nervös über die Finger. »Er hat viel Gutes getan. Und er hat mich an etwas erinnert, was ich bereits vergessen hatte, nämlich mich um die zu kümmern, die zu stolz dazu sind, um Hilfe zu bitten. Ihr Mann war da, als niemand sonst mehr da war. Er hat mein Leben verändert, dafür bin ich ihm unendlich dankbar.«

Anna schaute ihn verständnislos an.

Von Wallert stiegen die Tränen in die Augen: »Meine Mutter … Ihr Mann hat sie gerettet. Nicht ich, ihr Sohn. Ihr Mann war es.«

Er starrte weiterhin auf seine Hände, und Anna hatte plötzlich ein Bild von Albert vor Augen, völlig aufgelöst, weil eine alte Frau ihm aus lauter Dankbarkeit seine Hände geküsst hatte. Er war verzweifelt darüber, dass die Welt so war, wie sie war, und im Begriff, wieder in sein kleines Zimmer zurückzukriechen.

Aber er hatte es nicht getan.

Und jetzt saß hier der Sohn und wagte nicht, ihr in die Augen zu sehen, so sehr schämte er sich. Albert hatte ihr einmal vom Impulserhaltungsgesetz erzählt, einem Phänomen, das in seinen Augen nicht nur für die Physik gültig war. Ein Impuls verpuffte nicht. Vielleicht war er nicht immer stark genug, um eine Reaktion zu verursachen, aber er hinterließ immer Spuren. Das galt für die Physik, das galt in gleichem Maß für die Menschen. Daran hatte Albert geglaubt.

Von Wallert atmete tief durch, dann verabschiedete er sich.

»Sie rufen mich an?«

Anna nickte.

67.

Am Tag der Beerdigung saß Wehmeyer in seinem Schlafzimmer und band sich nachdenklich die Krawatte. Er hatte die Nachricht von Alberts Tod und der kleinen Trauerfeier im Intranet des Amtes veröffentlicht, doch aus seiner Abteilung hatte sich niemand den Vormittag dafür freigenommen. Niemand schien das Bedürfnis zu haben, Albert die letzte Ehre zu erweisen, und Wehmeyer fragte sich, ob das aus Angst vor dem neuen Amtsleiter Wittmann war, der sehr deutlich gemacht hatte, was er von Menschen wie Albert Glück hielt, oder ob es schlicht Gleichgültigkeit war.

Auf seinem Nachttisch stand eine Flasche Cognac, daneben ein Glas, das er schon zweimal gefüllt und ausgetrunken hatte. Nichts hatte sich im Amt geändert, außer dass es jetzt viele, viele *Jours fixes* gab, denn Wittmann hielt gerne Besprechungen ab. Ungeheuer wichtige Besprechungen, in denen plötzlich viele Wittmann-Doubles saßen, die allesamt in aufgemotzten Powerpoint-Präsentationen nach *Synergien* suchten und dabei unheimlich *proaktiv* waren. Selbstverständlich kam niemals etwas bei diesen Sitzungen herum, aber sie waren alle auf der Höhe der Zeit und total modern.

Wehmeyer goss sich ein drittes Glas ein, trank es in einem Zug aus, aber die Leichtigkeit, die er eben noch alkoholbedingt gespürt hatte, war jetzt fort. Zurück blieb nur das Gefühl, das Richtige getan, aber das Falsche erreicht zu haben. Er starrte auf seine schwarzen Socken und die polierten Schuhe und hatte das Gefühl, dass er sich nicht mehr rühren konnte.

Seine Frau steckte den Kopf zur Tür herein und mahnte: »Du wirst noch zu spät kommen!«

Wehmeyer saß einfach nur da.

»Gehst du nicht zur Beerdigung?«

Sein Blick wurde leer, er hatte keine Kraft mehr.

Alles, was er je hatte erreichen wollen, war Amtsleiter zu sein. Er würde es nicht mehr werden, weder im *Amt für Verwaltungsangelegenheiten* noch in irgendeinem anderen Amt. Sommerfeldt hatte dafür gesorgt. Und Wittmann würde ihn niemals gehen lassen, denn er sollte jeden Tag unter ihm dienen müssen.

Jeden verdammten Tag.

»Ich kann nicht …«, antwortete er leise.

Er sah zu seiner Frau auf und sagte: »Ich kann nicht.«

68.

Es wurde eine schöne Trauerfeier.

Aus dem Amt war nur Susanne gekommen, die gleich neben Anna in der ersten Reihe der kleinen Kapelle saß. Dahinter saßen einige Menschen, denen Albert geholfen hatte. Sie betrachteten das schöne Foto, das gleich vorne neben dem kleinen Altar auf einer Staffelei stand. Albert sah zufrieden aus, wie er da so in den Raum blickte, der stille graue Mann mit den dunklen, warmherzigen Augen. Und jeder, der ihn gekannt hatte, fühlte sich selbst jetzt noch an sein kleines Büro erinnert, mit dem man ihn ständig in Verbindung brachte.

Der Pfarrer hielt eine witzige Rede auf Albert, beschrieb, wie Albert nicht nur ein ganzes Amt, sondern ein ganzes System in Atem gehalten hatte. Anna und Susanne hatten ihn gut instruiert, sodass die Trauernden gar nicht anders konnten, als hier und da leise zu kichern über Albert und sein Glücksbüro. Selbst Anna lachte, denn ihr wurde erst jetzt bewusst, welche Kraft Alberts kleines Glücksbüro entwickelt hatte.

Wenn er doch nur mehr Zeit gehabt hätte!

Wenn sie beide doch mehr Zeit gehabt hätten. Wäre sie genauso erfüllt gewesen? Hätten sie mehr erreichen können? War ein Stern schöner, der seit Millionen Jahren auf die Erde schien, oder eine hell leuchtende Schnuppe, die plötzlich vom Himmel fiel? Anna sah zu Alberts Bild hinüber und dachte: Nicht die Reibung ließ die Sternschnuppe leuchten, sondern die heimlichen Wünsche der Menschen, die zu ihr hinaufsahen. Das ist Magie, Albert. Verstehst du? Magie. Das hat nichts mit Physik zu tun. Du, der stille Mann aus dem Amt, hattest eine Jahrtausendbegabung, das Leben deiner Mitmenschen zu verändern, ohne dass du das von ihnen gefordert hättest. Du hast nichts verlangt und alles verwandelt. Wie eine Sternschnuppe in der Nacht.

In der letzten Reihe, abseits der anderen, saß ein junger Mann, der am lautesten lachte, ja, man konnte sagen Tränen lachte, obwohl er gar nicht fröhlich aussah: Mike Schulze. Nie hatte er sich so sehr in einem Menschen getäuscht und doch irgendwie richtiggelegen wie bei Albert Glück. Er hatte ihn als Superhelden verspottet, dabei war er einer gewesen. Er hatte ihn für einen blutleeren Bürokraten gehalten, dabei hatte er eine Revolution angeführt. Albert war alles das, was Mike gerne gewesen wäre. Auf seine eigene, stille Art hatte ihm Albert eine Tür geöffnet. Und dahinter lag ein neues Feld. Mit schönen geraden Linien und viel Platz für ein neues Spiel.